Cœur du Sahel

DE LA MÊME AUTEURE

Les Impatientes, Emmanuelle Collas, 2020 ; J'ai lu, 2022.

DJAÏLI AMADOU AMAL

Cœur du Sahel

ROMAN

J'AI LU

À Pabe Mongo,
dont l'accueil dans le cercle
de la Nouvelle Littérature
camerounaise (Nolica)
reste à jamais en moi,
Aux femmes victimes du Sahel.

« C'est souvent lorsqu'elle est la plus désagréable à entendre qu'une vérité est le plus utile à dire. »

André GIDE

L'Afrique subsaharienne

- Bande sahélienne de l'Afrique
- Cameroun
- Extrême-Nord camerounais

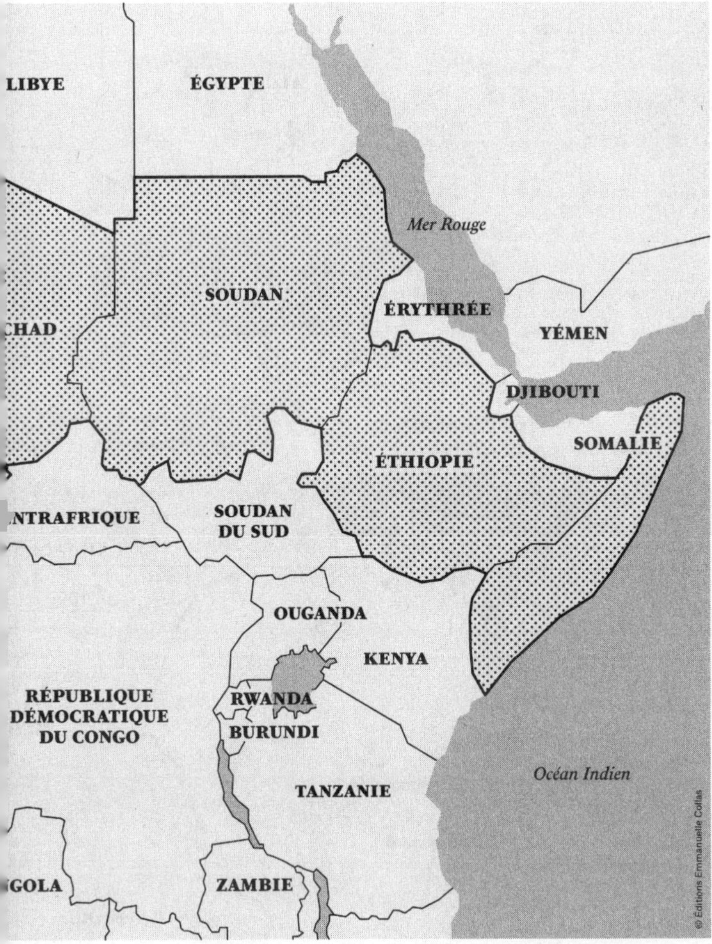
LIBYE
ÉGYPTE
Mer Rouge
SOUDAN
ÉRYTHRÉE
YÉMEN
CHAD
DJIBOUTI
SOMALIE
ÉTHIOPIE
NTRAFRIQUE
SOUDAN
DU SUD
OUGANDA
KENYA
RÉPUBLIQUE
DÉMOCRATIQUE
DU CONGO
RWANDA
BURUNDI
Océan Indien
TANZANIE
GOLA
ZAMBIE
© Éditions Emmanuelle Collas

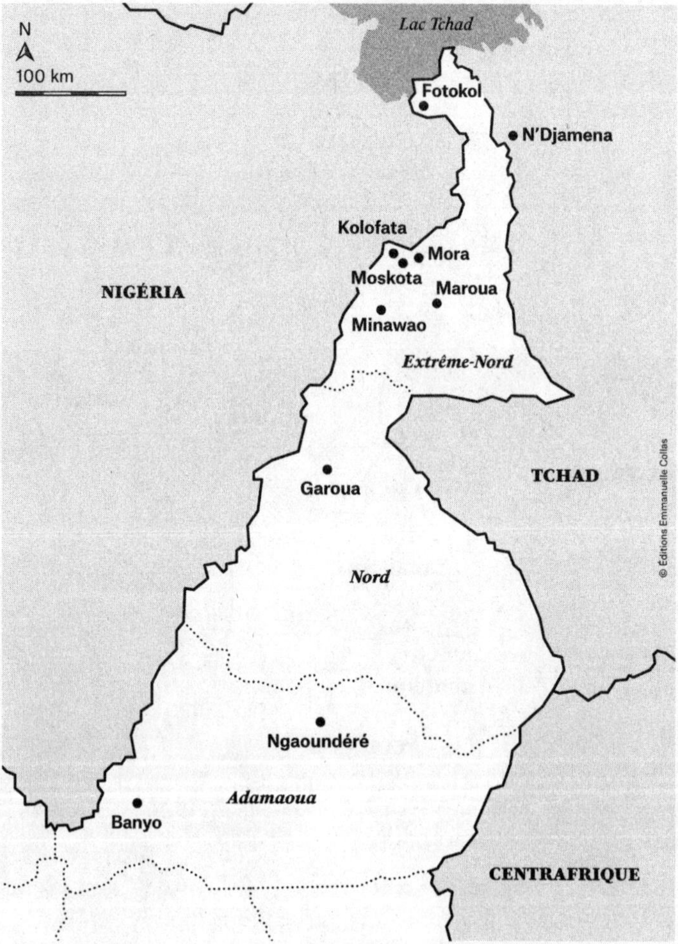

L'Extrême-Nord du Cameroun

I

LE CHEMIN DE L'ESPOIR

« Dans toutes les larmes
s'attarde un espoir. »

Simone DE BEAUVOIR

1

La matinée est à peine entamée. Le soleil déploie déjà sa toile écarlate, laissant augurer une journée caniculaire. Peut-on s'attendre à autre chose, à cette période de l'année ? La saison des pluies n'est qu'un lointain souvenir. Le mois de janvier tire à sa fin, emportant avec lui les dernières brises fraîches, ultime répit avant les grandes chaleurs. Les champs s'étendent jusqu'au pied de la montagne et les épis secs de sorgho qui jonchent le sol accentuent la teinte dorée du paysage. Les maigres feuilles encore accrochées aux acacias ont jauni depuis longtemps, tout comme les herbes brûlées par le soleil. Des tiges de mil, dépouillées de leurs grains, sont encore debout, chancelantes mais fermement ancrées dans la terre nourricière. De la montagne on distingue les rochers gris qui veillent sur le village comme de grands chiens.

Kondem a le visage fermé. Les plis qui se dessinent sur son front sombre laissent deviner une humeur morose. En silence, elle arrache les dernières gousses de haricots niébé, passant sa colère sur la terre desséchée. L'adolescente qui travaille à ses côtés ne se laisse pas démonter par l'air renfrogné de sa mère. Elle aussi frémit d'énervement, lui tenant obstinément tête, décidée cette fois à obtenir gain de cause.

Quatre mois ont passé depuis les dernières pluies. Cinq autres devront s'écouler avant que la moindre goutte d'eau ne tombe de ce ciel désespérément clair, si clair qu'aucun nuage n'offre un rempart contre la fureur du soleil. La terre sèche se craquelle, résiste, s'obstinant à protéger ce qu'il reste de son précieux trésor.

Se redressant d'un coup, Kondem lance avec rage la bassine qu'elle tient à la main. Un lézard file sans demander son reste. Les gousses de niébé d'un jaune tendre se dispersent dans l'air avant de disparaître dans les herbes sèches. Au loin, un chien aboie, brisant le silence des matinées de plus en plus calmes dans ce village perdu au cœur de la savane. Depuis que sa fille lui a fait part de son intention d'aller travailler comme domestique à Maroua, la métropole régionale distante d'une cinquantaine de kilomètres, après un instant d'effarement Kondem a plongé dans le désespoir, puis cédé à la colère, sans que l'adolescente renonce à son projet.

C'est la première fois que Faydé ose la défier, et le sujet sensible qui les oppose bouleverse Kondem, à la grande surprise de sa fille qui ne comprend pas pourquoi ce qui semble la norme ici devient un motif de discorde pour sa mère.

Les mains sur les hanches, comme pour se donner une contenance, celle-ci s'écrie d'une voix aiguë :

« Je ne te laisserai pas y aller !

— Tu devrais pourtant t'y résoudre. On n'a pas le choix !

— Bien sûr que si. »

Agacée de devoir encore émettre des arguments que sa mère ne connaît que trop bien, Faydé pousse un soupir.

« Dada, regarde autour de toi. Il n'y a plus rien ici. Rien à attendre ou à espérer. De plus en plus de personnes s'en vont. Le village se vide. Toutes mes amies d'enfance travaillent déjà en ville. Je suis la seule de mon âge à être encore ici.

— Ce n'est pas une raison. Je veux autre chose pour toi !

— Quoi ? Que veux-tu pour moi de si différent ? Qu'est-ce que tu peux faire ? »

Elles se toisent un instant. Même silhouette menue – elles ont la même taille désormais ! Même teint sombre, bien que celui de la fille paraisse plus doré. Mais le poids des difficultés et l'amertume qui pèse implacablement sur la mère ne sont pas encore perceptibles chez la fille qui semble n'être qu'insouciance. Elles ont le même caractère déterminé : aucune ne baisse les yeux. Une étincelle de colère et d'impuissance traverse le regard de Kondem et trouve un écho dans celui de Faydé, qui retient ses larmes.

« Je t'ai quand même envoyée à l'école !

— Je n'y vais plus depuis deux ans !

— Je trouverai une solution ! Je n'ai pas fait tous ces efforts pour que tu finisses domestique comme je l'ai été moi-même.

— Je n'aurais pas dû t'en parler. Je serais partie discrètement, comme les autres. Ça aurait été mieux ! »

Sans un regard, Faydé récupère à la hâte la bassine, ramasse les gousses de haricots et tourne les talons, laissant sa mère désemparée, atterrée. Elle est déterminée à partir, que Kondem soit d'accord ou non. Sa décision est prise. Cette fois, Srafata, Danna et Bintou ne retourneront pas en ville sans elle.

Si elle a vécu ses premières années à Maroua avec sa mère, alors domestique dans une grande concession, Faydé n'en garde plus aucun souvenir. On appelle concession au Cameroun septentrional une maison où habitent tous les membres d'une famille et qui est délimitée par des murs ou par une palissade.

Ce que Faydé connaît de cette ville mythique, elle le tient surtout des commentaires de ses amies qui en reviennent à chaque fin d'année, les mains pleines de provisions très utiles pour les villageois : savon, poisson séché, sel, sucre, allumettes, pétrole ou même des comprimés de paracétamol et de quinine. Mais elles rapportent surtout de nouveaux pagnes, des bijoux, des chaussures, qui allument des lueurs de convoitise chez celles qui sont restées au village.

Le soir, à la lueur des feux de bois, elles racontent dans de grands éclats de rire leurs aventures. Et le jour de Noël, elles revêtent leurs nouveaux pagnes. Comme elles sont élégantes, rabattant parfaitement leur wakkaré, ce deuxième pagne qui vient compléter leur tenue, comme seules savent le faire les citadines. Leurs chaussures à talon leur donnent une démarche un peu guindée mais gracieuse. Et leur maquillage si sophistiqué les rend exotiques.

Ah ! Ces filles qui travaillent en ville, comme elles sont décomplexées, sûres d'elles ! Faydé les envie.

Les fêtes de fin d'année ne sont plus qu'un souvenir. Les réjouissances, tout un mois de chants, de danses et de veillées, sont de moins en moins longues, déclinant au fil des ans. C'est le signe peut-être le plus tangible que les choses changent. Les temps de l'insouciance sont révolus. Le village s'est encore vidé davantage de sa population la plus jeune et la plus forte, partie à la recherche d'une vie meilleure ou seulement de quoi survivre. Ils ont abandonné les champs à leurs parents, leurs épouses et leurs jeunes enfants qui n'ont pas la force de les cultiver. Mais, s'ils en avaient la force, ils ne pourraient pas pour autant influer sur le changement de climat. Même avec beaucoup de volonté, on ne peut pas faire tomber la pluie. Le climat est de plus en plus aride, la terre de plus en plus sèche, appauvrie, épuisée. Et trop de bouches à nourrir ! Tous partent en ville, de plus en plus loin, de plus en plus longtemps. Même les amies de Faydé ne s'attardent plus et, cette fois, elle est bien décidée à les suivre.

Adossée à la palissade, Kondem observe sa fille qui ne l'a pas vue rentrer. Faydé est assise, pensive, sur un tabouret dans la cour alors que ses frères jouent autour d'elle. Depuis qu'elle lui a fait part de son projet, Kondem a la pénible impression de revivre un cauchemar enfoui durant des années. Quel retournement de situation ! Quelle ironie du sort ! Elle-même n'a-t-elle pas vécu tout cela ? N'a-t-elle pas tenu tête à sa propre mère pour s'en aller en ville ? N'a-t-elle pas eu ces rêves d'évasion et de vie meilleure ? Et, surtout, n'a-t-elle pas dissimulé aux autres, restés au village, les réalités de la ville trop dures à entendre ? Elle sait au fond d'elle-même que, peu importe ce qu'elle dira à l'adolescente entêtée, celle-ci ne voudra rien savoir.

La plus jeune des enfants de Kondem, qui dort dans la case, se met à pleurer et tire de ses pensées sa mère qui s'empresse d'aller voir ce qui se passe :

« As-tu préparé la bouillie ? demande-t-elle à Faydé.

— Oui, c'est prêt. Mais il n'y a plus de sucre, ni de miel, ni de tamarin. Et je n'ai pas d'argent.

— Il fallait emprunter chez Abdou. On paiera plus tard !

— Il ne veut plus nous faire crédit. Chaque fois que tu m'envoies chez lui, il m'insulte et m'humilie.

— Tu as demandé à la voisine ?

— Tu sais bien à quel point elle est devenue hautaine, depuis que son fils travaille à Douala. J'en ai marre de son mépris. J'ai mis du citron, on va la boire comme ça ! Sinon, tu n'as qu'à aller quémander toi-même ! »

Faydé tourne la tête, pince les lèvres en une moue boudeuse qui contraste avec sa bonne humeur habituelle. Où est passée la jeune fille joyeuse dont les éclats de rire égayaient, il n'y a pas si longtemps, les moments les plus sombres ? Un silence inhabituel s'installe entre la mère et la fille. La complicité qui les lie depuis quinze ans semble s'être dissoute dans un profond désaccord. Kondem en veut à sa fille de ce trop-plein de rêves. Elle lui en veut de penser à la ville. Elle lui en veut surtout de vouloir la quitter et s'éloigner de leur quotidien trop lourd à supporter.

« Faydé, fait-elle douloureusement, pourquoi ne veux-tu pas comprendre ? »

La jeune fille revient sur ses pas, s'assied en face de sa mère, son pagne décoloré couvrant ses jambes. C'est une adolescente dont les seins pointent depuis peu sous le corsage élimé, et c'est peut-être ce qui effraie le plus sa mère.

« Je dois y aller, Dada ! On n'a pas le choix.

— Si tu pars, qui m'aidera dans les champs ?

— Quels champs ? La saison sèche va encore durer des mois. Les récoltes sont de plus en plus catastrophiques. L'harmattan ne souffle plus.

— Et l'école, Faydé ? Cette école dont on a tellement parlé à l'église et où tu voulais absolument aller ? L'espoir d'un vrai changement. J'ai fait tellement de sacrifices pour t'inscrire et pour acheter les fournitures pendant des années. Et tu as eu de très bons résultats. Il est hors de question que tu gâches tes capacités et que tu te prives de tes rêves. Je suis fière de toi. Tout cela pour que tu finisses domestique comme je l'ai été ? Jamais je ne pourrai l'accepter ! »

Les yeux brillants, Faydé relève la tête.

« Cette école et ses promesses d'un avenir meilleur ne sont que des mirages, Dada. Une chimère qu'on peut poursuivre désespérément pendant des années sans avoir aucune chance de l'atteindre. Tu ne vas pas continuer à dépenser ce qu'on n'a pas pour une réussite hypothétique !

— Tu voulais devenir médecin…

— Dans la lutte pour la survie, le rêve n'a pas de place ! l'interrompt la jeune fille. Surtout un rêve aussi fou dans cet environnement stérile qui ne s'y prête pas.

— Si tu pars, qui s'occupera de tes petits frères ? Et de ta sœur qui tète encore ? Qui puisera l'eau de la famille ? Et qui m'aidera à piler le mil pour les repas quotidiens ?

— Justement ! Si je ne vais pas travailler comme les autres, où trouveras-tu de l'argent ? Qui s'occupera de mon trousseau quand je serai prête à me marier ? Dada, je n'ai déjà plus de quoi m'habiller. Mes frères vont presque nus. Nous croulons sous la misère. Les greniers sont vides. Dis-moi, Dada, si je n'y vais pas, qui t'aidera à nourrir les enfants ? Qui paiera pour qu'ils aillent aussi à l'école, au moins pendant quelques années ? Et le savon ? Et le sel ? Les allumettes ? Le pétrole ? Sans compter la quinine ? Comment survivre sans tout ça ?

— Je ne sais pas ! » laisse tomber Kondem d'un air triste.

Faydé, sans un regard, se lève en sanglotant et part en courant.

2

« Elle veut partir. Elle est vraiment décidée à s'en aller. Je ne peux rien faire pour la convaincre d'y renoncer ! »

À voix basse, soucieuse de ne pas être entendue des enfants qui jouent dans la cour, Kondem se confie à son amie Sadjo. Ses yeux rougis et cernés trahissent de longues nuits blanches.

« Tu savais bien qu'elle devrait un jour ou l'autre se laisser tenter. Et puis, elle a raison, Kondem ! Que veux-tu qu'elle fasse ici ? Tu connais, toi, une seule personne d'ici qui n'ait jamais tenté cette aventure ?

— Tu sais ce qui m'inquiète, chuchote Kondem, après avoir jeté un coup d'œil fébrile aux alentours pour s'assurer qu'aucune oreille indiscrète ne les écoute.

— Tu ne peux pas penser indéfiniment à cette vieille histoire. Tu es certainement la seule à la ressasser encore ! »

Kondem se replonge dans ces souvenirs qu'elle a tellement voulu oublier. Mais chaque trait du visage de sa fille les lui rappelle. Jusqu'à son nom. Quelle idée a eue sa propre mère de la nommer Faydé, « trouvaille » en fulfuldé, la langue peule. *Faydé !* Une trouvaille. Une de celles qu'on gagne à la suite d'un bienheureux hasard. *Fayderé !* Ironique comme nom pour désigner le fruit d'un viol auquel sa mère n'a jamais cru. Pour elle, Kondem était tombée sous le charme de cet homme qui l'employait. Or, quand il s'était rendu compte de sa grossesse, il l'avait purement et simplement renvoyée. Et elle était rentrée au village, accablée de honte. Mais sa mère, qui n'était pas censée se réjouir d'une telle naissance et avait pendant des mois accablé sa fille, avait été heureuse d'accueillir cette petite-fille tombée du ciel.

Pour trouver les moyens de s'occuper de son enfant, Kondem était retournée travailler à Maroua. Elle avait réussi à trouver un emploi de domestique dans le même quartier que son ancien travail, mais la petite Faydé attachée dans son dos avait attisé les mauvaises langues : son joli minois ressemblait étrangement à celui de la fillette de la maison d'en face. Le regard de plus en plus dur de son ancien patron avait fini par venir à bout de sa témérité et, inquiète pour sa propre sécurité ainsi que pour celle de sa fille, Kondem avait décidé de retourner au village pour ne plus jamais revenir. Jeune mère, elle avait épousé le premier prétendant venu.

Pour Faydé, qui ignorait tout des détails de sa naissance même si elle avait des doutes, cet époux était son père. Depuis, trois garçons et une petite fille étaient venus agrandir la famille.

« Et si là-bas il la revoit ?

— Lui ? Tu penses qu'il se souviendrait même de toi ? Combien de domestiques sont passées par là depuis ?

— N'oublie pas que c'est à cause de son regard pour sa fille que j'ai décidé de regagner définitivement le village.

— Oui, mais c'était il y a bien longtemps. Il a sans doute fait des galipettes avec d'autres domestiques, et qui sait s'il n'a pas laissé dans la nature d'autres Faydé ! »

Victime de sa propre blague, Sadjo pouffe de rire. Toujours soucieuse, Kondem ne relève pas la plaisanterie et continue sur un ton qui trahit son inquiétude.

« N'empêche qu'il peut la reconnaître !

— Tu exagères, Kondem. Faydé a grandi. Après un temps de séparation, bien des parents ne reconnaissent plus l'enfant qu'ils ont pourtant élevé. Et toi, tu veux que ce type se souvienne de sa fille qu'il n'a jamais connue ni reconnue ? Et puis, sans vouloir te vexer, pour lui, tu n'étais qu'une domestique. Il a dû en voir passer des dizaines.

— Il reste possible qu'il s'en souvienne !

— Et même si c'était le cas ? Il s'en ficherait. Elle ne serait qu'une petite domestique comme une autre.

— Justement, c'est ce qui m'inquiète !

— Tu les connais, ces citadins. À quel point ils sont orgueilleux, méprisants envers nous...

— C'est ce qui m'inquiète ! » répète Kondem.

Les deux amies d'enfance se sont toujours soutenues et Kondem n'a pas failli à la règle tacite qui s'est instaurée entre elles : quand son tourment est devenu trop lourd à porter, elle s'est confiée à Sadjo qui, depuis, vient chaque soir discuter avec elle. Assises sur une vieille natte, une bassine devant elles, les deux femmes cassent machinalement les arachides sèches et jettent à l'aveugle les graines dans l'assiette à côté.

« La ville est grande. Tu crois que, par le plus grand hasard, elle irait travailler dans la maison de son père ?

— Il n'est pas son père, la coupe sèchement Kondem.

— Si tu veux. Mais c'est toi qui penses qu'il l'est !

— Elle ne sait rien de cette histoire.

— Une histoire banale que tu dramatises. Une histoire dont tu es probablement la seule à vouloir te souvenir. Et je me demande pourquoi... », réplique Sadjo d'un air moqueur, cherchant à détendre son amie.

Kondem n'éprouve pas la moindre envie de sourire :

« Et si elle croyait aux mensonges de ceux qui vivent en ville ? Et si elle décidait de nous renier comme certains l'ont fait en embrassant leur religion ?

— Ça ne sera pas si grave si elle parvient à avoir une vie meilleure.

— Ça sera grave pour moi si je perds ma fille !

— Ce n'est pas parce qu'elle serait islamisée que tu la perdrais !

— Évidemment que si ! Regarde autour de toi. Tous ceux qui ont embrassé l'islam ont abandonné le village, les traditions et leur famille. Ils ont même abandonné leur nom.

— Certains, oui. Mais il ne faut pas généraliser. Les filles n'abandonnent jamais leur mère.

— Mais, parfois, elles en ont honte. Et si elle tombait enceinte ? »

Kondem vient de mettre le doigt sur sa crainte la plus profonde. Un silence s'installe alors, chacune restant perdue dans ses pensées. Combien de fois Sadjo ne lui a-t-elle pas confié sa crainte de ce qui pourrait arriver à sa propre fille, Srafata, qui travaille depuis quelque temps à Maroua ? Quel soulagement c'est, à chaque fois, de la voir revenir souriante et apparemment insouciante. Pendant des jours, Sadjo scrute discrètement sa fille avec la peur d'apercevoir chez elle un signe de ce qu'elle redoute le plus.

Un groupe de femmes, une bassine sur la tête et un seau vide à la main, s'approche en discutant. Brisant le silence et les pensées moroses des deux amies, elles les saluent.

« Kondem, ça fait plusieurs jours que je ne te vois plus au marché. Je suis même venue ce matin pour demander des nouvelles. Ta fille m'a dit que tu étais au champ.

— C'est gentil. J'ai souffert un peu du paludisme, mais ça va beaucoup mieux aujourd'hui.

— C'est vrai que tu as mauvaise mine. Tu devrais te faire des tisanes. On va chercher l'eau. Vous venez avec nous ?

— Non, nous sommes fatiguées, répond Kondem avec un sourire forcé. Dada Srafata me tient un peu compagnie. Nos filles vont le faire pour nous. Peut-être même qu'elles y sont déjà ! Mais les puits du village sont presque tous taris, vous allez au forage ?

— Trop loin et trop de monde. Nous allons vers l'église. Là-bas, le puits est le seul à avoir encore de l'eau. »

Les femmes s'en vont et le silence retombe comme par enchantement. Pendant un moment, Kondem perçoit encore les voix rieuses qui s'éloignent et finissent par s'estomper. Elle retourne alors à ses préoccupations.

« Mais si Faydé s'en va aussi, qui m'aidera avec les enfants et les champs ? Qui me soutiendra ?

— Elle ne peut pas remplacer ton mari, Kondem », répond sèchement Sadjo.

Kondem pousse un soupir. La trentaine à peine entamée, les soucis et la misère ont déjà creusé de profonds sillons sur son visage. Elle est vêtue d'un pagne décoloré par le temps et les lavages successifs, ainsi que d'un tee-shirt froissé à l'effigie de son président, qui est à peine reconnaissable – on en distribue gratuitement à l'occasion des campagnes électorales et ils font souvent office de vêtements pour les villageois. Une fillette qui joue sur le sable non loin de là s'approche de Kondem en pleurant. Sans même la regarder, celle-ci soulève son tee-shirt et lui tend un sein flétri, dont la fillette s'empare goulûment.

On donnerait à la mère dix ans de plus tant elle semble porter toute la misère du monde. Sadjo vient de lui rappeler cet autre épisode récent de sa vie, un drame survenu au plus mauvais moment : cela fait des mois que son mari a disparu. Où est-il allé ? A-t-il, comme l'insinuent les mauvaises langues, suivi volontairement ces sauvages qui se sont abattus sur le village pour tuer sans pitié tous ceux qui s'opposaient à leur fureur destructrice ? Ces hommes, membres de la secte Boko Haram, ont envahi le village par une nuit sombre et ont tout raflé. Ce fut une terrible razzia. Ils ont emporté tout ce qu'ils pouvaient, les récoltes et le bétail, avant de mettre le feu aux cases. Et le vieux Mjiri a été égorgé pour avoir tenté de protester.

Kondem se refuse à croire que Doubla soit capable de devenir comme ces criminels qu'elle a aperçus cette nuit-là, cachée sous un talus, ses enfants serrés tout contre elle. Doubla ne les aurait jamais suivis sans y être forcé.

« Si elle part, comment vais-je m'en sortir ?

— Et si elle reste, comment tu t'en sortiras ? Tu as besoin de ce qu'elle t'enverra. Tu n'as personne d'autre pour te soutenir.

— Peut-être que Doubla reviendra ! »

À nouveau, un silence pesant s'installe. Kondem sait que son amie a raison. Elle n'arrive plus à s'en sortir seule. Rien ne les a préparées à ce qui se passe depuis quelque temps dans la région. Tout le monde connaît les mauvaises récoltes, quand la saison est mauvaise, que les pluies se raréfient, que le mil et le maïs peinent à parvenir à maturité. Les arachides et le niébé, eux, ne manquent pas. Et l'on peut toujours se séparer de quelques chèvres ou de poules pour s'approvisionner en ville en attendant des jours meilleurs. La faim aussi, Kondem et Sadjo la connaissent. Certes, on ne peut pas cuisiner tous les jours, mais il y a toujours quelque chose à grignoter au village. « La brousse, généreuse, offre toujours de quoi amuser la bouche ! » En revanche, la peur qui s'est installée dans la région est une découverte pour tous. C'est seulement depuis quelques mois qu'on entend parler de troubles, d'inconnus qui massacrent les éléphants dans la brousse, ce qui est très étrange. Puis on s'est mis à parler de « guerre sainte », de *djihad* mené par ceux qui se font appeler Boko Haram. Même s'il subsiste d'anciennes rancœurs dans le cœur de ceux qui se souviennent des souffrances des peuples autochtones chassés des meilleures terres, obligés de se réfugier dans les montagnes, parfois réduits en esclavage au nom d'Allah, personne ne pouvait s'attendre à ce que, plus d'un siècle plus tard, loin dans ces montagnes, au nom du même Allah on attaque le village pour piller les récoltes, emporter le bétail, tuer les réfractaires et kidnapper au passage de jeunes hommes, des filles et des enfants.

« Oublie ton mari, Kondem. Quoi qu'il lui soit arrivé, tu ne peux pas t'offrir le luxe de pleurer alors que des bouches innocentes attendent que tu les nourrisses. Si Doubla est parti de son plein gré, il ne mérite pas tes larmes. Et, s'il a été contraint à les suivre, il faut que tu tiennes bon.

— Tu as raison.

— Laisse partir ta fille. Tu as besoin de son salaire. Comme nous tous. Nous dépendons de ce que nos enfants peuvent rapporter de ces emplois en ville. Cesse d'ignorer la réalité. Même les aveugles, à un moment donné, sont obligés d'ouvrir les yeux.

— Tu connais ma préoccupation. Je ne veux pas que l'histoire se reproduise. »

Les deux amies se tiennent face à face et leurs têtes se touchent presque. Elles chuchotent, entre deux pauses de plus en plus longues, comme pour donner à chacune le temps de mieux apprécier les propos de l'autre. Seuls les craquements des coques d'arachide entre leurs doigts experts troublent le calme. Un chat miaule et la fillette, intriguée, lâche le sein vide avant de quitter les genoux de sa mère.

« Faydé grandit. Elle ne peut pas rester indéfiniment sous tes pagnes.

— Cette ville est dangereuse. Surtout pour une jeune fille si naïve.

— Pas plus que ce village. Nous étions toutes naïves quand nous y sommes allées.

— Ces gens de la ville… Tu sais comment ils sont ! Et si elle se fait violer ? Ou pire ?

— Ici aussi un homme peut l'enlever, la violer ou l'épouser de force, et tu ne peux rien y faire. Violer relève d'ailleurs de la tradition, et c'est ce qui risque de se produire si elle s'attarde plus longtemps ici ! »

Abandonnant un instant son amie, Kondem se lève et s'affaire dans le coin qui lui sert de cuisine. Elle prend quelques morceaux de bois qui traînent, cherche des brindilles et allume le foyer formé par trois pierres où elle dépose sa marmite. Il suffit de moins de vingt minutes pour que le dîner soit prêt – un repas sommaire, aussi pauvre et ordinaire que celui des jours précédents. Du couscous de farine de mil rouge qui a au moins l'avantage de rassasier, et une sauce de *bokko* faite de feuilles de baobab séchées puis réduites en poudre dans laquelle nagent quelques niébés. Il n'y a ni viande ni poisson, mais elle découpe un petit morceau d'oignon et de piment jaune pour donner du goût.

Puis, d'une voix forte, elle appelle les enfants qui jouent à l'extérieur. Ils accourent sans se faire prier.

Sitôt leur petite assiette terminée, ils retournent à leur jeu, tandis que Kondem et Sadjo mangent sans se presser. Kondem pétrit une boulette de couscous entre ses doigts, l'imprègne de sauce puis en donne à la plus jeune de ses filles avant de faire disparaître le reste dans sa bouche. Autour du modeste repas, la conversation redevient banale.

Quand Sadjo finit par prendre congé, Kondem l'accompagne jusqu'à la palissade de sa modeste concession. Elles aperçoivent au loin leurs adolescentes qui devisent gaiement en rentrant. Dans le regard empli de tendresse des deux mères, une lueur de fierté passe, fugitive et lourde d'incertitude.

Baissant le ton, Kondem murmure :

« Ta Srafata est là-bas depuis deux ans. Tu n'as pas peur, dis-moi ?

— Le cœur d'une mère peut-il avoir ne serait-ce qu'un instant de répit ? Mais même avoir peur est un luxe que nous ne pouvons pas nous permettre. Laisse partir ta fille, Kondem. De toute façon, que tu le veuilles ou non, elle s'en ira. Et ne pleure pas. Il faut souvent en sacrifier un pour que les autres survivent. »

3

L'aube vient de poindre et le village encore engourdi de sommeil peine à sortir de sa torpeur. Seul le chant des coqs déchire le silence. L'un après l'autre, les volatiles s'égosillent, comme pour chasser les fantômes de la nuit. Un peu plus loin, dans la partie musulmane, la voix du muezzin appelant à la première prière fait écho à leurs chants.

Ainsi se réveille le village.

Les oiseaux donnent de la voix. Chacun y va de sa propre mélodie : un mouton bêle, une mère prépare à coups de pilon la bouillie pour ses enfants. Enfin, la cloche de l'église sonne, monotone.

Kondem se hâte, déterminée, un coq sous le bras. Faydé court sur ses talons. Sa mère ne dit rien.

Faydé dormait encore quand sa mère l'a réveillée à l'aube et lui a demandé de l'accompagner – sans préciser où. Elles prennent maintenant un petit sentier sinueux à travers champs et se dirigent vers la grande montagne à l'ouest du village. Dans la fraîcheur du jour levant, elles aperçoivent ici et là des écureuils qui les saluent d'un hochement de tête avant de détaler à fière allure.

La jeune fille préfère garder le silence pour ne pas risquer d'irriter sa mère. Un instant, elle a même un recul d'appréhension. Et si sa mère avait un but inavouable ? Et si elle cherchait à tout prix à la dissuader de partir et que, pour cela, elle était prête à tout ? Combien de fois, au village, des parents ont-ils décidé d'offrir leurs filles en mariage pour en tirer une belle dot ou parce qu'ils étaient excédés par leurs revendications ? Faydé chasse ces craintes d'un haussement d'épaules. Voilà qu'elle commence à divaguer. Sa mère l'aime plus que tout et ne lui fera jamais de mal.

Toutes deux contournent la montagne, se dirigent vers le flanc le moins escarpé et entreprennent de l'escalader. Un python géant se repose sur un rocher poli par le temps, la tête posée sur son corps massif. Il ne bouge pas à leur approche et les deux femmes ne cillent pas à sa vue. Elles le saluent poliment car le python fait partie de la montagne. Il est reconnu comme le protecteur naturel du village et certaines familles lui sacrifient des coqs, des lapins et même des chèvres. Le sentier se rétrécit et les cailloux rendent leur ascension pénible. Ici et là se dressent encore les ruines de cases abandonnées par leurs occupants qui, après avoir vécu pendant des décennies sur les flancs de la montagne pour se protéger des cavaliers peuls venus les islamiser de force ou les vendre comme esclaves, ont depuis longtemps regagné la plaine, où la vie est désormais plus sûre et plus facile.

Kondem brise enfin le silence.

« Pressons-nous ! J'espère qu'on va le trouver. Il est parfois si mystérieux qu'il disparaît pendant des jours sans qu'on sache où il est ! Hâte-toi, Faydé. »

La grotte, antre du devin qui est aussi le sorcier du village, est connue de tous. Le vieillard refuse de descendre vivre dans la plaine et, comme il est craint de tous, son absence arrange tout le monde. Mais, même s'il inspire la peur, Adaw est très respecté. Aucun villageois ne penserait à prendre une décision importante sans l'avoir préalablement consulté. Forgeron dans sa jeunesse, fossoyeur si nécessaire, il pratique le culte des ancêtres, s'en tenant à la religion animiste, et ne juge pas ceux qui sont devenus chrétiens ou musulmans. De toute façon, dans cette région à majorité chrétienne et animiste et, pour une petite partie, musulmane, les villageois, à la moindre contrariété, qu'ils appartiennent à l'une ou l'autre de ces religions, viennent le consulter et en appellent aux esprits des génies de la montagne qu'il adore et vénère. C'est le plus important aux yeux d'Adaw.

Quand elles arrivent enfin à la grotte, Kondem et Faydé trouvent le vieil homme sur le seuil, en train de découper consciencieusement des bâtonnets en chantant des incantations. Il lève à peine les yeux sur les visiteuses. Faydé, qui n'est jamais montée jusqu'ici, observe avec une grande curiosité le sorcier, dont la science précise et la sagesse ne sont plus à démontrer. Nombreux sont ceux qui viennent souvent de fort loin pour le consulter. Combien de fois sa mère a-t-elle demandé ses conseils pour savoir quand ensemencer les champs ou engager les récoltes ? Et maintenant elle est venue pour Faydé, c'est évident. Peut-être est-elle prête à la laisser partir, mais sûrement pas avant d'avoir obtenu des garanties que seul Adaw peut lui fournir !

« Tu es là, Kondem ! As-tu bien dormi ? » dit-il. Puis, il la regarde et ajoute : « Sûrement pas. S'il n'y avait pas un mauvais génie qui te tourmente la nuit, tu ne serais pas ici de si bon matin. Approchez ! Entrez ! »

Il saisit son bâton et, d'un geste vif pour son âge, se lève et précède ses hôtes dans la grotte qui lui tient lieu de maison. Des dizaines de jarres d'argile y sont soigneusement entreposées. Au centre est étalée à même le sol une peau de panthère. Il s'assied dessus et commence à fouiller dans ses vases. Des amulettes traînent partout dans la pièce, certaines pendent même du plafond. Le vieil homme est grand et sec, d'un teint foncé. Il a des yeux de rapace, rouges et profonds, d'où émane une certaine douceur. Ses gestes sont lents, sa voix basse au point qu'on est obligé de tendre l'oreille pour l'entendre.

« Qu'est-ce qui t'amène, Kondem ? Je te pose la question bien que je m'en doute. Oh, le cœur d'une mère ! Plusieurs de tes consœurs sont passées me voir ces derniers temps. Certaines accompagnées, d'autres non. Toutes avec, au fond des yeux, l'inquiétude et, sur les lèvres, des questions. Quand ce cœur de mère ne s'inquiétera-t-il plus ? Jamais, j'imagine. On accouche une fois, on reste mère toute sa vie ! »

Tout à son monologue, il continue à chercher quelque chose au fond de ses jarres. Soudain il exhibe un tissu blanc qu'il dénoue avec précaution et en extrait de multiples galets de quartz de toutes les tailles, polis par le temps. Il y ajoute les bâtonnets qu'il a découpés juste avant et marmonne :

« Je savais que tu allais venir ! »

Il prend les pierres dans ses mains sèches et ridées, les fait tourner entre ses doigts en un geste qu'on sent familier, leur murmure quelque chose dans une langue inconnue. Tantôt il souffle dessus, tantôt il chantonne des incantations d'une voix douce, puis plus forte et menaçante. Faydé se serre contre sa mère, elle a peur. Son cœur bat à tout rompre et elle hésite à prendre la fuite. Seule la présence de Kondem, dont le visage reste pourtant inquiet, lui donne le courage de ne pas bouger. Va-t-elle entendre ce qu'elle ne veut surtout pas entendre ?

Le sorcier continue son rituel et, bientôt, une clameur mystérieuse envahit la grotte et hérisse les cheveux des visiteuses. C'est comme si une conversation avait lieu entre le sorcier et des génies invisibles. Il souffle de nouveau sur ses galets et les lance sur le sol avant de scruter attentivement toutes les positions qu'ils ont prises dans leur chute. Enfin il murmure :

« Ta fille, comme toutes celles de son âge, veut partir. Elle ne cherche qu'à se trouver et à devenir utile. Elle court vers son destin ! Ton cœur de mère, ma chère Kondem, est divisé. S'y livre une lutte sans merci. C'est cela qui te tourmente. Une part de toi comprend la nécessité de son départ, veut la laisser grandir et s'épanouir. L'autre relève de ton souci de mère avec ses multiples questionnements.

Ta fille partira et elle reviendra saine et sauve. Et ensuite elle repartira... »

Il lance un des bâtonnets qu'il vient de tailler, mais il n'est pas satisfait. Il le relance encore et encore. Enfin, un sourire apparaît sur ses lèvres.

« Il ne lui arrivera rien de fâcheux. Tranquillise-toi ! »

Un sourire soulagé fend le visage de Kondem et celui de sa fille. Elles ont enfin la réponse à leurs préoccupations. Et le cœur de Faydé bondit de joie. Elle va pouvoir partir avec le consentement de sa mère et la certitude qu'il ne lui arrivera rien d'inquiétant. Pas un instant elle ne met en doute les paroles du sage Adaw.

Kondem se racle alors la gorge, avant de dire, un peu gênée :

« J'avais une autre question...

— Le cœur d'une femme. Oh, cœur de femme ! As-tu un poulet ? »

Sans mot dire, elle sort le coq caché dans les plis de son pagne. Le vieil homme le saisit puis coupe la petite liane qui lui liait ses pattes. Il reprend ses incantations pendant un moment, puis s'adresse au poulet :

« Couche-toi bien ! Même si l'un de nous doit mourir, ne te couche pas mal ! »

Il poursuit ses incantations, entaille la tête du volatile à partir du bec avec une lamelle de tige de mil puis lui tranche la gorge. Il le lance devant lui. L'animal saute, tourbillonne, bat des ailes pour finalement s'écrouler.

« Couche-toi bien ! Surtout, couche-toi bien. N'ose pas te coucher mal ! » continue de sommer Adaw au coq agonisant.

Le devin scrute attentivement la position de l'animal jusqu'à ce qu'il s'arrête de bouger. Ce qu'il lit ne doit pas être de bon augure car ses lèvres se pincent de mécontentement.

« Quel malheur dans ce village, grands dieux ! Quel malheur encore !

— Il est... ? » Kondem n'ose pas prononcer le mot.

« Non, ne t'inquiète pas. Je parlais en général ! Sache que ton mari est sain et sauf et que vous allez vous retrouver ! La position du coq est bonne.

— Doubla reviendra alors ?

— J'ai dit que vous allez vous retrouver ! répète-t-il, le regard perdu au loin. Maintenant, partez. Je suis fatigué et même les génies sont las. Tiens ! dit-il en tendant une poudre à Kondem. Faydé se lavera au milieu de la nuit, quand les hyènes commenceront à ricaner au loin. Le matin de son départ, elle cassera un œuf devant elle, un autre derrière elle sans se retourner. C'est tout ! Partez maintenant. »

Il les regarde s'éloigner, secoue la tête et reprend ses pierres qu'il jette encore au sol, se penchant pour mieux en interpréter le message.

Sur le chemin du retour, Kondem et Faydé bavardent gaiement sans parler du sorcier ni du départ. Elles sont soulagées et veulent seulement profiter chacune de la présence de l'autre en retrouvant cette complicité qu'elles avaient perdue un temps. Le désaccord est terminé. Faydé sait qu'elle partira bientôt et que sa mère est prête.

En fin d'après-midi, Kondem se rend à l'église. Elle est seule. Certes, elle a consulté les ancêtres mais, depuis quelques années, elle est baptisée et communie.

Le prêtre, un homme affable et posé, est devenu son confident. Venu du sud du pays, il s'est installé ici depuis plus de deux décennies, et parle couramment aussi bien le fulfuldé que le dialecte du village. Il l'accueille d'un sourire doux et avenant. Comme à son habitude habillé de blanc, il est assis sur une chaise longue dans la véranda, une bible à la main. Elle s'installe sur un petit tabouret en face de lui.

« Baaba, je suis préoccupée. Depuis des semaines, ça m'empoisonne la vie.

— Tu penses encore à ton mari ? »

Elle rejette l'idée d'un geste de la main.

« Non, non, Baaba. Je pense à ma fille, Faydé. Enfin… Marie. »

Baaba esquisse un sourire.

« Tu peux continuer à l'appeler Faydé sans problème. Mais vas-y, raconte. Je t'écoute.

— Elle veut partir en ville comme ses camarades. J'aurais voulu la retenir mais comment faire ? Comment l'empêcher de travailler quand on croule sous la misère ? J'ai à peine de quoi nourrir les plus jeunes. Faydé voit ses amies installées à Maroua revenir chaque année bien habillées, avec des sacs remplis de victuailles. Elle ne rêve que de les suivre !

— Je la comprends, Kondem, et je comprends également ton inquiétude, mais tout est entre les mains du Seigneur…

— La ville. Quel malheur ! Devons-nous tous être tentés par elle à un moment ou un autre de notre triste existence ? »

Elle s'arrête un instant, le regard vague, se remémorant sa propre expérience, puis reprend d'une voix amère :

« J'avais tellement de rêves pour elle. Je voulais qu'elle continue ses études, qu'elle trouve un bon mari. Mais elle m'a demandé avec quoi je paierais ses études. Et puis, comment vais-je élever seule mes enfants ? Comment vais-je les nourrir, les habiller alors que les récoltes sont de plus en plus mauvaises ? Et même si elle trouve ce mari, comment préparer son trousseau ? Tant de questions auxquelles je ne peux pas répondre. Mais si je la laisse partir, elle deviendra une proie à la portée des prédateurs. Que va-t-elle devenir ?

— Je ne peux pas te donner de réponses, Kondem.

— Mais alors je fais quoi ?

— Tu connais ta fille mieux que moi. Tu lui as inculqué des principes, n'est-ce pas ? Tu as discuté avec elle. Tu lui as fait lire la Bible.

— Oui, oui, bien sûr, mon père. C'est une bonne fille. Pour ça, je n'ai rien à lui reprocher.

— Tu peux donc lui faire confiance.

— Et si elle se laisse berner par la ville et ses employeurs ? Et si elle s'islamise ? »

Il pousse un soupir. Combien de fois a-t-il eu ce genre de conversation avec des parents inquiets ?

« Kondem, tu connais ma position sur ce point. On ne peut obliger personne à pratiquer une religion. De même, on ne peut pas l'empêcher d'en changer.

— Elle ne sait pas ce qui l'attend à Maroua, murmure Kondem.

— Je vais te répéter ce que je dis toujours. Ne laissons pas les haines du passé nous hanter, ne laissons pas les fantômes de la servitude nous rendre aigris. Les musulmans, ou plutôt les islamo-Peuls, vous ont peut-être fait du mal par le passé, ils vous ont acculés au nom de leur religion de plus en plus loin dans les montagnes, mais il n'y a pas que du mauvais dans toutes les conquêtes. Si c'était le cas, nous n'ouvririons pas nos bras aux Européens alors qu'ils nous ont colonisés, fusil à l'épaule. Pourtant, ils ont aussi apporté cette église.

— Baaba, ces personnes qui nous ont envahis une nuit, qui ont emporté les récoltes, enlevé les nôtres, brûlé nos maisons, ce sont aussi des musulmans.

— S'ils agissaient au nom de la religion, ils auraient épargné les leurs. Toutes les personnes de ce village ont subi les mêmes dommages. Chrétiens, animistes ou musulmans. Les bandits ne font aucune différence ! Envoie-moi ta fille, que je la bénisse et que je lui donne mes derniers conseils. Et toi, prie ! Prie pour que le Seigneur entende tes plaintes, pour le bonheur de tes enfants et pour la tranquillité de ton esprit. Celui qui fait confiance à Dieu ne sera jamais égaré ! »

4

« Balayer la cour, faire la vaisselle, le ménage, aider à faire la cuisine, la lessive des enfants, le rangement, bref tous les petits travaux de la maison, énumère d'un ton austère la femme plantureuse, pendant que ses doigts potelés égrènent un chapelet de verroterie brillante. J'espère que tu sais faire tout ça.

— Oui, bien sûr, Tantine. Elle va se débrouiller. Et ce qu'elle ne sait pas, elle l'apprendra vite ! s'exclame Srafata d'un air faussement enjoué.

— Elle n'a pas de langue pour répondre elle-même ?

— Oui, Tantine, je saurai faire tout ça », répond timidement Faydé.

Les deux filles sont assises à même le sable, dans le hangar, portique sous lequel on reçoit les invités et qui se trouve au centre de la partie de la concession réservée aux femmes. Malgré tout ce que ses amies lui ont raconté sur la vie en ville et sur son futur emploi de domestique, Faydé ne se sent guère rassurée face à cette dame assise sur un grand tapis et qui semble, à elle seule, emplir tout le *hangar* tant elle est obèse. La femme pousse un soupir puis a un rictus qui pourrait passer pour un sourire au moment où une autre femme, un enfant dans les bras, sort de l'appartement d'en face. Autant la première est grosse, autant la seconde semble maigre et maladive. Sans prêter attention aux deux jeunes filles, elle salue du bout des lèvres la première épouse et s'installe sur le tapis.

Faydé a tout de suite deviné que les deux femmes sont des coépouses. Srafata lui a parlé d'elles. Elle connaît toute la maisonnée et est, de surcroît, informée des secrets les plus intimes des propriétaires de toutes les concessions du quartier. Aussi a-t-elle déjà mis son amie au courant de tout ce qu'il faut savoir sur cette famille chez laquelle, avec un peu de chance, Faydé va trouver une place. Srafata sait que la domestique précédente ne reviendra pas. C'est pourquoi elle s'est empressée de proposer son amie pour la remplacer.

« Srafata, comme je sais que tu travailles chez Hadja Maïramou depuis un moment et qu'elle semble contente de toi, je veux bien faire l'essai avec elle. Tu la connais, n'est-ce pas ?

— Oui, Tantine. Elle est ma cousine.

— Oui, bien sûr ! Comme d'habitude, toutes les filles de votre village sont des cousines ou des sœurs. Même celles que vous rencontrez pour la première fois à Maroua !

— Mais elle, c'est vraiment ma cousine ! Nos mères sont sœurs. »

La première épouse scrute attentivement Faydé avant de dire d'un air perplexe :

« C'est étonnant mais son visage me dit quelque chose. J'ai l'impression de connaître cette fille. Srafata, tu dis qu'elle vient d'arriver ?

— Oui, oui, Tantine. C'est ma cousine mais elle n'est jamais venue à Maroua. Peut-être qu'elle ressemble à une sœur ou à une cousine qui est ici.

— Toutes les domestiques se ressemblent ! Elle ne vole pas, j'espère, lance la maigrichonne d'un air méprisant. Je ne supporte pas les domestiques qui ont la main longue !

— Non, bien sûr que je ne vole pas, Tantine ! » réplique Faydé, irritée par les jugements qui pèsent déjà sur elle.

Les deux épouses se consultent brièvement du regard, réexaminent attentivement la jeune fille et finissent par hocher la tête.

« Tu peux commencer demain. Très tôt. Et fais attention à toi. On ne veut pas de désordre dans cette maison. Surtout, prends une douche, tresse bien tes cheveux. Tu dois être propre, ajoute la première épouse en plissant le nez comme pour exprimer sa répugnance devant une odeur corporelle qu'elle ne supporterait pas.

— Bien sûr, Tantine ! » acquiesce Faydé avec un léger sourire qui cache mal la gêne montant en elle.

Elle a beau avoir été avertie de ce qui l'attendait, elle ne se sent pas moins désarçonnée. Elle a pourtant pris particulièrement soin d'elle pour cette entrevue. Le matin, elle s'est minutieusement lavée avec du savon. Elle a détaché et refait ses nattes et, pour ses débuts en ville, chacune de ses camarades lui a offert un pagne. Celui qu'elle porte aujourd'hui est certes un peu délavé, mais il est propre.

« Tu n'as pas de poux, j'espère, reprend la seconde épouse. Je ne voudrais surtout pas que tu les refiles à mes enfants.

— Non, Tantine.

— Ça sera huit mille francs par mois », déclare, autoritaire, la première épouse.

Avec un sourire, Srafata réagit d'une voix douce.

« Tantine, il faut ajouter quelque chose. C'est beaucoup de travail.

— Si tu trouves que c'est peu, alors allez chercher ailleurs. C'est huit mille francs. On a toujours payé nos bonnes huit mille francs. Et même, chez d'autres, c'est six mille. Vous pensez qu'il y a de l'argent à distribuer aussi facilement ? C'est à prendre ou à laisser. Tu es d'accord ou pas ? »

Peu rassurée, Faydé jette un coup d'œil à Srafata qui se contente d'acquiescer :

« Bien sûr, Tantine, elle va travailler. Je sais que, si vous êtes contentes, vous l'augmenterez un peu.

— On verra, reprend la première épouse en agitant les mains comme pour se débarrasser d'une promesse qu'on voudrait lui soutirer et qu'elle n'est pas prête à lâcher. Et elle dort où, au fait ?

— Avec moi, Tantine.

— Où ?

— À la maison d'Alhadji Bakari, celle qui se trouve au dernier carrefour.

— Ah oui, bien sûr ! La maison de mon frère, gérée par Ibrahima.

— Tu t'appelles comment ? » demande la deuxième épouse, tout en s'appuyant sur un coude et en s'étirant comme une chatte avant d'étendre ses pieds, dont la plante est noircie au henné. Puis elle couche son enfant près d'elle et le recouvre de son deuxième pagne.

« Faydé, répond Faydé.

— Faydé ? C'est quoi ce nom bizarre ? Donc ta mère t'a trouvée ? Comme ça, par hasard, comme une pièce de monnaie par terre ! s'étonne-t-elle en éclatant d'un rire moqueur.

— Non, Tantine. On ne m'a pas trouvée. C'est ma grand-mère qui m'a donné ce nom », ajoute Faydé, troublée.

C'est la première fois qu'on lui fait des remarques sur son nom. La première fois aussi qu'elle fait le rapprochement avec la signification qu'il pourrait avoir. Faydé, comme une trouvaille ? Pourquoi sa grand-mère a-t-elle décidé de lui donner un nom aussi étrange ? Personne d'autre au village ne le porte. Elle s'en est rendu compte depuis longtemps, mais n'y avait jamais prêté attention avant aujourd'hui. Peut-être y a-t-il une explication, comme semble l'insinuer cette femme ?

« C'est un nom du village. Elle s'appelle aussi Marie pour l'église et Fanta » ajoute Srafata en improvisant un prénom plus facile à retenir pour ces gens de la ville qui méprisent tout ce qui leur paraît différent. Fanta, c'est surtout le prénom que portait une ex-coépouse répudiée récemment, il peut donc être l'occasion de se moquer de celle qui ne vaut pas mieux que leur domestique.

Les jeunes filles désireuses de devenir domestiques se choisissent souvent un prénom courant, familier pour les citadins. Dans le cas où il estime que leur nom d'origine est compliqué à retenir ou trop barbare, le patron n'hésite pas à les renommer à sa guise. Aussi est-ce devenu une règle de se choisir soi-même un nom qu'on garde tant que l'on travaille en ville. Mais il arrive qu'on s'habitue tant à ce pseudonyme qu'on finit par s'y identifier complètement et qu'on délaisse son nom d'origine.

« Je préfère t'appeler Faydé. C'est un joli nom très amusant.

— Merci, Tantine ! » répond Faydé, flattée par un compliment qui n'en est pas forcément un.

Une dame âgée pénètre alors dans la concession. Aussitôt, la seconde épouse se lève, rajuste son voile avec un sourire, puis se confond en salutations pendant qu'elle époussette une chaise en plastique pour l'arrivante qui s'y affale. La première épouse, quant à elle, bouge à peine et se contente de saluer la nouvelle venue. Cette dernière regarde d'un air méprisant Srafata et Faydé, puis lève les yeux au ciel en lâchant d'un ton sec :

« Encore une nouvelle domestique ! Comme si mon fils n'avait pas assez d'épouses pour travailler ! Toutes des paresseuses ! En tout cas, moi, je ne mangerai pas ce qui sortira des mains de ces gens-là ! » conclut-elle.

Puis elle se lève et, ignorant les salutations de Srafata qui ne se laisse pas déstabiliser, s'en va. La jeune fille se lève à son tour, suivie de Faydé. Mais elle semble se souvenir de quelque chose et se rassoit aussitôt.

« Tantine, vous savez que le dimanche, on ne travaille pas. On va à la messe.

— Comme si vous y alliez ! coupe la deuxième épouse. On sait très bien que c'est pour vous l'occasion de vous promener et de faire n'importe quoi.

— Mais non, Tantine. C'est vrai, on va à l'église. On ne manque pas la messe. La prière, c'est important.

— Quelle prière ? interrompt la première épouse avec dédain. Les chants au son des tambours, c'est ça que vous appelez prier ? Ça va, on sait. À demain ! À l'aube, évidemment ! »

Cela fait une semaine que Faydé est arrivée à Maroua sous la protection de Srafata, qui a promis à leurs mères de s'occuper de son amie. Une semaine tellement intense qu'elle a du mal à s'acclimater et à assimiler tout ce qu'on lui montre. Elle comprend maintenant pourquoi il était si important au village d'apprendre, dès sa prime jeunesse, à s'exprimer en fulfuldé, le dialecte peul et la langue véhiculaire de tout le Grand Nord Cameroun et même au-delà, car c'est aussi la langue d'usage dans la grande ville, celle avec laquelle on communique avec les autres et on travaille.

La ville est si différente du village ! Elle est vaste, très peuplée. Quant aux habitudes, elles y sont étranges. Dans ce quartier où résident les commerçants les plus aisés, deux mondes se côtoient mais ne se mélangent jamais. Il y a les propriétaires des grandes concessions, leurs épouses, leurs enfants, leurs voisins, et puis les autres, ceux qui sont là uniquement pour travailler, ceux dont on ne veut rien savoir de plus que le service qu'ils peuvent fournir. Deux mondes : celui des riches et celui des pauvres. D'une part, les citadins, qui sont servis, essentiellement des islamo-Peuls ; d'autre part, ceux qui servent. Autrement dit, ceux qui ordonnent et paient et ceux qui obéissent avec le sourire, le cœur souvent empli d'une amertume inavouable.

Faydé s'est habituée au nouveau rythme qui lui est imposé car elle l'a désiré de toutes ses forces. Toute la semaine, elle a suivi Srafata comme son ombre et l'a aidée à accomplir ses multiples tâches de domestique afin d'apprendre à exécuter les travaux nécessaires à la vie de la concession.

« Au village, on lave aussi la vaisselle », a-t-elle fait remarquer à Srafata le premier jour.

Moqueuse, celle-ci a rétorqué :

« Oui, on fait la vaisselle, mais les repas au village peuvent-ils rendre les assiettes si huileuses que, sans détergent, il est impossible de les dégraisser ? Et puis faire la vaisselle en ville est plus compliqué. Si tu ne fais pas attention et que tu es maladroite, tu brises les verres et les plats en porcelaine. On commence toujours par les verres pour éviter qu'ils ne restent poisseux du gras de la sauce. Ici, on récure les marmites jusqu'à ce qu'elles brillent. Évidemment, on risque de les user plus vite mais qu'importe ! On a les moyens de les remplacer. Tu comprends, Faydé ?

— Oui.

— En ville, on ne balaie pas de la même manière. On ne se contente pas, comme au village, de repousser les feuilles mortes et de les entasser dans un coin. Non, il faut passer et repasser le balai, se courber toujours plus pour niveler parfaitement le sable, le faire avec grâce et délicatesse pour ne pas laisser d'empreintes, de gauche à droite, puis de droite à gauche. Sinon, les gros grains se retrouveront d'un seul côté, laissant place aux plus fins qui ne sont que poussière.

— Mais le sable finira toujours par se creuser sous l'empreinte des pas ! s'exclame Faydé.

— Oui, mais si cela arrive, tu dois recommencer. Sinon tout ton travail sera inutile. On dira simplement que tu n'as pas balayé ! Parfaitement étalé le sable, Faydé ! Souviens-toi, aucune empreinte. Et puis, en ville, on ne nettoie pas de la même manière qu'au village : on lave les sols carrelés ou cimentés, on cure les toilettes. »

En ville, on fait tellement de choses qui peuvent sembler absurdes quand on ne les connaît pas. Faydé est à la fois éblouie par le confort et le luxe qu'elle découvre et effrayée à l'idée de ne pas faire les choses correctement. Elle paraît si gauche, comparée à Srafata qui exécute ces tâches avec une dextérité étonnante. Elle a à peine lavé trois plats que Srafata en a déjà nettoyé dix.

« Ce que tu dois surtout savoir, Faydé, c'est qu'une bonne a toujours bon caractère. Elle ne réplique jamais quand on la gronde. Elle garde toujours le sourire et n'est jamais fatiguée. Quand il y a un problème, c'est à elle de s'excuser, répète chaque soir Srafata, pendant les veillées où les filles du village, qui travaillent toutes dans le même quartier, se réunissent.

— Oui, Faydé, reprend Danna. Ils ont toujours raison et tu as toujours tort. Même dans un conflit avec un enfant, la fautive, c'est toi. Tu dois d'ores et déjà comprendre que celle qui s'excuse, c'est toi – et uniquement toi !

— Tu ne dois donc pas être susceptible. Ferme ton cœur et surtout tes oreilles. Même les plus jeunes t'insulteront, mais toi tu sais pourquoi tu es là. Pense juste à ton salaire et à tout ce que tu feras avec. Quand l'envie te prendra de répondre à ce qui te semble une injustice, pense à ceux que tu as laissés derrière toi. Pense aussi aux moqueries qui surgiront si tu rentres bredouille parce que tu auras été la seule à n'avoir pas eu assez de caractère pour vivre et travailler en ville.

— Les règles de base sont simples et, si tu ne veux pas avoir de problèmes, tu dois les assimiler dès à présent. Ouvre grandes tes oreilles et écoute bien ce qu'on te dit car on ne va pas le répéter. Ils sont les patrons et tu dois les respecter comme tels. Ne jamais t'asseoir à côté d'eux mais plutôt en retrait. S'ils sont sur un fauteuil, tu restes sur le tapis. S'ils sont sur une natte, tu t'installes sur le sable. Si tu remarques qu'ils ont des places préférées, même si c'est au pied d'un arbre, jamais, au grand jamais, tu ne dois t'approcher de cette place-là. Sauf, bien sûr, pour la nettoyer.

— Baisse les yeux quand tu vois leur homme. Qu'il soit vieux ou plus jeune. Évite-le, ne lui adresse jamais la parole. Si tu dois le saluer, c'est en te tenant loin et en t'inclinant. Et n'attends pas de réponse. D'ailleurs, tu n'as pas besoin de réponse. Tu n'es qu'une bonne, alors reste à ta place de bonne. »

Faydé pousse un soupir. Comment retenir toutes ces choses et ne pas commettre d'impair ?

« Tu trouveras ta place rapidement. On est toutes passées par là. Et puis, ces règles ne sont pas différentes au village. Tu vois comment tu te comportes en face du roi ? Voilà ! Eh bien, ici, ils sont tous des rois, des reines et des princes.

— Ils ne sont pas tes amis. Juste des connaissances, même si tu penses qu'ils t'aiment bien. D'ailleurs, ils t'apprécieront uniquement en fonction du travail que tu accompliras. Uniquement pour ça ! Souvent, des paroles mielleuses pour mieux t'asservir. Ne t'attache donc pas à eux. Ils ne sont pas de ta famille. Ils ne te considéreront jamais comme une des leurs, peu importe le temps que tu passeras avec eux. Tiens, tu les as déjà vus un jour dans notre village ? Ils n'hésiteront pas à te jeter comme une malpropre à la première erreur.

— Tu as remarqué que tous ceux et toutes celles qui travaillent dans ce quartier sont de notre village. Méfie-toi ! On a dû être vigilants tous ensemble pour ne pas se laisser envahir par d'autres. Ici, c'est notre zone ! Sitôt qu'une place se libère, on doit proposer exclusivement un ou une des nôtres pour la prendre. Ne jamais laisser un intrus s'en approcher. Et surtout, Faydé, garde-toi de trahir un des tiens. Tu comprendras plus tard pourquoi on doit garder la main sur notre “territoire”. Aucun domestique d'un autre village ou, pire, d'une autre ethnie ne doit s'en approcher. »

La dizaine de filles s'entasse dans la même case. Elles sont toutes du même village et, le matin venu, elles se dispersent vers les maisons dans lesquelles chacune est employée. Le soir, elles regagnent la case et discutent jusque tard dans la nuit, quand la fatigue de la journée terrasse enfin même les plus aguerries. Certaines, qui ont la chance d'appartenir aux concessions les plus riches, apportent des repas, les restes dont les patrons ne veulent pas mais qui, pour elles, constituent un véritable festin.

Faydé a réussi à se trouver une place de domestique une semaine à peine après son arrivée. Et, de l'avis de ses camarades, c'est une bonne maison.

« Une bonne maison pour une domestique, explique Srafata, c'est tout simplement une maison où les maîtresses ne grondent pas beaucoup, où il n'y a pas trop d'enfants, où il y a d'autres domestiques qui te permettent de ne pas être accablée de travail, où le mari a suffisamment d'argent pour qu'on ne risque pas des arriérés de salaire...

— C'est surtout une maison où l'on mange bien, coupe Danna en riant. S'ils ne te donnent pas suffisamment à manger, ce ne vaut pas la peine. Dans cette ville, on peut rapidement dépérir avec tout ce qu'on a à faire.

— C'est une maison où l'on n'est pas trop regardant sur les restes, sur l'utilisation du savon et surtout sur les courses ! reprend Srafata en s'esclaffant. Pour cela, on peut toujours dire que les maisons des commerçants sont les meilleures. Celles des fonctionnaires avec des femmes instruites sont moins généreuses, et celles des Sudistes, les *gadamayo*, c'est la catastrophe. Ils paient peut-être plus, mais aucun à-côté. Mieux vaut un petit salaire avec des opportunités.

— Les *gadamayo*, ils sont regardants sur le savon ou même sur l'eau. Aucun gaspillage ! C'est plus compliqué », ajoute Bintou avec un petit soupir dédaigneux.

Elle semble maîtriser le sujet. Elle en a fait l'expérience l'année passée quand elle était l'employée de fonctionnaires *gadamayo*. Elle était payée le double du salaire de ses camarades, mais quelle pression ! En plus de crouler sous les travaux les plus ingrats, elle n'avait ni la possibilité de manger à sa faim ni celle de faire sa lessive ou de profiter du marché, la maîtresse de maison ayant la liberté de faire elle-même ses courses et gérant ses dépenses au franc près.

« Mais tout de même, ils sont moins hautains et moins prétentieux.

— Oui, certainement, répond Bintou. Mais, même si on ne t'insulte pas, si tu ne manges pas à ta faim et que tu n'as pas d'avantages, ça ne compte pas. Le pire, c'est que, chez eux, c'est comme au bureau : un travail à plein temps. Ils te diront de ne pas sortir, de ne pas partir avant la tombée de la nuit, même s'il n'y a rien à faire, de ne pas recevoir d'amies. Une vraie prison !

— Pire que les *gadamayo*, il y a aussi les débrouillards ou les nouveaux riches. Les premiers ont à peine de quoi payer une bonne, tu te fatigues à tout faire et tu manges moins bien qu'au village. Quant aux seconds, ils sont méprisants, suffisants et, quelquefois, tu reçois de mauvais traitements ! Certains peuvent aller jusqu'à te frapper. Ils pensent qu'avec leur nouvelle fortune ils peuvent t'acheter et ils te prennent pour leur esclave.

— Exactement ! Ce sont les plus susceptibles de te coincer et d'essayer de te forcer – si tu vois ce que je veux dire. Arrête de me regarder avec ces gros yeux, Faydé, il ne t'arrivera rien ! ajoute Danna en éclatant de rire devant le regard incrédule et terrifié de son amie. Tu apprendras rapidement à ne pas t'exposer.

— Pourquoi tu veux lui faire peur, alors qu'elle vient à peine d'arriver et que c'est sa première fois ? Ne l'écoute pas, Faydé ! En tout cas, une bonne maison, c'est certainement une maison où il y a des toilettes extérieures, où on a de l'eau à volonté et, comble du luxe, c'est une maison où on peut de temps en temps regarder la télévision !

— Qu'est-ce que vous préférez, les filles ? Une maison de *gadamayo* ou celle d'un des nôtres qui a réussi ? lance Bintou.

— Si tu connais l'un de nos frères qui a réussi, ne passe même pas devant chez lui. Il te fera travailler gratuitement. Et il te maltraitera – pire que n'importe quel autre. Il n'hésitera pas à te traiter de tous les noms, parlera mal de toi chez les parents, passera son temps à citer le moindre sou qu'il aura dépensé pour toi. Non, non, non ! C'est exactement le genre de maison qu'il faut éviter ! Mieux vaut mourir au village. À éviter absolument ! termine Danna.

— À éviter absolument, répète Srafata. J'ai vécu ça, en débarquant chez un cousin de ma mère quand j'avais à peine dix ans. Un instituteur qui avait promis de m'instruire. Je croulais tellement sous les travaux domestiques que je n'ai pas mis les pieds à l'école. À chaque période de vacances, il se plaignait à mes parents de mon ingratitude, de ma paresse, de mon mauvais comportement, de mes promenades. Après trois ans de galère, j'ai fini par partir. Il ne sait même pas où je me trouve. Jamais, au grand jamais, je n'y remettrai les pieds, pas plus chez lui que dans son quartier. Ça a suscité tellement de disputes familiales que ma mère m'en a voulu de créer la discorde entre son frère et elle.

— Tu as raison, Srafata. On ne peut pas travailler chez la famille, ni d'ailleurs chez des gens qui sont liés au village. Nous sommes là pour profiter le plus possible et pour économiser.

— Voilà, c'est ça ! Bref, une bonne maison, c'est de préférence une maison où il n'y a pas de femmes âgées. Qu'est-ce qu'elles peuvent être chiantes, les vieilles ! ajoute Bintou en riant aux éclats.

— Hum, Bintou, fait Srafata, une maison avec une femme âgée, c'est quand même préférable à une maison avec des jeunes filles. Elles se prennent pour des princesses et te donnent des ordres comme si tu étais leur servante attitrée, et elles n'hésitent pas à t'insulter.

— Les maisons les plus ennuyeuses sont celles des obsédés de la religion, qui te vouent à longueur de journée aux feux de l'enfer, comme s'ils en étaient les gardiens. Généralement, les obsédés d'Allah sont aussi les obsédés du sexe. Ils passent le temps à maudire tes formes tout en les lorgnant.

— Oui, les plus ennuyeuses, c'est bien celles-là ! Et là, sûrement pas de télévision !

— Même s'il y en a une, c'est pour regarder à longueur de journée les prières à La Mecque. Et ils vont passer leur temps à tenter de te convertir à l'islam. J'en ai fait l'expérience l'année dernière chez Maalam Souley. Tellement agaçante, cette maison, que je l'ai quittée sans avoir d'autre option !

— Et une maison avec de beaux gaillards, Bintou ? » suggère Srafata, en lançant un clin d'œil complice à son amie qui a toujours eu un faible pour les petits patrons.

Celle-ci, sans relever l'allusion, conclut simplement :

« Tu peux te réjouir, Faydé. Tu as trouvé une bonne maison. J'espère que tu sauras en profiter et, surtout, conserver ta place le plus longtemps possible. »

5

« Passer et repasser le balai, se courber toujours plus. Le faire avec grâce et délicatesse pour ne pas laisser d'empreintes dans le sable. De gauche à droite puis de droite à gauche, encore et encore. »

Faydé, consciencieuse, a commencé très tôt, comme convenu. Mais comment éviter les empreintes sur le sable quand les autres passent et repassent aux endroits déjà balayés ?

« Faydé, presse-toi. Tu ne vas pas y passer ta journée. Il y a aussi les appartements à nettoyer et la vaisselle à faire avant la fin de la matinée.

— Oui, Tantine. »

Quand, au bout d'une demi-heure, elle termine enfin sa première tâche, Faydé retrouve la première épouse dans le *hangar*. La concession semble calme, les enfants les plus âgés sont prêts à partir à l'école. Une petite fille s'approche de Faydé et la scrute attentivement.

« Comment tu t'appelles ?

— Faydé.

— Tu es notre nouvelle domestique ?

— Naïma, si tu arrives en retard, le maître va te punir. Il est l'heure », la coupe sa mère avec un sourire.

Sans demander son reste, la fillette sort, aussitôt suivie par d'autres enfants.

La première épouse, qui tient comme la veille un chapelet à la main, se tourne vers Faydé et lui dit :

« Je t'explique rapidement les choses. Sache que je n'ai pas pour habitude de me répéter. Alors retiens vite ! Car je déteste crier ou gronder. Tu sais ce qui t'amène ici. On n'a donc pas à te demander les choses plusieurs fois. Dans cette maison, je suis la *daadasaaré*, la première des épouses. C'est moi qui commande et supervise tout. Tu m'appelles Diddi. Voici mon appartement, ajoute-t-elle en désignant l'appartement qui semble le plus spacieux. La deuxième, dit-elle en pointant l'appartement voisin, tu l'appelleras Nenné. Pour le moment, elle est absente. Celle que tu as vue hier, l'autre, tu peux l'appeler Ayya. Tu as compris ?

— Oui, Diddi.

— Tu commences toujours par nettoyer mon appartement. Puis celui de Nenné, et enfin celui d'Ayya. Jamais dans le sens contraire. J'insiste. Mets-toi en tête que ta patronne et la mère de toute la maisonnée, c'est moi. Tu as compris ?

— Oui, j'ai compris.

— La partie de la concession de notre époux, Alhadji, ne te regarde pas. Sauf la cour que tu devras balayer chaque matin – en silence pour ne pas le déranger. Ensuite, tu laveras la vaisselle dans le coin là-bas. Tu y trouveras savon et détergent. Si tu n'en trouves pas, tu m'en demanderas – et uniquement à moi. Si je ne suis pas là, tu iras voir Nenné, et si elle n'est pas là non plus, alors tu t'adresseras à... l'autre.

— Oui.

— Tu n'es pas là pour participer aux commérages ou rapporter ce que tu as entendu. Quand on vit dans une grande maison, on doit savoir se taire. Mais tu as l'air d'une fille intelligente, n'est-ce pas ?

— Oui, Diddi.

— Donc si tu vois ou entends quelque chose qui te trouble, c'est à moi que tu dois le dire, car je suis un peu comme ta mère ici. Tu comprends ? Si tu as des problèmes, tu peux me les confier également. C'est d'accord ?

— Oui, bien sûr, Diddi !

— Je vais me recoucher maintenant. Tu sais tout ce que tu as à faire avant que je me lève pour le petit déjeuner. Si tu as une question, demande à Biri. C'est lui, à l'entrée, là-bas. Il est en train de laver la voiture d'Alhadji. Sûrement un de vos frères aussi ! »

Elle se lève avec difficulté puis, avant de franchir la porte, lance :

« N'oublie pas de balayer ce *hangar* et de bien nettoyer le tapis. »

Au bout de deux heures d'effort, Faydé termine enfin son ménage. Il faut attaquer la deuxième tâche, celle qu'elle appréhende le plus, la vaisselle.

Faydé n'en a jamais vu autant. Des plats, des verres, des assiettes, des marmites, entassés pêle-mêle dans un gigantesque évier. D'autres sont à même le sol avec, parfois, des restes de nourriture. Mais comment peut-on utiliser en une seule journée autant de vaisselle ? Combien y a-t-il de personnes dans cette concession ? Et toute cette nourriture gâchée ! Et comment fait-on avec l'eau ? Srafata lui a déjà montré comment tourner un robinet mais, ici, le robinet est différent.

Timidement, Faydé va voir Biri, toujours occupé à astiquer la carrosserie, déjà bien brillante.

« Bonjour, Biri. Je suis la nouvelle domestique.

— Ah ! Bonjour ! Comment tu t'appelles ?

— Faydé.

— Faydé ! Quel drôle de nom ! C'est vraiment ton nom ou tu l'as inventé spécialement pour la ville afin d'éviter de te faire rebaptiser ?

— Euh... C'est vraiment mon nom...

— Jamais entendu avant. C'est en quelle langue ?

— Faydé, comme Fayderé. Apparemment, ça signifie "trouvaille" en fulfuldé.

— Une trouvaille ? C'est original ! »

En songeant à ce nom, il sourit puis finit par rire tellement qu'il en pleure, sans s'arrêter de répéter « Faydé », au grand dam de sa nouvelle collègue. Faydé ne comprend vraiment pas ce qu'il y a de si amusant dans son nom.

« Faydé, la trouvaille ! Franchement, même les Peuls n'ont jamais pensé à donner un nom aussi... original et authentique à leurs rejetons. Non ! Ha ha ha ! C'est trop drôle ! Et ton vrai nom au village alors, c'est quoi ?

— Mais je viens de te le dire. C'est vraiment Faydé. Bon, je m'appelle aussi Marie. Mon prénom de l'église.

— C'est mieux, Faydé ! Tu es donc la nouvelle bonne qui remplace Sala ? demande-t-il, essuyant ses larmes d'hilarité.

— Oui.

— Une chouette fille, cette Sala. Mais elle est entrée dans des histoires impossibles. Je savais qu'elle n'allait pas durer ici. Il paraît qu'elle est partie à Douala. Sa tante y tient un restaurant, à ce qu'on m'a dit. Ah ! Je suis content pour elle. C'est bien de partir vivre à Douala. C'est la vraie ville, il paraît. Moi aussi, je partirai bientôt. J'ai mon frère là-bas qui m'a dit de venir, qu'on y gagne mieux sa vie.

— Oui, sûrement. Biri, je ne sais pas comment utiliser le tuyau d'où sort l'eau.

— Ah ! Le robinet. Allons-y, ma Fayderé. »

Il se remet à rire malicieusement et jette son chiffon dans un coin avant de se rendre à l'évier, la jeune fille sur ses talons. Il soulève le robinet et une eau claire et fraîche se met à couler.

« Tu as compris ? En haut pour ouvrir et tu baisses pour fermer.

— Ah, d'accord ! Dans la maison où ma sœur travaille, il faut plutôt tourner.

— Il y a beaucoup de modèles, comme tu le vois. Ta sœur, elle travaille où ? questionne-t-il, curieux.

— Dans la grande maison jaune avant le carrefour.

— Ah, mais c'est Srafata ! Ton village, c'est aussi vers les montagnes. Srafata, c'est une fille très bien. Étonnant que je ne t'aie jamais rencontrée au village. Tu es arrivée quand ? »

Spontanément, il s'est mis à parler dans leur dialecte au lieu du fulfuldé habituel.

« Cette semaine.

— Ça se voit que c'est ta première fois. Ne t'en fais pas, tu vas bien t'en sortir si tu es travailleuse et, surtout, si tu sais garder la bouche fermée.

Kirip, fait-il en faisant mine de pincer ses lèvres entre deux doigts. Tu n'as rien vu, rien entendu, tu ne sais rien. Tu me comprends, Faydé ?

— Oui, oui. J'ai compris. Ne t'inquiète pas.

— Écoute ce que je te dis si tu ne veux pas avoir de problème. Je suis dans cette maison depuis plus de cinq ans. C'est dire si je la connais bien. Si tu es intelligente, tu t'en sortiras. C'est une bonne maison. Meilleure, en tout cas, que beaucoup d'autres. Le père est un homme correct. Ses épouses... La troisième, c'est une sorcière mais la première est gentille. Très exigeante mais généreuse. La deuxième est assez transparente. Méfie-toi surtout des frères du père, de sa sœur et enfin de sa mère.

— Sa mère ?

— Elle vit dans la maison, là derrière. Tu la verras tous les jours.

— D'accord. Au fait, Biri, Diddi m'a dit qu'il y a du savon et du détergent, mais je ne les vois pas. »

Faydé veut couper court aux commentaires de son nouvel ami, qui semble fort bavard et prêt à deviser encore longtemps si elle le laisse faire. Il pointe quelque chose du doigt.

« Regarde cette bouteille. C'est le savon.

— Liquide comme ça ?

— Oui. C'est ça qui lave bien.

— Merci. J'ai compris.

— Essaie voir ! »

À peine Faydé a-t-elle maladroitement pris un plat que celui-ci tombe et se fracasse au sol. Elle regarde craintivement Biri. Celui-ci secoue la tête et ramasse rapidement les débris.

« Je vais les cacher. N'en parle surtout pas. Si tu casses quelque chose et que personne ne te voit, débarrasse-t'en rapidement... et surtout pas dans la poubelle. Si on en remarque l'absence, tu ne sais rien. Tu n'as jamais vu ce plat, tout simplement. Sinon, tu lances une allusion au fait que ce sont leurs propres enfants qui les cassent. C'est comme ça que ça marche ! »

Faydé se révèle excellente élève. Au bout d'une semaine, elle maîtrise parfaitement l'organisation de la concession et s'intègre à la vie de la famille. Chaque jour, elle arrive à l'aube, balaie la grande cour, puis prend un moment pour discuter avec Biri, dont la bonne humeur est invariable. Après la vaisselle toujours aussi impressionnante mais dont elle se débarrasse désormais avec une grande dextérité, elle a droit à une petite pause, à l'heure où les dames se lèvent – du moins, celle dont c'est le tour de se lever et de servir le petit déjeuner. Faydé, comme tous les autres, a droit à un morceau de pain qu'elle trempe dans un reste de sauce à la viande. Quel délice ! Et du thé bien sucré. On lui en donne un gobelet plein. Comme elle aimerait partager ce repas avec ses frères et sœur restés au village et qui n'ont en guise de petit déjeuner que les restes de la veille ! Quand elle voit une partie de la nourriture atterrir à la poubelle, ce gaspillage lui fend le cœur.

Elle a appris à faire le ménage. Personne ne lui fait plus de remarques. Elle s'occupe aussi de toutes les besognes qui incombent d'ordinaire aux domestiques. Apporter le maïs, le mil ou le riz à moudre lui donne l'occasion de papoter avec ses amies car celles-ci viennent pour la même raison au moulin du quartier. Parfois, elles peuvent sortir jusqu'à dix fois par jour pour acheter au détail ce dont on a besoin dans la concession mais dont on ne se souvient qu'au dernier moment : des cubes Maggi pour la cuisine, des bonbons pour un des enfants ou des comprimés de paracétamol. C'est pour elles l'occasion de profiter des derniers ragots avant le grand déballage du soir.

Mais ce que Faydé attend plus que tout, ce sont les courses au marché. Les femmes de la maison n'ayant pas le droit de sortir et surtout pas pour se rendre au marché, ce sont les hommes qui font les courses. Cependant, quand il s'agit de légumes ou de condiments, ce sont toujours les domestiques qui s'en occupent. Quel plaisir alors pour Faydé de déambuler entre les allées ! Il y a tellement de choses à voir et à sentir qu'elle en a le souffle coupé. Et puis, quand on est envoyé au marché, on sait que c'est une occasion en or pour compléter son salaire. Au début, elle était effarée de voir Srafata marchander et, à la fin des courses, lui remettre quelques pièces.

« Mais Srafata, c'est du vol !

— Non, c'est de l'intelligence ! Ce n'est pas du vol, c'est comme ça qu'on s'en sort. Tu as acheté tout ce qu'on t'a demandé. Voilà, c'est tout. Les quelques pièces que tu arrives à économiser sont pour toi. Tu verras, en ville, les dépenses doublent. Tu auras besoin de choses qu'on ne connaît pas forcément au village et ton salaire ne doit pas être entièrement consacré à ta propre survie. »

Le soir, avant de rentrer à la tombée de la nuit, Faydé prend sa douche dans les toilettes à l'extérieur. Elles sont à la disposition des étrangers de passage et des domestiques. Il n'y manque jamais un petit morceau de savon. Elle peut aussi, après avoir lavé les habits des enfants les plus jeunes, nettoyer ses propres vêtements sans que cela dérange les maîtresses – à condition qu'elle ne les étale pas sur la même corde à linge que ceux de la famille. Qu'importe, même si c'est sur le sable !

Puis elle dîne et, comme tous les enfants, regarde la télévision, assise dans un coin de l'appartement de l'une ou de l'autre des épouses, avec une nette préférence pour celui de Diddi. Très vite, elle comprend le scénario des séries hindoues et des *novelas* dont raffolent les autres et, comme eux, elle attend impatiemment la suite.

Faydé s'épanouit et prend du poids. La jeune adolescente frêle qui est arrivée gauche et hésitante sort de sa chrysalide et gagne peu à peu en assurance.

6

Faydé s'est accommodée à sa nouvelle vie et évolue désormais, calme et rieuse, dans les dédales du Grand Quartier. Comme toutes ses amies, elle a l'impression de mener une double vie, d'être deux personnes à la fois, très différentes l'une de l'autre. Elle est Faydé la domestique parfaitement intégrée : elle vit à côté de la famille dont elle partage le quotidien. Mais elle est aussi Faydé, la vraie, celle qui, le soir venu, tombe le masque et regagne la misère mais aussi la joie de vivre de tous ces jeunes à la recherche d'une vie meilleure. Elle redevient alors Faydé, la jeune fille dont les frêles épaules portent l'espoir de toute une famille suspendue à sa bravoure et à son dévouement. Elle est celle sur qui compte une mère désespérée qui attend patiemment, à la fin de chaque mois, le maigre pécule qu'elle lui envoie.

La nuit tombée, en fermant les yeux, le corps rompu de fatigue, Faydé se souvient des champs brûlés par le soleil, du grenier vide et du foyer désespérément éteint quand il n'y a plus rien à cuire. Elle pense à son père, cet homme aimant qui adorait ses enfants et qui n'aurait jamais pu les quitter de son plein gré, elle en est sûre. Où peut-il être ? Est-il encore en vie ? Il lui manque. Elle revoit ses frères qui, malgré leur ventre vide, s'entassent, pleins d'espoir, dans une misérable salle de classe pour y apprendre les rudiments de la culture occidentale qui leur est étrangère, censée améliorer leur condition sociale. Ils savent qu'ils ne pourront jamais mener leur cursus jusqu'au bout, si tant est qu'il y en ait un. Elle se rappelle aussi le rictus enragé du boutiquier quand sa mère l'envoyait encore acheter à crédit du savon ou des allumettes. Y penser lui donne plus de force pour gagner ce salaire qui permettra à toute sa famille de tenir, plus de ruse pour accumuler toujours davantage en prévision du retour. Les rêves de Faydé ne vont jamais plus loin que ce jour où, les bras chargés de tout ce qui allumera une étoile dans le regard de ceux qu'elle aime, elle rentrera au village.

La Faydé du jour, toujours dynamique et souriante, s'attelle dès le matin à ses corvées et évolue au milieu de toutes les richesses que les propriétaires considèrent comme un acquis. Elle range le salon, aligne les coussins sur les canapés moelleux, époussette avec délicatesse les bibelots, alors qu'elle n'a connu jusque-là qu'une case en terre battue et au toit de chaume. Elle dépoussière les épais tapis, essuie les carreaux jusqu'à ce qu'on puisse s'y mirer, fait les lits et tire les draps en évitant les plis – ce qui lui paraît étrange, à elle qui, chaque nuit, contente d'avoir une natte à étendre à côté de ses compagnes, se couche à même le sol.

Elle fait la vaisselle, qui n'en finit pas de s'accumuler. Puis la lessive. Les enfants s'habillent le matin avant d'aller à l'école, se changent au retour, puis au coucher. Lorsqu'ils mangent une mangue et en font couler du jus sur un tee-shirt porté depuis seulement une heure, ils se changent aussitôt. Parfois, pour choisir comment s'habiller, ils déversent le contenu de la penderie par terre et ne prennent pas la peine de tout ranger. Qui s'en plaint, sinon celle qui doit tout remettre en place ou faire la lessive ?

« Faydé, ramasse les habits ! Faydé, viens rebalayer ce salon : les enfants ont encore mis du sable partout. Faydé, viens que je t'envoie à la boutique ! Naïma veut un biscuit. Accompagne-la. Faydé, il n'y a plus de gobelets propres. Tu as fait la vaisselle aujourd'hui ? Ça fait une heure que je t'appelle pour balayer mon salon. Tu es vraiment lente ! Faydé, viens tourner la bouillie avant qu'il y ait des grumeaux. Faydé, où est ma poupée ? Je l'ai laissée là en partant à l'école. Faydé, Faydé, Faydé... »

Elle se ferme aux insultes, reste impassible face aux remarques désobligeantes à son propos ou sur son village. Elle ne bronche plus face au dédain des enfants qui lui rappellent, quand elle refuse de céder à leurs caprices, qu'elle n'est qu'une bonne, ni ne réagit à la violence de la troisième épouse qui est allée, un jour, jusqu'à lui assener un coup sec sur la nuque parce qu'elle trouvait les légumes mal découpés. Elle a aussi appris à se maîtriser devant le mépris à peine voilé de la grand-mère, qui la traite de temps en temps de *kaado*. Un jour, celle-ci a fait toute une scène à Faydé quand elle l'a trouvée en train de boire dans un gobelet. Quelle audace pour une *kaado* d'oser utiliser la vaisselle de la maison !

Kaado est un terme péjoratif et méprisant pour désigner « ceux qui ne sont pas peuls », ou plutôt qui ne s'identifient pas comme tels. Implicitement, ce terme désigne tous ceux de la classe dite « inférieure ».

Car, bien avant la colonisation occidentale et chrétienne, les Peuls, même s'ils ne s'en vantent pas, ont participé à la traite des esclaves, ont conquis toute la bande sahélienne par la force de l'épée sous le prétexte du *djihad*, sont devenus les plus puissants et les plus riches et, de ce fait, considèrent tous les autres peuples comme inférieurs.

Mais, si l'on traite ouvertement de *kaado* les domestiques, personne n'oserait librement qualifier de *kaado* un non-Peul instruit ou suffisamment aisé pour ne pas travailler pour autrui et ne dépendre de personne.

Cependant, *kaado* est généralement suivi du qualificatif *eer*. Un *kaado-meere* n'est rien. Donc, un non-Peul, de surcroît villageois, n'est personne. Et un *kaado-meere* n'est pas musulman, ce qui est plus grave. Car, en plus de *kaado*, on ajoute *kefero*, « mécréant ». Même s'il est chrétien, il n'en reste pas moins un mécréant.

Quand un *kaado* meurt, on en parle en disant : « Il est mort ! *O waati !* » comme pour un animal, et non *O maayi !* » comme pour un être humain. Du coup, un *kaado-meere*, doublé d'un *kefero*, est considéré comme un animal. S'il embrasse l'islam, il devient un *silmoudo*, un « converti », puis il s'intègre dans la communauté islamo-peule et s'identifie à elle, en essayant de faire oublier ses origines. Mais on lui rappelle à la moindre occasion qu'il est noir... même si c'est un pseudo-Peul plus foncé que lui qui le lui rappelle !

Car un *kaado* est aussi un *bilkiijo*, un « ignorant », pour ne pas dire un « sauvage ». Et le fulfuldé parlé par un *kaado* est *bilkiiré* car un non-Peul ne peut bien sûr pas comprendre toutes les subtilités d'une langue aussi complexe !

Après sa dure journée de labeur, Faydé est éreintée mais contente de rejoindre ses amies. Comme au village, garçons et filles se retrouvent dans la cour et ne se parlent plus qu'en patois, non seulement par nostalgie, mais aussi pour s'assurer qu'aucune oreille indiscrète – citadine – puisse saisir le contenu pas toujours aimable des échanges. Il faut dire que, pour un salaire de misère mais qui améliore la vie quotidienne, on peut accepter d'être un *kaado* le jour et traité en conséquence, car les plus riches sont toujours les plus forts. Mais, le soir venu, on se défoule dans sa propre langue pour exposer toutes les turpitudes de ceux qui se croient supérieurs, rendant ainsi frustration pour frustration, insulte pour insulte.

« Alhadji Bakari a une maîtresse. Il sort avec la propre sœur de sa deuxième épouse.

— Lui, avec son chapelet perpétuellement à la main, tous les jours à la mosquée, à jouer les pieux ! Ainsi, il peut aussi sortir sa quéquette molle hors mariage !

— Et sa deuxième épouse, qui méprise tout le monde, hautaine comme ce n'est pas permis ! Elle m'a insultée hier. "*Kaado*, donc espèce de pute !" Eh bien, la pute, c'est sa sœur, qui n'est pas *kaado !* Bien fait pour elle !

— Comment tu sais que sa quéquette est molle ? Tu as vérifié ?

— Pourquoi tu poses la question en souriant comme ça ? Dis plutôt que c'est toi qui le sais ! En tout cas, moi, on m'a dit qu'elle était molle ! Généralement, ceux qui l'ont molle aiment les femmes, alors même qu'ils ne peuvent rien faire ou pas grand-chose !

— J'ai vu la troisième épouse de ma maison enterrer un gri-gri devant la porte de la seconde. Je venais d'arriver le matin et je l'ai surprise. Toutes des sorcières ! Et le nom d'Allah à la bouche à la moindre occasion !

— Vous savez que le don Juan de la maison d'en face, après avoir engrossé une jeune étudiante étrangère, couche à présent avec sa voisine, l'innocente au regard toujours hypocritement baissé ?

— Mounira ? Elle n'est pas censée se marier bientôt ?

— Et alors ? Elle joue les sainte nitouche ! Évidemment, après le mariage, on dira qu'elle était vierge et pure !

— Ce n'est pas une *kaado*, elle ! Même si elle couche, ce n'est pas une pute comme nous autres.

— Certainement qu'elles, Dieu leur a créé un super vagin qui se referme après chaque rapport !

— *Bappa Djam*, toujours propre, toujours en blanc, boit de l'alcool. Et sa copine, c'est une Sudiste *gadamayo*. D'ailleurs, cette même *gadamayo* étudiante a un copain de chez elle qui vient la voir après le départ de monsieur Propre !

— Ça ne fait rien s'ils commettent l'adultère ou boivent secrètement de l'alcool. Eux, ils prient et Dieu a créé l'enfer uniquement pour les autres.

— Les deux épouses de ma maison se sont copieusement engueulées aujourd'hui, et comme elles faisaient trop de bruit, le mari les a battues toutes les deux en les menaçant d'en prendre une troisième pour les calmer. Je me suis empressée de m'éloigner pour ne pas prendre ma part de la bastonnade. Mais qu'est-ce que j'étais contente de voir ces deux-là redescendre de leur piédestal ! Plus que les coups, j'imagine que la perspective de voir arriver une autre rivale est le pire pour elles. Bientôt, il faudra faire attention à ne pas toucher le reste des repas du vieux si on ne veut pas aussi avaler ce qu'elles y verseront immanquablement ! »

Voilà comment on sait tout sur tout le monde. Mais on sait surtout que les secrets restent des secrets, si on ne veut pas avoir de problème. D'ailleurs, de quoi se mêle-t-on ? La vie des riches n'intéresse que les riches ! Il faut baisser le regard le jour, fermer les yeux et surtout fermer sa bouche.

À chacun son destin et ses histoires !

7

Un calme morose règne dans la chambre. La soirée n'en est qu'à ses débuts, mais le silence est inhabituel. En général, la veille du dimanche, les jeunes sont excités, décidés à profiter de la liberté qui s'offre à eux pour le reste du week-end. Faydé, seule dans sa chambre, pousse un soupir. Elle aurait dû rester plus longtemps sur son lieu de travail et regarder la télévision. Il se fait tard et aucune de ses compagnes n'est encore rentrée. Mais où sont-elles donc toutes passées ?

La chambre, comme les quatre autres de la concession, est toute simple : des murs, un toit de tôle rouillée par le temps, une petite fenêtre et une porte en bois. Il n'y a ni peinture ni aucune finition. C'est là que vivent Srafata, Danna, Bintou, Fanta, Doudou et Faydé. Pas de mobilier, juste des nattes étalées sur le sol damé. Les plus anciennes ont pu s'offrir un matelas qu'elles flanquent contre le mur le matin afin de faire de la place. Toutes ont des sacs et de vieilles valises où elles gardent précieusement leurs affaires. Dans une autre chambre s'entasse une famille avec trois enfants en bas âge et, dans les deux dernières, plusieurs jeunes hommes.

Ce soir, pas de veillée dans la grande cour. Seule la mère de famille est là. Comme d'habitude, elle berce son bébé qui n'arrête pas de pleurer. Les deux autres enfants, plus grands, sont sûrement partis regarder la télévision dans une concession voisine ou jouer avec des copains. L'absence du père, en revanche, n'a rien d'étonnant. Il a coutume de découcher et même de disparaître des jours entiers, notamment à la fin du mois, ce qui donne souvent lieu à d'interminables disputes de couple.

Faydé s'ennuie quand, tout à coup, elle entend la mère de famille supplier :

« Je sais bien que c'est le moment de payer le loyer et que nous avons déjà du retard. Je vais parler au père des enfants. C'est sûr qu'il réglera tout, ce mois-ci.

— Il a intérêt, sinon vous partez ! Je n'ai que trop attendu. N'abusez pas de ma bonté ! » répond un homme.

Faydé sort la tête de sa chambre et reconnaît Ibrahima, le gardien de la concession où elle vit avec les filles. Dans son boubou bleu, il est grand et imposant.

La mère de famille se tasse davantage pendant que, les mains dans le dos, il se met encore plus en colère.

« Je ne suis pas là pour faire la charité. Voilà comment vous me remerciez de ma bonté ? J'aurais pu ne pas vous louer cette chambre. C'est juste parce que je veux vous aider. Mais vous exagérez ! » s'écrie-t-il, d'une voix forte et énervée.

Il aperçoit Faydé et l'apostrophe :

« Hey, toi ! Viens ici. Qui es-tu ? Je ne te connais pas. Que fais-tu là ?

— Je suis la sœur de Srafata ! répond Faydé en s'approchant craintivement.

— C'est ma sœur, Ibrahima, reprend Srafata, qui vient d'arriver, manifestement de bonne humeur.

— Ah ! Te voilà, toi ! Tu as l'argent du loyer ? Ne tente surtout pas de me dire que vous n'avez pas été payées. Je ne suis pas d'humeur ! fait l'homme d'une voix menaçante.

— Mais non, Ibrahima ! Nous, les filles, sommes toujours en règle. On paie toujours et on est sérieuses », ajoute Srafata, en tendant un billet à Ibrahima.

L'homme met rapidement le billet dans sa poche et scrute d'un air méfiant Faydé avant de reprendre :

« C'est quelle sœur, ça ? Je connais toute ta famille. D'où sort-elle ?

— Du village. En fait, c'est ma cousine. Ne t'inquiète pas. Elle est sérieuse et elle travaille. En plus, ça nous arrange qu'elle soit là pour partager le loyer. Tu sais bien que Sala est partie. Elle la remplace. Au fait, Ibrahima, tu sais que c'est bientôt la saison des pluies. Il y a des fuites dans le toit.

— Et alors ? Tu ne penses tout de même pas que je vais faire des travaux ? Il vous suffit de déplacer votre couchette, de poser une bassine à l'endroit où ça goutte, et le tour est joué ! Si tu veux te plaindre, tu n'as qu'à déménager. J'espère que tu as donné le règlement de la maison à ta sœur.

Je ne veux surtout pas d'histoires. Pas d'alcool, pas de bagarre et surtout pas de fornication. Tu m'as bien entendu, toi, la nouvelle ?

— Oui, elle a entendu, Ibrahima. D'ailleurs, elle est sage et elle ne boit pas. »

Sans répondre, l'homme tourne les talons et s'en va. Faydé suit son amie dans la chambre. Une question lui brûle les lèvres :

« C'est lui, le propriétaire de la maison ?

— Lui ? éclate de rire Srafata. Bien sûr que non. C'est juste le gérant, celui qui s'en occupe. La maison appartient à Alhadji Bakari. Tu sais, le riche commerçant, qui a une grande concession au coin de la rue. Ibrahima est son fils adoptif depuis qu'il s'est islamisé mais, sinon, c'est quelqu'un de notre village. Ne te fie pas à ses airs bourrus. C'est un homme au grand cœur. Grâce à lui, on a un endroit où vivre dans cette ville, et la maison est aussi devenue le lieu où passent tous les nouveaux arrivants ou ceux qui ne restent que pour quelques jours.

— Il semble avoir réussi. J'imagine qu'il n'est plus domestique.

— Il l'était. Mais, depuis qu'il s'est islamisé, il est devenu l'homme à tout faire d'Alhadji Bakari et il tient également une petite boutique. Ça fait presque trente ans qu'il est là.

— Et c'est quoi, ces règles dont il a parlé ? »

Srafata pouffe.

« Les fameuses règles dictées par Alhadji Bakari en personne. La condition pour que nous puissions rester ici. Pas d'alcool, pas de bagarre et pas de fornication. Quelle hypocrisie !

— Je ne comprends pas.

— Alhadji Bakari fait semblant d'ignorer que l'alcool, la fornication et même les bagarres règnent dans sa propre concession. Là où il vit et où il dort.

— Ah bon ? s'étonne Faydé.

— Ses fils sont tous des alcooliques. Certains se droguent. Des filles passent parfois des jours entiers enfermées dans leurs chambres. Leur père le sait bien. Que dire des disputes entre ses épouses ou entre ses enfants, et même parfois entre lui et son épouse la plus aimée mais la plus belliqueuse ?

— Pourquoi ces règles alors ?

— Je te le dis : par hypocrisie, pour donner de lui l'image d'un saint ! Il paraît même qu'il boit. Un de ses domestiques nous l'a raconté. Et il arrive que dans sa propre maison il passe la nuit avec des femmes venues de l'extérieur. Bon, Faydé, je sors ! Je vais rendre visite à une amie que tu ne connais pas. Je passerai la nuit là-bas.

— Mais où sont passées toutes les autres ce soir ?

— C'est la fin du mois. Elles ont sûrement été payées et s'amusent un peu. Au fait, ce mois-ci, j'ai réglé ta part du loyer parce que tu viens d'arriver mais, la prochaine fois, tu pourras y contribuer aussi.

— D'accord. »

Alors que Srafata sort, Bintou arrive enfin. Elle pénètre comme une tornade dans la chambre commune. Apparemment, elle vient de prendre une douche et traîne dans son sillage une agréable odeur de savon. Aussitôt, elle se met à fouiller dans son sac et à en sortir pêle-mêle ses vêtements, cherchant de toute évidence un pagne qui se trouverait tout au fond.

« Ah ! Faydé, tu es là ? Je ne t'avais pas vue. Bon ! Je me prépare en vitesse, car je suis très pressée. Passe-moi le miroir » fait-elle en nouant rapidement un joli pagne qui, sous un corsage assorti, est bien ajusté et souligne sa taille fine. Puis, elle s'assied sur la natte et se met à oindre ses jambes et ses bras d'une pommade odorante tirée d'un sac qui appartient à Srafata.

« Mais où vas-tu à cette heure pour te préparer comme ça, Bintou ? Tu sais que Srafata n'aime pas qu'on touche à ses affaires ! »

Comme étonnée par la remarque, Bintou hausse un sourcil et regarde son amie.

« Srafata ne dira rien si tu ne cancanes pas devant elle. Je sors, comme tu le vois. Je vais à Domayo.

— C'est où, Domayo ? Tu vas y faire quoi ? Avec qui ?

— Tu poses trop de questions, Faydé. Avec un garçon, évidemment. Je viens de le rencontrer. Mais, attention ! Malgré ta naïveté, ce que tu vois ici, tu ne dois jamais le répéter au village. La prochaine fois, je t'emmènerai avec moi à Domayo. Tu verras que, la nuit, ça n'a rien à voir avec la journée. Surtout un samedi en début de mois, c'est généralement animé. »

Sans plus un regard pour son amie, la jeune fille continue de se préparer. Un collier brillant pare son cou fin, plusieurs bracelets multicolores et une jolie montre soulignent la rondeur de ses bras. Des chaussures à talon et un sac à main complètent sa tenue. Elle se maquille sous le regard sidéré de Faydé. Un trait de khôl pour rehausser le regard. De la poudre, sans oublier un rouge à lèvres foncé... Elle arrange coquettement son foulard, sort un petit flacon de son soutien-gorge et le met sous le nez de son amie.

« Tiens, sens-moi ce parfum ! C'est celui de ma patronne. Il sent bon, hein ? C'est mon préféré !

— Et elle a accepté de te donner du parfum ? Elle est généreuse ! approuve Faydé en souriant.

— Je ne lui ai pas demandé.

— Tu l'as volé ?

— Ne joue pas les sainte nitouche, Faydé ! Tu es vraiment trop lente à comprendre. On n'appelle pas ça du vol. Elle en a beaucoup, j'en ai juste transvasé un peu dans mon flacon en vue de ma petite sortie. Elle ne s'en apercevra pas ! Je le mérite, après tout ce que j'ai fait pour elle cette semaine. Ici, en ville, le parfum, c'est très important quand tu sors. Mais je te préviens, ne tente pas d'en voler. Il faut de l'expérience pour ça, ajoute-t-elle dans un éclat de rire. Rien ne trahit plus qu'un bon parfum. Mince, je suis si pressée que j'ai failli oublier quelque chose ! »

Elle fouille encore dans la valise, en sort plusieurs colliers de perles multicolores, dénoue son pagne, attache les perles à ses reins et, d'un air satisfait, le renoue. Faydé écarquille les yeux de surprise.

« Mais, enfin, où vas-tu comme ça ? Je n'ai jamais vu qu'on met tant de colliers sur les reins ! C'est stupide. Personne ne va les voir. Ça sera plus joli si tu les passes à ton cou. »

Bintou s'arrête un moment pour considérer son amie. Comment peut-on être candide à ce point ? Faydé a quand même l'âge de comprendre certaines choses. Bintou ouvre la bouche pour répliquer mais y renonce, en jetant un coup d'œil à sa montre.

« Bon, Faydé, je m'en vais. Ne m'attends pas, je rentrerai très tard. »

La jeune fille élégante, qui s'évanouit dans la pénombre, n'a plus grand-chose à voir avec la petite domestique de la semaine. Même un œil avisé ne pourrait la distinguer de n'importe quelle autre jeune fille citadine.

8

Sali jette un coup d'œil à sa montre et scrute une fois de plus les alentours. Cela fait deux heures qu'il attend et ça commence à l'agacer. La patience n'est certainement pas sa qualité première. Il est 21 heures et le quartier est en pleine effervescence comme chaque week-end. Sur la double voie qui traverse l'agglomération, des boutiques et des bars s'alignent de part et d'autre de la chaussée. Ici et là, des haut-parleurs diffusent les dernières chansons à la mode.

Mais où est-elle ?

Des jeunes, parfois en couple, entrent ou sortent des bars de nuit, avant de prendre une moto et de disparaître. Quelques voitures sont garées. Mais les plus luxueuses, celles dont les propriétaires n'ont pas envie d'être reconnus, sont dissimulées sous les arbres des ruelles voisines. Même si, la nuit, tous les chats sont gris, les marques et plaques d'immatriculation des véhicules, elles, se reconnaissent au premier coup d'œil ! Quand quelqu'un de la ville en majorité musulmane vient dans ce coin de

Domayo à cette heure tardive, c'est généralement pour une raison inavouable. D'autant que ce coin est surnommé *Ndara boddum*, « Tiens-toi bien ! », autrement dit « Bouge pas, je te baise ! », ce qui le désigne clairement comme le quartier chaud de Maroua, où sévit la prostitution, aggravée par la précarité et l'insécurité. Il ne faut surtout pas s'y faire remarquer au risque d'alimenter les ragots. La mauvaise publicité peut s'avérer dangereuse.

Sali a rencontré Bintou par hasard cet après-midi. Elle se tenait au bord de la route et attendait qu'une moto puisse l'emmener au marché, lui a-t-elle dit. Il est immédiatement tombé sous le charme de cette jolie fille au teint noir et à la silhouette svelte. Sans tarder, le don Juan l'a invitée à le revoir le soir même.

« Pour quoi faire ? a-t-elle demandé, rieuse.

— Comment ça pour quoi ? Mais pour discuter avec toi, pour mieux te connaître !

— Je ne sais pas si je peux sortir la nuit.

— Je veux seulement qu'on discute et qu'on prenne un verre. C'est tout. Sinon, comment ferais-je pour mieux te connaître ? » ajoute-t-il de son air le plus charmeur.

Elle a accepté. Il en a eu des frissons. Joli brin de fille, cette Bintou ! Il lui tarde de la revoir. De taille moyenne, elle est menue comme il les aime, un joli visage mais surtout une poitrine généreuse et ferme qui bombe insolemment son corsage. Elle ne semble pas farouche et il compte bien conclure dès ce soir. Enfin, si elle vient !

Il y a beaucoup d'étrangers cette nuit à Domayo. D'ailleurs, on raconte en ville que ce sont les seuls à pouvoir apprécier cette ambiance du diable, où la bière se consomme accompagnée de brochettes de poulet ou de poisson braisé. Sali vient d'apercevoir un groupe de jeunes filles élégantes qui rient aux éclats et parlent fort pour se faire remarquer. Encore des étrangères ! Des étudiantes sans doute. De celles qui se débrouillent comme elles peuvent pour poursuivre leurs études tout en vendant leurs charmes de temps à autre. Un instant, il envisage de draguer l'une d'elles puisque, apparemment, celle qu'il attend ne viendra pas.

Enfin, une moto s'arrête près de lui. Une belle jeune fille en descend. Elle paie tranquillement le conducteur qui démarre sur les chapeaux de roues, manquant presque de la renverser. Elle arrange d'un geste coquet son foulard qui s'est légèrement détaché. Un grand sourire illumine le visage de Sali.

« Bintou, j'avais déjà perdu l'espoir de te voir ce soir !

— Aussi vite ? réplique-elle.

— J'étais impatient. Je t'ai attendue très longtemps. J'espère que ça va. Ces gars à moto sont tous des voyous drogués au tramol. Je parie qu'il en a pris !

— C'est sûr ! Je ne pense pas qu'il y ait un seul *mototaximan* dans cette ville qui ne prenne pas de tramol ! »

Sali entraîne Bintou dans le bar-restaurant qui tient plus de la gargote que d'un vrai restaurant. Il est dirigé par une matrone sudiste qui s'est installée là depuis des décennies et est devenue une figure locale. Critiquée par ceux qui refusent absolument un lieu de perdition à côté de la mosquée, mais aussi soutenue par ceux qui travaillent là et ont besoin de se détendre autour d'un verre, elle a réussi à tenir tête à ses opposants. Et, flairant la bonne affaire, les plus débrouillards ont fini par s'installer à proximité de son restaurant : les vendeurs de soya, de poulet et de poisson braisé, de beignet ou de salade composent un mélange cosmopolite dont le charme repose sur sa diversité. L'ambiance y est toujours festive.

Mais un autre commerce, moins avouable, a également prospéré dans le coin, au grand dam des religieux. Là où il y a de la nourriture et de l'alcool, il y a également des filles à la recherche de gains faciles. La précarité fait proliférer les prostituées, et cela empire depuis que l'insécurité créée par Boko Haram a déversé des milliers de soldats en ville. Loin de leurs familles, ces derniers ne sont pas toujours de bonne moralité ni très délicats, et se montrent souvent violents avec les filles qu'ils convoitent.

« Bintou, comment as-tu pu m'abandonner aussi longtemps ? me faire attendre comme ça ? J'ai eu peur que tu ne viennes pas.

— Tu vois : je suis venue.

— Et je suis si content ! Qu'est-ce que tu es belle ! Raconte-moi, Bintou.

— Tu veux que je te raconte quoi ? Commence, toi ! »

Il avale une gorgée de la malta qu'il a commandée.

« Vraiment rien de bien intéressant, ma chère demoiselle. Je suis fils de Maroua et je vends des pièces détachées. J'ai une boutique ici, à Domayo » dit-il pour se présenter, en esquissant un sourire qui se veut séducteur.

Ce que Sali omet de dire, c'est qu'il n'est que vendeur et que la boutique appartient à son cousin, beaucoup mieux loti que lui. Il reprend une gorgée et, toujours souriant, tente de prendre les mains de la jeune fille qui les retire immédiatement, ce qui le fait éclater de rire. Plus fermement, il attrape les mains rebelles, les garde dans les siennes et murmure, enjôleur :

« Oooh, Bintou ! Ne sois pas cruelle avec moi, s'il te plaît. Laisse-moi garder tes mains si douces. Comment peux-tu être aussi chiche ? Tu me refuses tes mains alors que je suis en train de mourir sous ton charme. À ton tour de me raconter qui tu es ! Tu habites Dougoy, apparemment. »

La jeune fille se racle la gorge, baisse les yeux, en battant timidement des cils, et commence ainsi une comédie savamment orchestrée, tellement répétée qu'elle a fini par y croire elle-même. À chaque nouvelle rencontre, Bintou ressort le même jeu de séduction et le même mensonge.

« Je te l'ai déjà dit, Sali. Je suis de Garoua. Je suis ici en visite chez mon oncle. Je vais y rester quelque temps.

— Et tes parents ?

— Ils vivent à Garoua. Mon père enseigne dans une école et ma mère est couturière.

— Ton oncle fait quoi ici à Maroua ? Il est à Dougoy ?

— Non. Plutôt à Dourssougo. Mon oncle est commerçant au marché d'artisanat. Depuis le temps qu'il vit ici, c'est comme s'il était devenu "de Maroua". Je viens très souvent le voir. Il m'arrive de rester des mois. Ça dépend.

— Et tu n'es pas mariée, Bintou ?

— Oh non ! s'exclame-t-elle en riant. Je ne suis pas mariée.

— Pourquoi ? Une jolie fille comme toi !

— Eh, Sali, est-ce que je suis pressée ? J'attends qu'Allah mette sur ma route un bon mari. Et toi, tu es marié, non ? On trouve rarement des célibataires aujourd'hui.

— Même si j'étais marié, je pourrais toujours te prendre comme deuxième femme. Mais je ne suis pas marié du tout. Je cherche la perle rare et je crois bien que je l'ai trouvée ce soir ! »

Le jeu de séduction suit toujours le même scénario. Bintou sait pertinemment que cet homme ne cherche qu'à la mettre dans son lit, et elle n'est pas contre si elle peut, en plus du plaisir, en tirer un cadeau, quel qu'il soit. Elle est lucide sur l'issue de cette relation. Mais si Sali apprend la vérité, tout sera différent. Bintou, la petite domestique, n'aurait jamais autant de chance que Bintou, la nièce d'un commerçant. La fille des montagnes aurait été beaucoup moins séduisante que Bintou, la fille de Garoua !

Ce soir, elle est Bintou, une fille bien comme il faut. Timide, elle baisse les yeux, porte un joli pagne et sent bon. Seule une fille de bonne famille peut porter un parfum aussi agréable ou tenir une brochette avec tant d'élégance. Et le genre d'homme qu'est Sali, jeune, beau garçon et apparemment à l'abri du besoin, ne peut pas s'éprendre d'une domestique. S'il sait la vérité, même s'il désire la jeune fille, elle ne l'intéressera plus. Et les cadeaux qui doivent suivre seront trois fois moindres, au bas mot.

« Tu sais, Sali, je ne peux pas rester trop longtemps. C'est ma cousine qui me couvre. Si mon oncle apprend que je suis sortie la nuit, ça fera un scandale. C'est bien la première fois que j'ose m'embarquer dans ce genre d'aventures, ajoute-t-elle, le sourire aux lèvres, ce qui ne peut que flatter ce jeune homme. La première fois ! »

Elle reprend une gorgée de jus de pamplemousse et contient de justesse une grimace à cause du goût amer. Ce n'est pas sa boisson préférée, loin de là, mais seuls les villageois aiment la grenadine – pas les filles classe et à la mode ! Elle doit jouer le jeu jusqu'au bout et prendre un air effarouché devant la proposition qui suit immédiatement.

« Tu me plais, Bintou. Allah ! Je ne peux pas te résister. Depuis que je t'ai vue, tu ne quittes plus mes pensées. Je t'aime. Je te plais aussi, non ?

— Oui, Sali, sinon je ne serais pas venue. J'ai pris un risque énorme.

— Prouve-le-moi. Allons quelque part où on sera tranquilles. Il y a trop de monde par ici. On ne peut pas discuter.

— Non, impossible. Il vaut mieux que je rentre. Il se fait tard et si on me voit…

— Justement, là où je te propose d'aller, c'est plus calme. Personne ne te verra.

— Vraiment, je ne peux pas, Sali. Il ne faut pas imaginer des choses.

— Toi aussi, Bintou. C'est juste pour discuter tranquillement. Je n'ai pas envie de te quitter aussi vite. Si on reste ici justement, quelqu'un pourrait te reconnaître. Allons-y ! Tu peux me faire confiance, non ? »

Ils quittent la gargote. Une chambre de passe les attend, non loin de là, louée à l'heure. Sali l'a déjà réglée. Seuls ceux qui les utilisent savent où dénicher de pareils endroits, parfois dans des maisons très discrètes. On y trouve un lit, une natte et une bouilloire remplie d'eau pour les ablutions.

« Non, Sali, ce n'est pas bien. On ne peut pas s'enfermer ensemble comme ça », dit-elle d'une voix douce, digne du rôle qu'elle joue, mais elle est déjà sous le charme. Et les caresses de Sali sont pleines de persuasion.

« Je t'aime trop, Bintou. Je ne peux pas te résister. Ta peau est si douce, tu sens si bon.

— Non, Sali. Il faut que je parte. Laisse-moi m'en aller ! »

Excellente comédienne, elle sait qu'il ne peut plus lui résister.

« Ma Bintou chérie, je t'en supplie, laisse-moi t'aimer. Je te donnerai tout ce que tu veux. »

Cette phrase a le mérite de faire se lever la tête de la timide bien-aimée.

« Tu vas me donner quoi, Sali ? questionne-t-elle en faisant semblant de rire.

— Tout ce que tu veux, ma chérie. Une aussi belle femme peut obtenir tout ce qu'elle désire si elle se montre gentille. »

Instant propice ! Les caresses se font de plus en plus osées. Elle sent la main de Sali chercher ses seins. Il dépose un baiser au creux de son cou.

« Demande-moi tout ce que tu veux, Bintou. Je vais te satisfaire, mais laisse-moi t'aimer tout de suite. Je suis incapable de résister à ta beauté ! »

Sali est déjà nu, fou de désir devant cette femme qui manipule ses sens. Il a une main sur le pagne qui résiste alors que Bintou, déjà couchée, semble offerte. Intimité dévoilée ! C'est le moment de monnayer l'instant précieux !

« J'aimerais que tu m'achètes un téléphone Android. Comme ça, tu pourras me joindre quand tu veux. Le mien est tombé dans l'eau la semaine dernière.

— Oui, oui, bien sûr, ma chérie.

— Tu me l'achètes quand alors ? » ajoute-t-elle, câline, pour garder la main sur les acquis.

Car les promesses qui ne sont pas tenues dans la foulée ont toutes les chances de ne jamais l'être, une fois que le partenaire aura obtenu ce qu'il voulait. Elle l'a souvent appris à ses dépens lors des précédentes aventures et s'est juré de ne plus faire l'erreur de négocier après coup.

« Tout de suite, ma chérie. Tiens, voilà quarante mille. Tu iras toi-même choisir celui que tu veux. Mais, laisse-moi te prendre, je t'en prie », supplie-t-il d'une voix rauque.

Dans la pénombre de la chambre, les colliers de perles phosphorescentes que Bintou porte sur les reins ajoutent à la sensualité du moment. Pressé de se perdre dans cette chair tendre, Sali s'affaire avec entrain.

« Non, Sali. Je ne veux pas ! Si je tombe enceinte…

— Ça n'arrivera pas, Bintou. Et, même si ça se produit, quel homme ne voudrait pas d'un enfant de toi ? Tu as l'argent pour ton téléphone, non ? Tu l'achèteras dès demain matin pour qu'on se parle, et on se verra encore demain ! Je t'aime trop, Bintou. Je te couvrirai de cadeaux. Je ferai tout ce que tu veux ! Je t'épouserai si tu acceptes, mais laisse-moi juste te prendre maintenant. »

Instant de lucidité ! Celui d'une leçon bien apprise, au prix de douleurs atroces l'année dernière, quand il a fallu qu'elle trouve le moyen de se débarrasser d'un embryon solidement accroché en son sein. Elle lui tend le préservatif trouvé sur la table de chevet. Fou de désir, il le jette par terre et pénètre la jeune fille.

9

Depuis quelques jours, Kondem se lève de bonne humeur. Peut-être Faydé reviendra-t-elle aujourd'hui ? On est déjà en décembre et les fêtes de fin d'année approchent. Chaque jour, des cars bondés déversent leur flot d'exilés. Et la joie éclate dans toutes les familles.

Kondem trépigne d'impatience. Scrutant la route à longueur de journée, elle est incapable de se concentrer, ne serait-ce qu'un instant, sur les tâches qu'elle exécute d'ordinaire machinalement. Un simple bruit la fait sursauter, une voix de femme la jette hors de sa case, le cœur battant. Quelquefois, n'y tenant plus, elle marche lentement vers la gare routière, guettant discrètement les visages connus qui arrivent de la ville. Aucune des jeunes filles du quartier n'est encore revenue et les mères ne dissimulent plus leur angoisse.

« Srafata non plus n'est pas rentrée, Kondem. Pas plus que Danna, Bintou ou Fanta. Elles reviendront sûrement ensemble, lui répète chaque soir la mère de Srafata.

— Et si elles ne rentraient pas cette année ?

— Elles ne manqueraient les fêtes pour rien au monde. Et puis, elles ne sont qu'à Maroua. Ce n'est pas si loin. Et nous savons qu'elles vont bien.

— C'est vrai ! On a eu des nouvelles. Mais j'ai tellement envie de la revoir ! »

Quelques jours plus tard, les filles surgissent enfin du car qui vient d'arriver. Toutes sont joyeuses et tirées à quatre épingles. Kondem doit se ressaisir : elle a du mal à reconnaître sa propre fille tant celle-ci a changé. Il y a moins d'un an, c'était encore une adolescente, frêle, mais elle est devenue une jeune fille tout en rondeurs, bien habillée et pleine d'assurance.

Dans la petite case, Faydé dévoile ses trésors devant les enfants émerveillés. Sa mère reste ébahie qu'elle ait pu revenir avec autant de provisions en si peu de temps. Sa stupéfaction est à son comble quand Faydé lui tend fièrement deux billets de dix mille, précisant qu'elle garde le troisième pour son séjour et son retour.

« Tout ça ? Alors que tu m'as aussi rapporté un pagne ? Et les habits des enfants, les chaussures et toutes ces choses... »

La mère fond en larmes sous le regard étonné des plus jeunes enfants qui ne comprennent pas pourquoi elle pleure alors que c'est un moment heureux. Elle finit par se ressaisir pour ne pas gâcher la fête. Faydé aussi essuie discrètement une larme et sort de son sac biscuits et bonbons à la plus grande joie des petits. Au début, sa petite sœur a refusé de l'approcher mais, quand elle lui a tendu une jolie poupée, l'enfant, intriguée, a fini par la prendre dans ses bras, doucement, émerveillée par la robe brillante et les cheveux soyeux du jouet.

« Raconte-moi tout ! »

La joie se lit sur leurs visages, tandis qu'agglutinés autour de Faydé, chacun veut lui raconter une anecdote ou lui poser une question. Ils sont tellement heureux qu'ils veillent tard, mais la fatigue de la journée finit par gagner les plus petits. Dehors, l'harmattan souffle, siffle et agite les arbres. Le froid doit être mordant à cette heure de la nuit mais un feu joyeux crépite dans la case, offrant une chaleur apaisante et une lumière qui éclaire les visages de la mère et de sa fille, qui sont si heureuses de se retrouver. Tous les malentendus sont désormais dissipés, seule subsiste la complicité qui les a longtemps unies.

« Dada, que veux-tu savoir ? rit Faydé.

— Tout ! Qu'est-ce que tu as grandi ! Tu es devenue si belle. »

Elles sont assises sur une nouvelle natte un peu plus grande que la précédente, déjà très abîmée lorsque Faydé est partie. Celle-ci devine que sa mère a su se débrouiller avec le peu d'argent qu'elle lui a envoyé chaque mois.

« J'ai un bon travail. C'est une gentille famille et je suis contente. Il y a beaucoup de travail mais je sais tout faire maintenant.

— Tu dors où ? Chez eux ?

— Non, non. Je dors avec Srafata et les autres filles dans une maison. Il y a plusieurs chambres occupées par nos frères du village. Au fait, tous se sont moqués de mon nom au début ! »

Elle éclate de rire à ce souvenir. Kondem, plus grave, demande, un peu agacée :

« Sûrement qu'ils en ont profité pour te renommer. Un nom de chez eux ! Alors dis-moi, ton nom de la ville, c'est quoi ? Habiba ou Fanta ?

— Dis-moi quel était ton nom. À toi, d'abord ! rétorque Faydé.

— J'ai imposé mon nom et ils l'ont déformé comme ils voulaient : Kodam, des fois Korré et même Damdam !

— Moi aussi, j'ai gardé mon nom. Ils ont demandé où tu as pu me trouver pour me nommer "trouvaille" ! »

C'est un sujet délicat. Suit un silence gêné. Mais ni l'une ni l'autre ne veut gâcher ce moment.

Alors Faydé reprend rapidement :

« Et toi, Dada ? Raconte-moi.

— Rien n'a changé au village. La saison des pluies a été un peu meilleure. On verra pour les récoltes. Tes frères m'ont bien aidée aux champs, malgré leur jeune âge. Ton oncle Kisito aussi est là. Il est revenu et a donné un coup de main. Et les hommes ? Tu as un prétendant ? J'espère que tu t'en méfies. »

Faydé éclate à nouveau de rire. Décidément, sa mère a toujours les mêmes préoccupations.

« Je n'ai pas de prétendant, Dada. Je ne veux pas en avoir.

— Tu ne t'amuses pas avec les hommes, j'espère !

— Dada ! Non, je ne connais aucun homme. Rien que des frères. C'est tout. Au fait, toujours pas de nouvelles de mon père ? »

Kondem secoue la tête, une lueur de tristesse traverse son regard.

« Des gens du village voisin ont été relâchés. Ils ont confirmé avoir été otages de Boko Haram. On les a fait travailler jusqu'à l'épuisement, on a abusé des femmes et des filles, et plusieurs sont revenues enceintes. Certains ont été tués et beaucoup sont encore retenus. Mais personne n'a été en mesure de me confirmer que Doubla en faisait partie. Maintenant il faut dormir, Faydé ! Tu es sûrement fatiguée du voyage. Il fait froid, ce soir. C'est une bonne chose pour le sorgho. On continuera à parler demain », conclut-elle en retirant une bûche du foyer.

Dans la pénombre, on ne distingue que quelques braises. Avec un soupir de contentement, Faydé s'enveloppe dans un drap. Elle savoure à l'avance la joie des jours prochains et le bonheur d'être chez elle. Tout son travail, ses ruses, ses combats quotidiens, elle les oublie et choisit de savourer ces moments heureux.

Le matin de Noël, ses jeunes frères sont tout excités en enfilant des vêtements neufs pour se rendre à l'église, et sa mère est fière. On lit le soulagement dans son regard. Faydé a retrouvé sa place dans la chorale pour la grand-messe. Quelle ferveur sur les visages des villageois ! Quelle joie malgré leur situation de plus en plus difficile ! Car les jeunes exilés ont tous tenu leurs promesses, même ceux qui n'ont pas pu rentrer parce qu'ils travaillaient dans des villes trop éloignées. Personne n'a manqué à son devoir de fils ou de frère, de fille ou de sœur. De nouvelles tenues, pour la plupart dénichées à la friperie. Des chaussures pour certains. De nouveaux pagnes pour les mères.

Depuis des mois, Faydé prépare ce retour avec autant d'énergie que ses camarades, même si elle n'a pas encore l'assurance et l'audace des autres.

Il faut avouer que, chaque soir, chacune des filles rentrait avec quelque chose qui venait grossir leur stock. Celui-ci se constituait lentement. Au début, Faydé s'en étonnait au point qu'un soir, avant de dormir, elle s'en était ouverte à ses amies, ce qui lui avait valu leurs moqueries.

« Tu es vraiment trop lente à comprendre, Faydé. C'est un gros défaut, franchement ! Tu es là depuis combien de temps ? avait soupiré Bintou.

— Je vais te réexpliquer les choses, avait surenchéri Srafata en levant les yeux au ciel. Maintenant que tu es là, et après avoir vu tout ce que nous rapportons à la famille depuis des années, crois-tu que ce soit possible avec notre seul salaire ?

— Justement je ne sais pas comment vous faites. Moi, je n'y arrive pas.

— Voilà, avait coupé sèchement Danna. Ce n'est pas avec huit mille francs que tu vas aider correctement ta famille et ensuite pouvoir te vêtir convenablement, préparer ton trousseau et rapporter en plus des choses au village. Il te faut ruser, réfléchir, saisir les opportunités. Toutes les opportunités, mais intelligemment.

— Comment faire alors ?

— Ça dépend des maisons, avait répondu Srafata. Dans la mienne, on ne surveille pas de trop près le stock des aliments et c'est moi qui cuisine. Si j'arrive à me débrouiller pour revenir avec un peu d'huile, en deux semaines je peux remplir une bouteille de un litre. Je peux aussi dérober chaque matin dix morceaux de sucre et en rapporter beaucoup à Noël pour la bouillie des enfants, et ainsi de suite. Il existe toujours des possibilités. Tiens : quand je débarrasse les restes des repas d'Alhadji, il y a toujours quelques sachets de Nescafé et de thé. Personne n'en tient compte.

— Là où je travaille, ils ne sont pas stricts sur la quantité de détergent que je peux utiliser pour la vaisselle ou la lessive.

— Trop d'enfants dans ma maison. Ça signifie trop de lessives mais ça signifie aussi que des slips, des chaussettes et quelques vieux tee-shirts peuvent disparaître sans qu'on s'en rende compte !

— Et même si on s'en aperçoit, qui va demander des comptes ? Ils en ont tellement et en rachètent tout le temps. Tiens, Danna, pense à me donner quelques slips pour mes frères et des chaussettes aussi.

— Bien sûr ! Tu penseras aussi à partager avec moi le sucre. Comprends aussi, Faydé, lui avait rappelé Danna, que si des fourchettes et des cuillères disparaissent, tant que ce n'est pas flagrant, ce sont des choses qui arrivent régulièrement dans une maison où tant d'étrangers vont et viennent.

— C'est du vol ! s'était étonnée Faydé d'une voix mal assurée.

— Ce n'est pas du vol, l'avait grondée Bintou. Et même si ça l'était, où est le problème ? Avec tout ce que tu fais, te donner huit mille francs, c'est aussi de l'exploitation. Pas vrai ?

— Bien sûr que si ! On travaille du matin au soir. On fait absolument tout. Ces derniers temps, on me demande même de cuisiner, alors que ce n'était pas convenu comme ça.

— N'espère pas qu'ils vont augmenter ton salaire pour autant ! Tu es obligée de l'augmenter toi-même. Tu le mérites, non ? Ils pensent qu'ils sont plus rusés que les autres parce qu'ils sont plus riches », avait râlé Danna, amère.

Après toutes ces remarques, conseils et remontrances, Faydé s'était appuyée sur un coude, l'air songeur, avant de répondre :

« C'est vrai. Vous avez raison. Aujourd'hui, j'ai pratiquement préparé les trois repas et Ayya ne m'a pas donné un coup de main, alors que c'était son tour. J'ai tout fait toute seule. Madame s'est dite souffrante et, comme elle est désagréable, aucune des coépouses n'a eu envie de l'aider. Je déteste cette femme arrogante.

— Eh bien, voilà. Attends-toi à gérer bientôt toute la maison seule. C'est comme cela que ça se passe. Donc se payer soi-même n'est pas du vol. Personne ne te soupçonnera si tu as su gagner leur confiance.

— D'accord, vous avez raison.

— Cependant, fais attention ! l'avait sévèrement interrompue Srafata en agitant un doigt. Cette confiance se gagne. Si tu vois de l'argent, rends-le toujours. N'y touche pas. Ça peut être un piège !

— Ne touche pas aux bibelots. C'est important pour ces femmes. Elles les comptent minutieusement. D'ailleurs, que ferais-tu, toi, des bibelots ? On a d'autres problèmes à gérer que de penser à des futilités pareilles !

— Ne prends jamais quelque chose en entier. C'est trop flagrant. Pour l'huile par exemple, comme te l'expliquait Srafata, s'il manque un litre dans un carton, on s'en aperçoit tout de suite.

— Si, dans un jeu de quatre ou cinq assiettes, l'une se casse ou disparaît, les autres perdent de leur valeur. Elles deviennent simplement des ustensiles de cuisine. Personne ne se rendra compte si, au bout de quelque temps, une deuxième assiette disparaît à son tour.

— Ce que tu dois surtout savoir, c'est qu'il y a des choses auxquelles on ne touche absolument pas. Ne t'amuse jamais à prendre un bijou. Surtout de l'or. Là, c'est jamais, jamais ! Sinon c'est la police qui débarque et nous embarque toutes !

— La police ? » Faydé avait frissonné.

— Si tu vois un bijou en or traîner, tu as même intérêt à le ramasser vite fait pour le rendre à sa propriétaire avant que quelqu'un d'autre ne le vole et qu'on ne t'accuse. C'est aussi ton rôle de protéger les objets de ta maison car si quelque chose d'important disparaît, la première à être soupçonnée, ce sera toi. Fais donc attention ! Pas de bijoux, pas de pagne et surtout pas d'argent ! Avec ça, on ne s'amuse pas. Dès que c'est un gros billet, évite aussi ! »

Puis Srafata s'était levée, avait fouillé dans un sac et sorti un serpentin insecticide qu'elle avait allumé et placé dans un coin. Souriante, elle avait repris :

« Tu crois que je l'ai acheté ? Il y en a tellement dans ma maison. Qui s'occupe de les compter ? Voilà donc la raison pour laquelle personne en dehors de nos frères ne doit travailler dans notre zone. Sinon, il y aura des trahisons. Entre nous, peu importe ce que tu vois et peu importent les problèmes qui peuvent survenir, tu ne dois jamais, au grand jamais, trahir un des tiens. C'est la règle absolue ! » avait conclu Srafata avant de se coucher sur son matelas et de s'enrouler dans son pagne.

Assise sur le banc de cette église qu'elle a toujours fréquentée, Faydé chatouille discrètement sa petite sœur, collée à elle, l'enfant tient fermement la poupée qui ne la quitte plus.

Cette poupée appartenait à Naïma. La petite en a plusieurs. Un jour, en jouant, elle lui avait enlevé un bras et une jambe, qui auraient longtemps traîné dans la cour avant de finir à la poubelle. Faydé les avait ramassés, alors que Biri s'apprêtait à sortir la poubelle. Comme à son habitude, celui-ci avait rigolé :

« Une jambe et un bras de poupée ? Tu vas en faire quoi ?

— J'ai une petite sœur qui n'a jamais eu de poupée.

— Ahhh ! Je vois ! avait-il commenté avec un clin d'œil complice. Alors on va devoir s'assurer que le reste de la poupée ne disparaît pas. »

Patiemment, Faydé avait fini par reconstituer la poupée abandonnée. Elle l'avait lavée, avait retrouvé sa robe en satin brillant, laquelle, après un séjour dans l'eau savonneuse, avait retrouvé son éclat. Elle avait même pu dénicher des chouchous pour faire une jolie coiffure à la poupée, sous le regard amusé de ses amies qui en avaient conclu qu'elle avait enfin compris.

À présent, pour Faydé, la joie manifeste de cette petite fille qui berce tendrement sa première poupée est la plus belle des récompenses et achève de balayer de son esprit les dernières traces de culpabilité.

II

UNE VIE DE DOMESTIQUE

« Le feu qui te brûlera, c'est
celui auquel tu te chauffes. »

Proverbe africain

1

Faydé a pris l'habitude, en fin d'après-midi, de faire une pause et de s'asseoir dans la cour de la grande concession, sous un parterre de fleurs qui embaument l'atmosphère. C'est généralement à cette heure-ci que Biri arrose les plantes et elle en profite pour discuter avec lui. Leïla a coutume de les rejoindre. Elle est la fille unique de Nenné. En tant qu'unique jeune fille de la concession – Diddi n'a que des garçons plus âgés et Ayya des filles plus jeunes –, elle est choyée par sa famille. Innocente, un peu puérile, capricieuse, elle tient pour acquises les faveurs que son monde lui accorde.

Le courant est rapidement passé entre Leïla et Faydé, qui a fini par devenir non seulement sa servante mais aussi sa confidente. Leïla lui raconte ses premiers émois ou ses aventures inavouables, que seule une interlocutrice de son âge peut comprendre. Elle tire avantage du fait que Faydé ne fait pas partie de son univers pour cancaner. Toutes deux chuchotent et rient beaucoup. Faydé sait écouter, elle sait apporter des solutions aux problèmes que lui soumet Leïla – même si, à ses yeux, ils ne sont jamais graves. Mais, surtout, Faydé ne la juge pas, et c'est ce qui importe le plus à Leïla.

Entre elle et Faydé est née une amitié, bien qu'un fossé les sépare. Cependant, malgré sa gentillesse, jusqu'à quel point Leïla peut-elle comprendre Faydé ? Et celle-ci peut-elle s'ouvrir complètement à celle qui n'en reste pas moins sa patronne ?

Si Faydé écoute sa nouvelle amie, elle ne se confie jamais à elle. Car la pauvreté suscite toujours le mépris ou la pitié, et il est impossible de trouver les mots justes sans avoir l'air de s'apitoyer. Si elle-même s'est adaptée à la ville et a compris l'essentiel de son fonctionnement, Leïla – dont l'horizon géographique s'arrête à son collège – ne peut en aucun cas imaginer la vie de sa servante.

Les confidences de Leïla commencent toujours par : « Mohamadou m'a écrit. Il m'a appelée aujourd'hui. » Puis, son téléphone à la main, elle passe son temps à regarder ses messages en souriant. Leïla est fiancée. Elle passe son temps à se faire confectionner de nouveaux pagnes, en attendant impatiemment les visites de celui auquel elle est destinée et qui vit à Douala. Faydé accepte avec gratitude les pagnes dont Leïla ne veut plus et dont elle se débarrasse régulièrement en les lui offrant. Jamais Faydé n'en a vu d'aussi beaux ni d'aussi luxueux. Et Srafata, Bintou et Danna les lui envient beaucoup.

« On va se marier bientôt. J'ai hâte. Diddi pense qu'il fera un bon époux, et mon père apprécie beaucoup sa famille. Je trouve qu'il est aussi très gentil ! Et très amoureux, ajoute-t-elle en riant.

— Oui, ça se voit.

— Il vit à Douala. C'est bien ce que je préfère chez lui. J'ai trop hâte de quitter Maroua. En plus, il est beau, n'est-ce pas ?

— Oui, approuve Faydé, les yeux fixés sur le portrait du jeune homme qui apparaît sur l'écran du téléphone de Leïla.

— Il m'a promis un iPhone de la dernière génération. Celui que j'ai est déjà dépassé. Je commence à tomber amoureuse de lui, tu sais ? Au fait, j'ai faim. Tu prépares quoi aujourd'hui, Faydé ? coupe-t-elle brusquement.

— Du riz à la sauce tomate, du poulet frit, des frites de banane plantain.

— Comme d'habitude. Je suis fatiguée de toujours manger la même chose ! soupire Leïla. Tu m'achèteras du pain et tu me feras des tartines au chocolat. »

Faydé ne répond pas et se contente de sourire. Leïla est née avec une cuillère en argent dans la bouche. Elle n'a jamais manqué de lait, de sucre ou de viande. Comment expliquer à une fille qui n'a jamais connu la faim ce qu'on peut ressentir quand on est obligée de dormir le ventre vide ? Rien n'est plus indiscret qu'un estomac affamé.

Un bruit assourdissant venu du garage les interrompt. Le groupe électrogène vient de démarrer. Leïla pousse un soupir :

« Encore une coupure de courant ! C'est devenu infernal ! La saison sèche ne fait pourtant que commencer. Je me demande comment font les gens qui n'ont pas de groupe électrogène. L'électricité est coupée à tout bout de champ. Il paraît que c'est à cause du délestage. Avant, ça arrivait rarement.

— À quoi c'est dû alors ?

— Eh bien, au changement climatique. Moins il pleut, moins il y a d'eau dans les rivières et moins le barrage fonctionne. C'est simple. Et chez vous, Faydé ? Dans ton village, il y a des délestages ?

— Il n'y a pas d'électricité », lâche Faydé.

Leïla ouvre des yeux effarés.

« Comment ça, pas d'électricité ? Comment faites-vous pour charger vos téléphones ? Et pour regarder la télévision ? »

Leïla ne peut imaginer qu'on puisse vivre sans électricité, sans télévision ou, pire, sans téléphone, elle qui ne se sépare jamais de son objet fétiche, que ce soit dans son lit ou même aux toilettes. Ses doigts fins et agiles pianotent sans répit sur le clavier dans une conversation énigmatique avec des personnes tout aussi mystérieuses.

Faydé, d'humeur assez taquine, continue :

« Au village, il n'y a pas d'électricité, Leïla. Il n'y a pas non plus l'eau courante.

— Comment faites-vous pour vous laver ? »

Faydé marque une pause.

Ici, l'eau coule à flots des robinets. En cas de coupure, le forage prend le relais sans qu'on s'en aperçoive. C'est un acquis, et personne ne se rend plus compte du caractère précieux de l'eau. On la laisse couler autant qu'on veut. Après tout, ce n'est que de l'eau. On arrose les plantes matin et soir car la fraîcheur et la beauté qu'elles apportent sont sans pareil dans une concession digne de ce nom. On asperge également les dalles qui recouvrent le sol pour, le soir venu, apporter cette fraîcheur si désirée, tout en ôtant la poussière. L'eau, ici, n'est après tout que de l'eau.

Comment Faydé pourrait-elle expliquer à Leïla qu'à une vingtaine de kilomètres de là, on meurt de soif, que cette eau si banale ici est une denrée inestimable et rare ? Comment Leïla pourrait-elle savoir ce que c'est de voir les puits du village se tarir les uns après les autres dès le début de la saison sèche ? Comment expliquer à quelqu'un qui prend jusqu'à trois douches par jour que, dans son village, pour se laver ou faire la lessive, il faut se rendre au marigot asséché et creuser, creuser le sable pour espérer trouver de l'eau ? Tout ça est inexprimable !

Faydé, gravement :

« On va au marigot. Et c'est amusant ! Généralement, on y va en groupe. Mais maintenant ce n'est plus possible.

— Pourquoi ?

— À cause de Boko Haram. On a peur de se faire enlever.

— Ils peuvent vraiment faire ça ? On en parle souvent à la télévision. Mais je pensais qu'ils étaient plus loin que ça. »

Faydé retient la réplique qui lui venait aux lèvres.

Comment confier à une fille qui a toujours été surprotégée que, depuis quelque temps, dans toute la région, les villages sont devenus la cible du groupe terroriste ? Indifférente, Leïla n'en entend parler que de rares fois à la télévision avant de se plonger dans sa série préférée. Ici, la sécurité est assurée par des gardiens ou, dans les concessions les plus riches, par des vigiles professionnels. Elle est au courant du couvre-feu qui sévit depuis un moment en ville mais qu'est-ce que ça peut lui faire puisque, de toute façon, elle ne sort pas la nuit ? Son couvre-feu à elle est déjà instauré par la famille et par les traditions. Leïla est informée des vols, des enlèvements et même des kamikazes qui se font sauter avec des bombes artisanales. Oui, ça fait peur, mais tant que cela se passe ailleurs, dans les villages ou dans les montagnes, on peut continuer à vivre ici sereinement.

Un jour où elle s'est fait gronder par son père parce qu'elle est rentrée seule du collège sans attendre le chauffeur ou l'un de ses frères, Leïla, en colère, lance à Faydé :

« J'en ai marre. Ils sont toujours sur mon dos à me surveiller. Je n'ai pas de vie. Tu en as de la chance, toi, d'être libre.

— C'est juste parce que tes parents t'aiment. Ils te protègent.

— Et tes parents à toi ?

— Ce n'est pas la même chose ni la même culture. Mes parents sont pauvres. Si ma mère avait eu le choix, elle aurait préféré que je continue d'aller à l'école et que je reste près d'elle. Comme tous les parents du monde ! »

Leïla a toujours vécu, entourée des siens. Sa mère, ses marâtres, ses tantes, sa grand-mère la traitent comme une princesse. Son père, ses oncles, qui subviennent à ses moindres besoins, la protègent même de dangers invisibles. La vie de famille est innée pour elle et représente tout ce qu'il y a de plus normal. Qu'est-ce que Faydé pourrait bien lui raconter sur sa famille à elle ?

Leïla ne pourrait comprendre ni l'inquiétude de sa mère, ni ses frères qui comptent sur elle, ni ce père qui a disparu. Elle ne pourrait pas saisir l'importance du maigre salaire que Faydé gagne pour la survie des siens. Leïla se soucie davantage qu'une de ses amies ait un meilleur téléphone qu'elle ! Elle enrage de la voir exhiber l'objet dernier cri alors qu'elle-même, d'ordinaire la mieux lotie de ses camarades, doit se contenter d'un smartphone moins récent. Ça semble presque un crime de lèse-majesté qu'elle se promet de corriger au plus vite !

En même temps, Faydé acquiesce à ses commentaires, mais son esprit reste tourné vers sa mère dans les champs et sa petite sœur qui souffre depuis quelques jours de la fièvre palustre.

Leïla grommelle que son argent de poche est insuffisant pour son âge dans un collège où les autres filles disposent parfois du double. Ce « maigre pécule » ne lui permet pas d'avoir un goûter convenable et ne suffit pas à couvrir sa connexion quotidienne à Internet. Huit mille francs par semaine pour elle, la fille d'un homme d'affaires ? C'est une honte ! Faydé, quant à elle, se contente du même montant chaque mois après avoir trimé du matin au soir. Elle espère obtenir son prochain salaire en avance pour le traitement de sa petite sœur.

Bref, Leïla se plaint toujours. Il fait trop chaud dans la salle de classe. Son uniforme est trop simple, la discipline trop sévère. On l'empêche de se maquiller, de porter des bijoux et même de mettre son nouveau pull-over. Elle n'a jamais assez de chaussures, malgré la dizaine de paires qui traînent sous son lit. Pendant des années, Faydé, elle, s'est contentée de tongs en caoutchouc, ou même marchait pieds nus.

« J'ai hâte de me marier avec Mohamadou. Il est gentil et je n'aurai plus mes parents sur le dos. Je ferai ce que je veux. J'espère que j'aurai une belle maison. Mohamadou m'a déjà montré quelques photos. »

Pour le mariage de Leïla, sa famille fera le nécessaire : son père lui achètera des meubles, sa mère lui offrira le nécessaire de cuisine, son fiancé renouvellera sa garde-robe. Elle n'aura à se préoccuper de rien. Jeune fille protégée dans la concession de son père, elle le sera tout autant dans celle de son époux. Ce dernier aura le devoir de la nourrir, la soigner, la vêtir, autrement dit de s'occuper d'elle selon les règles de leurs traditions qui se confondent avec celles de leur religion.

Leïla poursuit sur le ton de la confidence :

« Mohamadou m'a dit que, si jamais les meubles que m'offrira mon père ne me plaisent pas, on pourra en changer. Ce qui est sûr, c'est que je me débarrasserai rapidement des ustensiles de Nenné et Diddi. C'est trop démodé. Elles ne comprennent jamais rien.

— Moi, je trouve que tout ce qu'elles achètent pour toi est bien, remarque Faydé gravement.

— Tu n'y connais rien, Faydé ! Douala n'est pas Maroua. »

Leïla lui parle sans cesse de ses projets d'avenir, même s'ils sont encore flous. Elle ne sait pas quelle filière elle choisira à l'université après son baccalauréat, mais elle se voit déjà femme active. Pour cela, elle doit continuer ses études après le mariage. Elle sera sûrement une bonne épouse et une mère accomplie, régnera sur une belle maison avec quelques domestiques, mais ne souhaite en aucun cas reproduire le schéma de la concession paternelle. Leïla est une fille moderne, nourrie par les séries télévisées, connectée au monde. Elle ne supporte pas de partager son époux et espère mener une carrière professionnelle. Faydé est impressionnée par ce programme de vie. Elle ne se projette pas autant dans le futur, elle n'en a pas la possibilité. Elle se mariera, certes, et espère également avoir des enfants, mais le reste relève du fantasme. Elle a une bonne place, est mûre pour son âge et sait que, si l'on a le droit de rêver, on doit tout de même se contenter de rêves raisonnables – de rêves susceptibles de se réaliser un jour ! Elle ne songe donc pas à être médecin ou banquière, comme Leïla. Elle ne s'imagine pas à la tête d'une grande concession avec plusieurs domestiques. Elle espère simplement qu'elle ne sera plus domestique.

Au début, la franche amitié dont a fait preuve la jeune fille a fait plaisir à Faydé, mais cette relation naissante a été vite balayée, le jour où une camarade de lycée a demandé à Leïla qui était cette amie qu'elle ne connaissait pas. Spontanément, Leïla a répondu :

« Non, ce n'est pas mon amie. C'est juste notre bonne, mais elle est gentille et serviable.

— Si c'est votre bonne, pourquoi tu perds ton temps à discuter avec elle ? »

Leïla s'est contentée de rire et a changé de conversation.

Déçue par la triste réalité sociale, Faydé a quitté les lieux, le cœur serré.

Quand, la nuit, elle s'en est ouverte à ses amies, celles-ci lui ont simplement ri au nez :

« Faydé, quelle naïveté, mon Dieu !

— Franchement, Faydé, tu pensais vraiment que tu pouvais être l'amie de ta patronne ?

— Elle a oublié qu'elle est une domestique, marmonne Srafata avant de la pointer d'un doigt menaçant. Combien de fois, Faydé, t'a-t-on dit que ce ne sont pas nos amis et que tu n'es pas là non plus pour te faire des amis parmi eux ? Ce n'est pas parce que tu vis à Maroua que tu vas oublier le village.

— À ce rythme, elle va même oublier sa famille ! »

Bintou a conclu, avec un sourire triste :

« Tu es domestique, Faydé. Et tu ne peux pas être amie avec ceux qui t'emploient ou qui pourraient t'employer. Tu n'es ni de leur ethnie ni de leur religion. Ils n'ont pas de considération pour toi. Alors, un conseil : si tu veux te préserver, profite simplement de ce qu'ils peuvent t'apporter. Mais ne crois jamais qu'ils vont t'aimer. C'est d'autant plus vrai avec leurs hommes. Débarrasse-toi de cette crédulité. Ou elle te jouera de vilains tours. »

Faydé a acquiescé en silence et s'est couchée, le cœur lourd.

Leïla lève subitement les yeux de son téléphone et demande avec curiosité :

« Faydé, tu n'es pas amoureuse ?

— Certainement pas, répond-elle, troublée. Non, je ne suis pas amoureuse et je ne veux pas d'homme dans ma vie.

— C'est n'importe quoi ! Faydé, tu ne veux simplement pas me raconter tes secrets !

— C'est vrai, pourtant ! Tout le monde n'est pas obligé d'être amoureux !

— Chez vous, on se marie à quel âge ?

— Quand on veut ou quand la famille veut. Le mariage peut bien se passer si on rencontre un homme gentil qu'on aime, mais ça peut aussi virer à la catastrophe si on doit subir un mariage forcé par le rapt, comme cela arrive encore souvent.

— Mais c'est quoi cette histoire de mariage par le rapt ? Je n'en ai jamais entendu parler.

— Eh bien, si tu tombes sur un soupirant trop possessif, il peut t'enlever même si tu ne le veux pas. C'est une tradition. Cette année, mon amie Fanta s'est fait épouser par son kidnappeur malgré sa réticence. Personne au village n'a trouvé à y redire. C'est la tradition et on évite de critiquer les traditions. C'est un mariage reconnu et accepté. Elle est donc restée au village.

— T'enlever ? Mais c'est horrible. C'est un sauvage ! Et ta famille peut le laisser faire ? »

Faydé esquisse un sourire. Oui, c'est barbare de se faire enlever et épouser de force. Mais un mariage forcé reste un mariage forcé, même s'il se passe en ville, entre familles bien comme il faut. Un mariage forcé est toujours forcé quand il repose sur la persuasion, le chantage affectif, les menaces ou invoque le prétexte de la religion. Et la barbarie reste la même. Si on compte bien, il y a donc plus de barbares à Maroua que dans les villages alentour.

Faydé se contente de répondre :

« C'est une vieille tradition, mais elle disparaît peu à peu. »

Ce que Faydé ne dit pas, c'est que, oui, elle est amoureuse, mais elle a trop conscience de sa condition pour savoir qu'il ne la regardera pas. Il est de ceux dont elle n'a pas le droit de s'amouracher. *Le cœur n'est pas un genou qui se plie*, dit un proverbe peul. Hélas ! Le cœur a ses raisons « que la raison ne connaît point ». On ne peut le contraindre à se résigner à la fatalité d'un interdit. Le cœur est indépendant. Il n'en fait qu'à sa tête et reste sourd aux conseils et aux recommandations. Il est rebelle et déraisonnable.

Faydé a jeté son dévolu sur Boukar.

C'est l'un des nombreux neveux de la famille et le répétiteur attitré de ses cousins et cousines : Leïla, Naïma et les garçons. Il vient de terminer ses études à l'université et enseigne dans un lycée. Faydé a mémorisé ses jours de classe. Il vient le lundi pour Naïma et ses sœurs du primaire qui rechignent toujours à réviser, le mercredi pour les garçons au collège, et enfin le samedi soir pour Leïla qui prépare son baccalauréat. À chaque fois, Faydé attend impatiemment ses visites et fait en sorte d'être plus présentable sans trop attirer l'attention.

Elle ne manque jamais de le saluer et reste parfois à proximité pour l'écouter enseigner. Contrairement à ses frères et à ses cousins, Boukar n'a pas l'air hautain et méprisant. Il n'aime pas les beaux boubous en basin de couleur et s'habille d'un pantalon en jean et d'un tee-shirt. Quand il explique longuement les leçons à ses élèves, elle garde en mémoire sa belle voix grave. Il lui sourit gentiment et lui dit parfois quelques mots.

Leïla interrompt sa rêverie.

« Faydé, comment se fait-il que tu ne sois pas amoureuse à ton âge ? Tu ne me mens pas, par hasard ? Tu n'es pas laide pour une domestique ! On te fait quand même la cour, n'est-ce pas ? Un gars de votre village ? »

Quand Leïla se met à parler d'amour ou de romance, c'est parti pour durer. Terriblement romantique, innocente et naïve, elle frémit de bonheur et pleure devant les séries brésiliennes ou les productions bollywoodiennes, où de belles jeunes filles épousent toujours l'élu de leur cœur. Pour Leïla, la vie doit être vécue comme dans les films. Il lui arrive même de créer des situations pour éprouver son fiancé pour le seul plaisir de se réconcilier ensuite avec lui. Elle va jusqu'à se prendre à son propre jeu, soupire et même pleure sur des malentendus qu'elle a elle-même provoqués !

« Allons, Faydé, dis-moi la vérité. Tu as quelqu'un ?

— Non. Pas pour l'instant.

— Dans ce cas, tu pourras m'accompagner à Douala après le mariage. Tu seras ma domestique. Ça sera plus facile pour moi et je demanderai à Mohamadou de te donner un meilleur salaire. Tu sais cuisiner et je t'apprécie. Quelle bonne idée ! J'en parlerai à Diddi. Voilà, tu vas m'accompagner. Quel soulagement ! »

Pour Leïla, avoir une domestique pour son futur foyer est un acquis et le fait que Faydé accepte de l'accompagner et de continuer à la servir, une suite logique. N'est-elle pas habituée à obtenir tout ce qu'elle veut ? Et puis, quelle domestique des montagnes refuserait d'aller à Douala avec en prime une augmentation ? À quel point Leïla serait scandalisée si elle savait la vérité sur les sentiments qu'éprouve Faydé ! Jamais elle ne pourrait imaginer que sa domestique si timide et réfléchie puisse tomber sous le charme de son propre cousin.

La nuit, Faydé prononce le nom de Boukar pour le plaisir de l'entendre. Dès qu'elle pense à lui, son cœur se serre et elle pleure en secret. C'est la première fois qu'elle est amoureuse. Un amour sans espoir.

2

Décidément, le cœur n'est pas raisonnable. Il ne réfléchit pas et n'en fait qu'à sa tête. Quand il aime, il se montre rebelle, aveugle et sourd à tous les conseils. Il ne fait preuve d'aucune retenue et se moque des barrières sociales. Rien ne peut l'arrêter !

Faydé est amoureuse. Elle pense sans cesse à Boukar bien qu'elle sache pertinemment que cette histoire ne mènera nulle part, sinon à des ennuis dont elle n'a pas besoin et à une profonde tristesse car elle est sans espoir. Faydé est amoureuse de la mauvaise personne et elle le sait. C'est un amour impossible.

Lorsque Boukar vient à la maison, le grand garage lui sert de salle de classe et plusieurs tableaux sont fixés au mur. Il est toujours de bonne humeur et s'applique à expliquer les leçons jusqu'à ce qu'il soit sûr qu'elles ont été bien assimilées. Tout en veillant à ce qu'il ne sache rien de ses sentiments pour lui, Faydé assiste discrètement au cours, et rien ne lui échappe : elle comprend et apprend. Malheureusement, la plupart du temps, on l'appelle pour une corvée ou pour une commission et elle doit partir à regret.

Alors que ses amies rapportent des couverts, des plats et des assiettes pour compléter les trousseaux qu'elles se constituent au nez et à la barbe de leurs employeurs, Faydé, elle, récupère de vieux cahiers et de petits romans dont Leïla ne veut plus. Et elle lit autant qu'elle peut ! C'était difficile au début, mais elle s'est améliorée au fil du temps. Là encore, Srafata, Danna et Bintou ne manquent pas de la taquiner.

« À quoi ça t'avance de lire tous ces trucs qui ne te serviront à rien ? Tu as l'intention de retourner au collège peut-être ?

— Non ! C'est juste parce que ça m'intéresse.

— Bintou, tu verras qu'elle finira par se réinscrire ! Faydé a toujours aimé l'école, contrairement à nous autres, adeptes de l'école buissonnière. Souvenez-vous, tous les maîtres l'aimaient bien et elle est quand même allée trois ans au collège du village. Ce n'est pas une domestique ordinaire, se moque Danna.

— Laisse-la tranquille, Danna. Si elle a envie d'apprendre, elle peut. D'ailleurs, rien ne l'empêche de s'inscrire au cours du soir si elle en a envie. Plusieurs personnes du village y vont, tout en travaillant la journée, la rabroue Srafata. Regarde par exemple Benoît !

— Les garçons, oui. Mais quelle fille s'est inscrite ? »

Un soir, un heureux hasard rapproche Faydé de celui qui fait battre son cœur. Elle sort acheter quelque chose dans le quartier voisin et il rentre chez lui. Elle marche tranquillement, tandis qu'il règle ses pas sur les siens. Ils ne sont alors qu'un jeune homme et une jeune fille qui cheminent côte à côte. Ils ne remarquent pas les regards désapprobateurs de ceux qui les connaissent l'un et l'autre et n'apprécient pas ce qui ressemble à un rapprochement.

« Dis-moi, Faydé, ça fait longtemps que tu es à Maroua ?

— Oui, professeur. Presque deux ans.

— C'est déjà pas mal. Bizarre que je ne t'aie pas remarquée avant de commencer les révisions. Tu viens d'où ?

— Des montagnes. »

Boukar est très beau, surtout quand il rit à pleines dents. Il est grand et, avec ses petits yeux rieurs, il paraît toujours décontracté. Les craies qu'il manipule toute la journée ne laissent pas de taches sur ses ongles parfaitement manucurés. C'est un homme jovial, qui aime plaisanter avec les enfants et les domestiques de la concession, mais les regards qu'il lance à Faydé sont pleins de douceur depuis le jour où il l'a surprise en train de lire un roman, un de ces Harlequin dont raffole Leïla et que Faydé a commencé à feuilleter par curiosité.

Elle a fini par devenir accro jusqu'au jour où Ayya, d'un ton méprisant, lui a lancé :

« Faydé, je t'ai attendue trente minutes aujourd'hui pour que tu laves les vêtements du bébé, et je t'ai vue avec un livre dans les mains.

Comme si tu savais lire ! Une bonne qui lit ! On aura tout vu dans cette maison. »

Les enfants qui traînaient alentour ont éclaté de rire et Faydé s'est sentie blessée. Depuis, Hamza, l'un des adolescents les plus turbulents, l'a surnommée « la domestique savante ». Désormais, elle évite de se faire remarquer avec un livre.

Tout en marchant, Boukar lui demande d'un ton doux et étonné :

« Faydé, tu aimes lire ?

— Non, professeur. Je ne suis qu'une bonne et les domestiques ne savent pas lire, répond-elle d'un ton calme et triste.

— Tu es une fille intelligente. Ça se voit, et je sais que tu sais lire et que tu suis tous les cours que je donne dans cette maison. Je me demande si ton niveau n'est pas supérieur à celui de certains ! » ajoute-t-il, songeur.

Faydé est amoureuse mais ne se fait aucune illusion. Son cœur n'a pas retenu les conseils qu'on lui a donnés. Au lieu de s'amouracher des beaux gaillards bien bâtis du village, elle s'est attachée à celui qu'il ne faut absolument pas aimer. Pourtant, de jeunes hommes se sont approchés d'elle à plusieurs reprises – sans succès. Certains lui ont même fait une cour si assidue qu'elle s'est sentie gênée. D'autres lui ont proposé le mariage mais elle les a tous éconduits. Ses amies ont été étonnées par ses réticences. Et, un soir, alors qu'un énième amoureux était venu se plaindre de Faydé auprès d'elle, Srafata lui a demandé :

« Faydé, est-ce que tu me caches quelque chose ?

— Quelque chose comme quoi, Srafata ?

— Alphonse est encore venu me parler aujourd'hui. Pourquoi tu le repousses ? C'est un gentil garçon. Il est beau et c'est un battant.

— Ce n'est pas toi, Srafata, qui me disais au début que je ne suis pas là pour m'amuser ?

— Mais...

— Je ne te cache rien. Je ne veux pas d'Alphonse ni de personne d'autre. Laissez-moi tranquille ! » a-t-elle conclu en se retournant.

Puis elle a fait semblant de dormir.

À chaque cours, Boukar laisse un tableau rempli d'exercices à l'attention de Hamza, qui prépare son brevet, mais ce dernier, en pleine crise d'adolescence, s'intéresse seulement aux motos et aux fringues, au grand désespoir de sa mère, Diddi. Son père, lui, s'en fiche. Il estime que, si Hamza ne souhaite pas continuer ses études, on pourra toujours l'orienter vers le commerce. Lui-même n'est pas allé à l'école. Est-ce que ça l'a empêché de devenir un homme d'affaires aisé, d'avoir plusieurs épouses et de nourrir sa famille ?

Hamza est de quelques mois plus âgé que Leïla, mais il a si souvent redoublé que cette dernière a pris de l'avance sur lui. Du coup, au lieu de persévérer, il passe son temps à manquer l'école, néglige les devoirs que lui donne Boukar et se fait prier pour venir aux cours. Si sa mère n'avait pas insisté, il aurait complètement abandonné ses études.

Un jour, pour s'amuser, Faydé ramasse un morceau de craie et entreprend de résoudre l'équation laissée par Boukar au tableau, sous le regard amusé de Biri. En arrivant le soir, Boukar corrige le devoir tout en pensant que Hamza s'est enfin décidé à faire des efforts.

« Félicitations, Hamza. Tu vois que c'est facile ? Tu as enfin compris cette factorisation que je t'explique depuis une semaine !

— Je ne suis pas bête, Boukar ! rétorque ce dernier avec arrogance.

— Il ment. C'est Faydé qui a écrit au tableau ! Je l'ai vue », proteste Naïma en riant et en esquivant de justesse le coup que son frère tente de lui donner.

Après son cours, contrairement à ses habitudes, Boukar s'attarde, dîne sur place et bavarde un peu avec son oncle, jusqu'à ce qu'il aperçoive la jeune fille au moment où elle sort de la concession. Il prend alors congé et la suit discrètement. Elle est sur le point de disparaître quand il l'interpelle doucement.

« Faydé ! Je dois te parler. »

Le cœur de la jeune fille se met à battre très fort mais elle se reprend rapidement. Boukar a sûrement besoin de l'envoyer faire une commission. Sinon, pourquoi voudrait-il lui parler ?

« J'allais rentrer, prof. Je ne savais pas qu'on avait encore besoin de moi. On m'appelle à la maison ?

— Non, non ! répond-il, balayant ses questions du revers de la main. Mais j'ai besoin de savoir. Ne mens pas, Faydé. C'est toi qui as fait ce devoir de mathématiques ?

— C'était juste pour m'amuser, prof ! Je n'aurais pas dû toucher au tableau. Vous êtes en colère ? Excusez-moi. En plus, je vais avoir des problèmes avec Hamza, ajoute-t-elle tristement. Il m'en veut beaucoup.

— Je ne suis pas fâché. Juste intrigué. Tu as parfaitement résolu les équations. Dis-moi, tu es en quelle classe ?

— J'étais au collège. J'aurais dû aller en quatrième à la rentrée mais...

— Pourquoi as-tu abandonné tes études ? »

Faydé pousse un soupir agacé. Il est comme tous ces gens aisés de la ville, qui ignorent complètement la réalité. L'école aussi peut être un luxe hors de portée de certains. Non, elle n'a pas abandonné. Elle a été obligée de ne plus y aller, c'est différent. Dans la région, la déperdition scolaire est la norme.

« Ma mère ne pouvait plus payer. La vie était trop difficile.

— Trop difficile ? L'école est presque gratuite.

— Presque, professeur, mais pas totalement gratuite. Il faut bien payer l'inscription, l'uniforme, les fournitures. Mes parents sont paysans, or il ne pleut presque plus, et les saisons ont tellement changé que les récoltes sont de plus en plus mauvaises. Je suis la grande sœur. Donc je devais attendre que les plus jeunes aient eux aussi leur chance à l'école, d'autant plus que ce sont des garçons. »

Adossé au grand nimier dont les branches dansent sous la brise du soir, Boukar est très séduisant. Faydé sent la fraîcheur de son eau de Cologne. Il se tient si près d'elle que son cœur bat la chamade et elle se sent mal à l'aise. Il la dépasse à peine. Elle recule. Il esquisse un sourire.

« Je comprends, Faydé. Je sais que parfois c'est compliqué. Au fait, à quoi ressemble ton village ? Tu as des frères ? Raconte-moi. »

C'est la première fois que quelqu'un s'intéresse à elle, à sa famille ou à sa vie. Elle comprend que cet homme dont elle s'est éprise cache une grande sensibilité. Elle n'est qu'une domestique et passe presque inaperçue dans cette ville, à croire qu'elle ne peut avoir de vie sinon celle d'une servante. Et, dans la concession, personne ne lui a jamais posé de questions sur sa famille ou son village. Même Leïla, avec qui elle discute très souvent, ne sait pas vraiment d'où elle vient. Le cœur de Faydé se serre et elle n'en aime que davantage Boukar. À cet instant, l'intensité de son regard lui fait oublier tout ce qui les sépare.

« Raconte-moi !

— Ce n'est pas intéressant, prof. Et on va nous voir. Nous sommes à l'extérieur : les gens vont se poser des questions. »

Pourtant, ils ne font que parler, mais un homme et une femme peuvent-ils converser sans que ce soit mal perçu ? De quoi peuvent discuter un jeune homme et une jeune femme qui ne sont pas apparentés dans une ville où les gens de sexe opposé n'ont pas le droit de se parler en public ? Si Srafata ou quelqu'un du village la voit s'attarder avec le jeune professeur, elle devra s'expliquer. Si quelqu'un du quartier les aperçoit, on va jaser.

« Je veux quand même savoir, insiste-t-il, souriant, en toute insouciance. Le regard des autres ne me dérange pas, moi. Mais si tu veux rentrer… »

S'asseyant sur un vieux banc laissé par Ibrahima, Faydé, tout en chiffonnant un bout de son pagne pour se donner une contenance, commence à raconter.

Elle se retrouve bientôt dans les champs, sur la montagne, et dans la petite case de sa mère, certainement humide en cette saison. Elle parle de cette femme courageuse qui élève seule ses enfants, évoque tendrement la petite dernière. Elle parle longuement et, quand elle n'a plus rien à dire, se tait et ferme les paupières. Le jeune homme n'a pas bougé. Il ferme lui aussi les yeux, comme pour mieux assimiler cet environnement qu'elle vient de décrire.

« Je connais ton village, tu sais, dit-il doucement. J'ai fait mon stage de fin de formation dans l'établissement à côté. Celui où tu étais probablement. D'ailleurs, Bala était ton professeur de mathématiques. C'est mon ami. Tu dois absolument reprendre tes études.

— Non ! Je dois travailler. Si je ne le fais pas, ma mère ne pourra pas s'en sortir ! s'exclame Faydé en se levant d'un coup.

— Bien sûr. Je ne te demande pas d'abandonner ton travail mais je vais t'aider à t'inscrire au cours du soir. Tu peux passer ton brevet cette année. Tu as clairement le niveau pour ça et il n'est pas trop tard pour le présenter.

— Je n'ai pas d'argent pour le dossier et l'inscription. Ma sœur est malade, je dois m'occuper d'elle ce mois-ci. D'ailleurs, je n'ai pas le temps d'aller en cours. Ça fait des années que j'ai abandonné. C'est trop tard !

— Il n'est jamais trop tard pour avancer, Faydé !

— Pourquoi tu te préoccupes de moi ? »

C'est la première fois que quelqu'un s'intéresse à elle sans rien attendre en retour. Faydé a tellement l'habitude d'être méprisée, ignorée, que l'intérêt de cet homme la rend maintenant méfiante. Ils se dévisagent un court instant dans la pénombre.

« Parce que je suis un professeur et que mon métier est d'enseigner. C'est un métier que j'ai choisi parce que j'aime plus que tout transmettre. Et surtout parce que les filles ont besoin d'être encouragées. Et aussi parce que je connais ton village et tous les villages environnants, et enfin parce que j'aime bien la montagne. Ce sont de bonnes raisons, non ?

— Ça ne sert à rien de continuer. Je n'ai pas besoin d'avoir un brevet. Ceux qui en ont un dans mon village sont aussi domestiques.

— Regarde-moi, Faydé. Tu ne crois pas que je ne te veux que du bien ? Être une domestique n'est pas une tare. Au contraire. C'est un travail difficile et qui demande du courage. Mais, dans la vie, il faut évoluer. »

Elle ne dit rien, baisse la tête, ferme les yeux et laisse couler des larmes silencieuses.

« Tu commenceras demain ! Au lycée du quartier. »

Faydé regarde Boukar s'éloigner. Elle a beau essayer d'énumérer toutes les raisons pour lesquelles elle doit renoncer à cette histoire compliquée, rien n'y fait. Elle aime cet homme comme seul peut aimer un cœur désespéré, sans limite.

3

C'est bientôt le mois de Ramadan. Toute la maisonnée se prépare pour cette période capitale. Un bœuf et un mouton sont abattus. Des sacs d'arachides, de mil, d'oignons sont livrés et déchargés dans la réserve, qui se trouve à côté des cuisines. Biri ne cesse de fendre du bois avant de le ranger dans la réserve. Car, même s'il arrive que l'on cuisine au gaz, on préfère le feu de bois et le charbon. Pendant des jours, Faydé grille les arachides avant de les apporter au moulin pour obtenir une pâte fine et sucrée, tellement onctueuse et savoureuse qu'elle n'hésite pas à en dérober un peu – ses frères adoreront y plonger les doigts.

La veille du grand mois, alors qu'elle débarrasse les assiettes du petit déjeuner, Diddi l'interpelle.

« Faydé, le Ramadan commence demain. Pendant un mois, tu auras davantage de travail mais on va t'aider. De toute façon, tu ne pourras pas cuisiner seule. Alhadji rompt toujours le jeûne avec ses employés, ses amis et même des voisins. Ça fait plus d'une trentaine de personnes. Tu devras passer la nuit ici. Il faudra également se lever et faire à manger à 3 heures du matin. Bref, on va s'organiser ! Ça sera juste pour un mois. »

Srafata l'ayant déjà informée sur le sujet, Faydé n'est pas surprise. Et personne ne lui demande son avis : on l'informe juste de ce qu'elle devra faire.

Tout au long du mois, la routine de la grande concession est chamboulée. Mais, très vite, une atmosphère de gaieté et de fête s'installe, d'autant plus que, cette année, le mois sacré coïncide avec la période des vacances scolaires.

Faydé se lève vers 8 heures pendant que tout le monde dort. Elle lave la vaisselle, balaie la cour et s'occupe du linge. Elle prépare également le petit déjeuner des enfants, encore trop jeunes pour respecter le jeûne. Et, à midi, la grande cuisine commence !

Il faut préparer les jus de foléré à la fleur d'hibiscus, les limonades au gingembre, les jus de mangue ou de goyave et les mettre au réfrigérateur. La viande doit être découpée et on la laisse mijoter pendant des heures. On en mettra dans la soupe que l'on servira pour casser le jeûne, puis, pour le deuxième repas, dans la sauce aux légumes qui accompagnera le riz. On doit pétrir la farine pour préparer les beignets *wayna*, passer au mixeur les légumineuses niébés pour les beignets *kossaye* à servir avec la soupe. Il faut nettoyer les poulets, découper l'agneau, l'assaisonner, avant de tout remettre à Biri qui braise l'ensemble. Pommes de terre, patates douces et plantains doivent être épluchés et découpés en frites. On lave les feuilles de laitue et les tomates, on découpe les concombres et les carottes avant de composer la vinaigrette pour la salade. Il faut préparer le thé parfumé au clou de girofle, à la citronnelle ou à la menthe, découper les pastèques, les ananas ou la papaye. On doit préparer le couscous et la sauce de légumes tout en disposant dans de petits bols les dattes destinées à rompre le jeûne. Et ce ne sont que les tâches liées à la cuisine ! Car il faut aussi s'occuper de la concession.

À l'approche de l'heure fatidique, avant l'appel du muezzin pour la prière du *maghrib*, cet instant précis où le soleil se couche, Biri arrose le sable de la grande cour pour rafraîchir le sol et éviter que la poussière ne monte. Il faut étendre les grands tapis sur lesquels on jette les oreillers qui serviront d'appui aux hommes pendant la digestion, et étendre la nappe sur le tapis avant de disposer dessus des plats, des verres, des tasses, des couverts, des mouchoirs de table et des cure-dents.

Alhadji mange toujours en compagnie de ses fils, ses voisins et plusieurs employés. Le prestige et la renommée d'une personne aisée tiennent avant tout à sa générosité et à sa capacité de nourrir toutes les bouches qui veulent bien venir dîner chez lui, surtout pendant le Ramadan. Les femmes, de leur côté, restent à l'intérieur de la concession et les repas se prennent sous le grand *hangar*.

Le rituel de la rupture du jeûne et l'ordonnancement des différents plats ne changent jamais. Dès l'appel du muezzin, on commence par une datte avant de boire de l'eau. Ensuite, le repas se déroule en plusieurs étapes. D'abord, la bouillie et les jus de fruits. Puis la soupe avec les beignets et les fruits, avant de marquer une pause pour les prières du *maghrib* et d'*ichaï* dans la mosquée voisine. Pendant ce temps, Biri et Faydé, ainsi que les gardiens de la concession, débarrassent la vaisselle sale, nettoient les tapis et préparent la suite, qui débute sitôt la fin des prières.

Alors apparaissent les poulets et la viande braisés, la salade et les frites de pommes de terre et de bananes plantains, le tout accompagné de thé. Puis on prend le temps de discuter joyeusement jusque très tard. On parle politique et affaires, mais c'est aussi un moment de détente, où les convives d'Alhadji lui rapportent les ragots qu'il affectionne tant. Enfin, avant de se quitter, le groupe prend un dernier repas de couscous, de riz ou de maïs traditionnel, à la sauce aux légumes.

C'est l'heure pour Faydé de quitter la cuisine et de prendre rapidement une douche avant de dormir un peu sous le *hangar* ou dans le salon de la deuxième épouse. L'épouse dont c'est le *walande*, le tour de nuitée conjugale, la réveillera vers 2 heures du matin afin qu'elle l'aide à préparer le petit déjeuner qui devra être pris avant 5 heures.

Ainsi la concession s'anime-t-elle à la tombée de la nuit, avec les cris des enfants qui s'amusent aux jeux vidéo, les discussions et les éclats de rire des convives d'Alhadji. Seules les prières viennent les interrompre un moment, avant qu'ils reprennent de plus belle autour des plats fumants. Après le repas, les épouses regagnent leur appartement et allument la télévision. On ne regarde plus les séries, mais des films de Bollywood qui laissent les femmes rêveuses, des films sur l'islam qui raffermissent la foi et les DVD des derniers mariages célébrés en ville. Leïla dévore ces derniers en scrutant le moindre détail, car son propre mariage est pour bientôt et il est hors de question que l'une des cérémonies soit mieux organisée que la sienne. Elle veut que la fête soit parfaite, ses tenues à elles plus somptueuses, ses cadeaux plus nombreux, la décoration plus luxueuse que tout ce qu'elle a vu à l'écran. Elle ne parle plus que du choix de ses demoiselles d'honneur. Pour elle, le mariage se limite aux différentes étapes de la célébration, car elle n'évoque jamais sa vie future.

« Diddi, tu as vu la robe de la fête d'au revoir de Madina ? Je trouve sa couleur trop commune, le modèle démodé. Je préfère la robe de Didja. Oh, Allah, ce n'est pas possible ! Diddi ! s'exclame-t-elle, scandalisée. Regarde sa cape. C'est la même couleur que celle que tu m'as achetée. Non ! Là, rien à faire, je ne la mettrai pas. Il faut changer !

— Je trouve que ce qu'on t'a acheté est très joli », objecte timidement Faydé.

Elle a été émerveillée quand l'*alkibbare*, la cape de mariage de Leïla, a été livrée : son étoffe est si brillante, si douce au toucher. On dirait un bijou tant elle luit sous la lumière. Jamais Faydé n'a vu un tissu aussi soyeux. Comment Leïla peut-elle vouloir changer une telle splendeur ?

« Tu n'es qu'une villageoise, Faydé. Tu ne comprends rien. Tais-toi ! » rétorque Leïla, cassante.

Les dix derniers jours du Ramadan, l'effervescence est à son comble. On a l'impression que la ville ne dort plus. Peu importe l'heure de la nuit, les gens bavardent, sortent, se promènent. Les tailleurs travaillent à une cadence effrénée pour satisfaire leurs clients avant le grand jour. Diddi, prévoyante, a déjà fait coudre les habits pour toute la famille. Leïla a fait confectionner plusieurs tenues et son fiancé lui en a offert d'autres.

Elle a également pu obtenir la permission de se rendre au marché central, la nuit, pour s'acheter des chaussures. Diddi a exigé qu'elle se fasse alors accompagner par ses frères et par le chauffeur. Faydé, curieuse, a profité de l'occasion pour s'y rendre.

Jamais elle n'a vu autant de monde et de lumières. C'est à croire que toute la ville s'est donné rendez-vous. Les boutiques sont pleines à craquer. Éblouie, elle ne sait où poser le regard. Habituée, Leïla va d'échoppe en échoppe, de boutique en boutique. Elle est venue acheter une paire de chaussures, finit par en prendre trois ainsi qu'un sac à main, des barrettes et même du maquillage. Le chauffeur, un homme effacé qui parle à peine, semble ce soir de bonne humeur et glisse un billet de deux mille francs dans la main de Faydé en lui suggérant de s'acheter elle aussi une paire de sandales.

Le lendemain, après le dîner, alors que Faydé demande à Diddi la permission de retrouver ses amies pour quelques heures, celle-ci lui tend un pagne neuf.

« Tiens, Faydé. C'est pour toi. Il faut que tu te fasses belle le jour de la fête !

— Oh, c'est très joli, Diddi. Merci beaucoup.

— Bah, tu le mérites ! Toute personne qui a fait la bouillie du Ramadan mérite un pagne. C'est la tradition ! Et tu ne peux pas travailler le jour de la fête sans être bien habillée. Beaucoup de gens viendront à la maison. Mais comme tu n'as pas jeûné, Faydé, on devrait le reprendre, n'est-ce pas, Leïla ? ajoute-t-elle, espiègle.

— Oui, Diddi, Faydé devrait avoir honte. Comment peux-tu manger alors que les autres jeûnent. Même pas un jour ?

— Je jeûnerai demain. Mais, en attendant, je dois trouver un tailleur pour mon pagne. »

La joie est si visible sur son visage. C'est un pagne neuf avec de jolis motifs et de belles couleurs, et non un pagne déjà porté par quelqu'un. Un pagne à elle, rien qu'à elle, pour la fête ! Toute la fatigue accumulée se dissipe en un instant, alors qu'elle court allègrement vers ses amies. À peine est-elle arrivée dans la chambre commune qu'elle déballe son paquet sous les yeux des autres, qui bavardent gaiement.

« Mon pagne de fête ! On m'a offert un pagne neuf. Regardez ! Il est beau, n'est-ce pas ?

— Vraiment beau. Ça t'ira bien ce rose ! Ils sont très généreux. Il est de bonne qualité. Au moins huit mille francs. Regarde le mien. Moi aussi, j'ai reçu un pagne hier. » Elle sort un pagne bleu de son sac et le tend à Faydé.

— Et toi, Bintou ? Tu as reçu un pagne ?

— Oui. J'en ai un.

— Tu nous le montres ? »

Avec un soupir, Bintou sort un paquet de sous son oreiller et le lui tend sans un mot.

« Bintou ! s'exclame Srafata, médusée. Tu es sérieuse ? D'où sors-tu ce voile de dentelle ? Il vaut au moins cinquante mille. Ce n'est certainement pas ta patronne qui t'a donné ça ?

— C'est un homme qui me l'a offert. Un amoureux.

— Un homme de chez nous t'a offert pour la fête de Ramadan un pagne de cette valeur ? Bintou, j'espère que tu n'es pas en train de te créer des problèmes !

— Je n'ai pas dit que cet homme était de chez nous, répond Bintou en se redressant, agacée. Et ne t'inquiète pas, je ne l'ai pas volé. C'est un cadeau de mon copain. Et puis quoi ? Fichez-moi la paix ! »

Faydé insisterait bien pour en apprendre davantage sur ce mystérieux amoureux, mais Bintou leur a déjà tourné le dos – non sans avoir repris son précieux pagne pour le ranger sous son oreiller.

C'est étrange. Bintou a changé. Elle cache quelque chose. La joyeuse jeune fille des mois précédents a laissé place à une personne mélancolique.

« Donne-moi ton pagne, Faydé. Je vais l'apporter chez le tailleur avec le mien, soupire Srafata, troublée par le comportement de Bintou, devenue décidément très irritable ces derniers temps. Je connais quelqu'un qui acceptera de nous les coudre pour la fête. Évidemment, Bintou, si tu veux coudre le tien, tu viens avec moi.

— Bintou, tu sais qu'on est tes sœurs. On voit bien que tu as changé, que tu es triste. Dis-nous tout. Jusqu'à quel point cette relation est-elle sérieuse pour qu'il puisse t'offrir ce genre de pagne ? tente de l'amadouer Danna.

— Aussi sérieuse que peut l'être une liaison avec un musulman qui me prend également pour une musulmane. Un citadin qui me prend pour une citadine. Un Peul qui me croit peule ! L'argent, les cadeaux, le téléphone, c'est lui.

— Si tu continues à mentir, ça ne te mènera à rien », avertit Srafata.

Bintou les considère d'un air grave, avant de reprendre :

« Il me couvre de cadeaux. Me dit qu'il m'aime. Qu'il est prêt à m'épouser. Ça fait des mois qu'il me harcèle pour que je le présente à mes parents. Mais, évidemment, celle qu'il aime, ce n'est pas moi. Ce n'est pas Bintou la domestique des montagnes.

— Il est possible qu'il t'aime aussi pour ce que tu es, murmure Faydé.

— Trouve le moyen d'arrêter cette histoire avant qu'elle ne te crée des problèmes, Bintou, conclut Srafata, ignorant le commentaire de Faydé. Sinon, on sait très bien comment ça va se terminer ! »

Le jour de la fête, Faydé se lève tôt, fait le ménage, balaie la cour, aide à préparer le repas. Vers midi, elle est éreintée mais a terminé ses tâches et peut donc se faire belle. Quel plaisir de prendre longuement sa douche et de revêtir son beau pagne neuf ! La veille, elle s'est fait des tresses plus fines et plus élégantes sous les mains expertes de Danna. Et Bintou lui a offert, comme à chacune de ses amies, des parures en imitation or.

Quand elle pénètre dans la chambre de Leïla, celle-ci, surprise de voir sa domestique si différente, insiste pour qu'elle se maquille. C'est la première fois que Faydé, imitant les gestes de Leïla, poudre son visage, redessine ses sourcils, souligne son regard de khôl et recouvre ses lèvres de rose brillant. Leïla lui offre de bon cœur un petit sac à main.

Heureuse, Faydé fait le tour de la concession et chacune de ses maîtresses lui donne un peu d'argent. Même Ayya, d'habitude si renfrognée, lui lance mille francs en se moquant d'elle.

« Faydé, tu es belle aujourd'hui. On dirait presque une musulmane. Je comprends à présent pourquoi on dit qu'un homme ne devrait jamais, au grand jamais, courtiser une femme le jour de la fête. La petite des montagnes s'est décarcassée. »

Faydé est fière et heureuse. Elle est belle et le sait. Rien ne peut la blesser aujourd'hui. Affairée à répartir sur de beaux plateaux les pâtisseries préparées spécialement pour l'occasion, Diddi la réclame :

« Faydé, tu connais la maison d'Alhadji Bakary ? La grande maison de l'autre côté du carrefour. Tu ne peux pas ne pas connaître. C'est la plus grande et la plus belle du quartier. C'est celle de mon frère. Va porter ce plat de pâtisseries à sa première épouse. Fais attention : la première épouse, et non la deuxième, qui est une vraie sorcière. Elle serait capable de dire que je l'ai empoisonnée. Le premier appartement à ta droite en entrant dans la concession est celui de la première épouse. Tu n'as qu'à demander au gardien et dire que c'est moi qui t'envoie. Surtout ne traîne pas ! Je t'enverrai ensuite chez ma copine Damdam. »

Bien sûr que Faydé connaît la maison d'Alhadji Bakary, même si elle n'y est jamais entrée car le double portail est toujours fermé et la présence des vigiles dissuasive. C'est la concession la plus luxueuse du quartier. En revanche, elle ne savait pas qu'Alhadji Bakary était le frère de sa patronne.

Deux gardiens sont postés à l'entrée et bavardent en sirotant des boissons gazeuses. Le portail est grand ouvert et les gens entrent et sortent sans protocole car c'est un jour particulier. Des griots jouent du tambourin et de la flûte, chantent les louanges du maître des lieux. Des bougainvilliers aux fleurs rouges ou violettes poussent le long des hauts murs dans une gerbe de couleurs éclatantes. Au centre de la concession trône une fontaine entourée de fleurs. C'est la première fois que Faydé en voit une. Elle est émerveillée.

Très vite, elle trouve l'appartement de la première épouse. Cette dernière se tient majestueusement sur un canapé, vêtue d'un boubou écarlate, et porte de somptueux bijoux en or. Le salon est splendide avec ses fauteuils imposants. Des boissons gazeuses, des pâtisseries et des friandises garnissent une table au centre.

Après les salutations, Faydé déclare timidement :

« Diddi m'envoie vous remettre ces pâtisseries. Elle vous souhaite bonne fête.

— Ah, c'est gentil. Mais comment tu t'appelles ? Je ne te connais pas, même si ton visage me semble familier. Une nièce de la famille peut-être ?

— Non. Je suis Faydé. La domestique de Diddi.

— Ah, juste la domestique ! Tu remercieras donc Diddi de ma part. Tu peux prendre un jus sur la table pour la route », ajoute-t-elle avec un large sourire qui met en évidence ses deux incisives en or.

Puis elle accueille de nouveaux visiteurs.

À sa grande surprise, Faydé trouve Leïla près de la fontaine. Celle-ci est en train de prendre des selfies. Elle est de bonne humeur et lui lance :

« Tiens, Faydé ! Tu fais quoi ici ?

— Diddi m'a envoyée.

— Ah, oui, bien sûr ! C'est joli, tu ne trouves pas ? Toutes ces fleurs et cette fontaine ? J'aime beaucoup cette maison. Elle est très belle. J'ai déjà dit à Baaba d'installer une fontaine chez nous, mais il s'en fiche. Dommage... Tu es belle aujourd'hui, Faydé. Je vais te prendre en photo. »

Boukar, qui vient d'arriver, s'arrête près des jeunes filles.

« Leïla, tu es là. Je viens justement de sortir de chez toi et je ne t'ai pas trouvée. *Barka da sallah !* Bonne fête à toi aussi, Hapssi ! »

Leïla dévisage son cousin, tandis que Faydé se retourne pour apercevoir la fameuse Hapssi, en vain.

« Cousin, tu ne vas pas me dire que tu n'as pas reconnu Faydé ? Il est vrai qu'elle est différente aujourd'hui, mais tout de même ! Tu rêves tellement de Hapssi que tu la vois partout ! »

Elle éclate d'un rire moqueur, tandis que Boukar, médusé, se renfrogne. Leurs regards se croisent un bref instant. Faydé lit la surprise dans le sien. Sans un mot, elle tourne les talons, mais il l'interpelle :

« Faydé ! C'est la fête. Je ne t'ai pas donné ton cadeau. »

Elle fait mine de ne pas avoir entendu et s'avance vers le portail. Elle a hâte de partir, mais Boukar la rattrape.

« Faydé ! J'ai dit que je ne t'ai pas donné ton *barka da sallah* C'est la tradition. Tiens, le voici ! »

Il sort un billet de sa poche et le lui glisse dans la main avant de tourner les talons, en répondant au téléphone. Ouvrant ses doigts, Faydé découvre un billet de dix mille francs. Un montant supérieur à son mois de salaire ! Ça ne peut être qu'une erreur. Elle revient sur ses pas et attend qu'il raccroche.

« Professeur... Tu t'es trompé, je crois. C'est un billet de dix mille francs que tu m'as donné ! bredouille-t-elle en le lui rendant.

— Je ne me suis pas trompé, Faydé. »

Il se dirige vers l'appartement de la première épouse, sans se retourner. Faydé le regarde partir, discutant avec sa cousine. Il porte une longue gandoura bleue brodée et une chéchia assortie sur la tête. Ainsi vêtu, il semble plus grand mais plus distant. Si elle-même, Faydé, est métamorphosée aujourd'hui avec son beau pagne et son maquillage, Boukar, lui non plus, ne ressemble en rien au professeur décontracté qu'elle voit d'ordinaire.

Sans s'attarder, Faydé rentre pour terminer les courses de Diddi avant de rejoindre ses amies qui s'impatientent. La joie ressentie plus tôt s'est envolée. C'est pourtant la fête en ville. Elle est belle, bien habillée, a de l'argent. Alors, pourquoi cette tristesse qui enserre son cœur ? Pourquoi cette soudaine envie de pleurer ?

Boukar ne l'a pas reconnue. Elle en est à la fois flattée et blessée. Il l'a prise pour une autre. Quelle douceur, quelle tendresse dans sa voix quand il l'a appelée Hapssi !

4

Aujourd'hui est le jour tant attendu des résultats aux examens. Leïla était tellement anxieuse qu'elle angoissait toute la famille. Elle passait son temps à pleurer car elle n'envisageait pas de retourner au lycée une fois mariée, si jamais elle ratait son baccalauréat. Elle avait même menacé de reporter son mariage si elle n'obtenait pas son diplôme.

Heureusement, c'est un succès ! Les préparatifs peuvent commencer, le mariage est prévu dans deux mois. Même l'échec prévisible de Hamza n'a pas terni le soulagement apporté par la réussite de Leïla. L'intéressé lui-même ne semble guère chagriné, il a enfin un prétexte pour arrêter ses études. Seule Diddi pousse un soupir d'exaspération.

Faydé, elle aussi, a réussi ses examens mais elle se tait. Personne n'est au courant qu'elle a obtenu le brevet des collèges, hormis Boukar.

D'ailleurs, le soir des résultats, il l'avait attendue devant la concession des domestiques, assis sur le banc. Elle ne l'avait pas vu tellement il s'était fait discret. Mais, au moment où elle entrait dans la concession, pressée d'annoncer la bonne nouvelle à Srafata :

« Faydé !

— Professeur ! Je ne vous avais pas vu. »

Elle avait délibérément prononcé son titre plutôt que le diminutif « prof » par lequel elle et tous les jeunes de la concession avaient l'habitude de le nommer.

Depuis le jour de la fête où il l'a appelée Hapssi, il s'est éloigné et lui adresse à peine la parole. Cette distance nouvelle a beaucoup intrigué Faydé et lui a causé bien des nuits blanches tourmentées. Qu'a-t-elle fait de mal pour qu'il décide de ne plus lui parler du jour au lendemain, ni même de lui sourire comme il le fait d'habitude ? C'est à peine si, depuis, son regard ne s'assombrit pas quand il l'aperçoit en train de suivre discrètement les leçons qu'il donne à Hamza. Il y a désormais entre eux comme une gêne imperceptible, inexplicable. Où est passé le jeune homme enjoué et détendu qui s'intéressait à son village et à son avenir ? Ces questions sans réponse ont gâché ses moments de repos, car jamais elle n'aurait osé lui demander d'explications.

Quelques semaines avant l'examen, alors qu'elle rentrait de cours, elle l'avait trouvé assis sur sa moto dans la cour du lycée : il l'attendait, apparemment. Il lui avait tendu des fascicules en lui conseillant de préparer son examen. Puis il était parti sans ajouter un mot, sans même écouter les remerciements de la jeune fille. Faydé est donc surprise de le trouver assis là.

« Je veux juste te dire que je suis fier de toi. Et j'espère que tu vas continuer l'année prochaine », dit-il simplement avant de se lever d'un bond et de s'éloigner sans attendre.

Dans la concession des domestiques auparavant si animée, l'ambiance est devenue morose depuis quelque temps. Les discussions du soir, les éclats de rire et les veillées sous le manguier ont disparu. Les cœurs ne sont plus vraiment à la gaieté.

La raison en est que Boko Haram gagne du terrain et s'infiltre de plus en plus dans les villages, semant la terreur et la désolation. Les écoles ont fermé dans les localités menacées et des attentats se produisent de plus en plus souvent. Avec le couvre-feu qui a été instauré à Maroua, on voit partout des patrouilles de soldats, de gendarmes, et les contrôles d'identité sont systématiques. Impossible désormais d'entrer en ville et de se promener à sa guise sans papiers. Et on ne peut plus, comme par le passé, obtenir une pièce d'identité quand on ne possède pas d'acte de naissance. Qui plus est, pour avoir un acte de naissance, on doit se rendre au palais de justice et obtenir, en échange d'une somme non négligeable, un jugement supplétif.

Plusieurs jeunes ont déjà été arrêtés et croupissent en prison. Or, ici, on sait toujours quand on entre en prison, jamais quand on en sort, quel que soit le crime qu'on a commis. Les événements sont graves, de ceux que l'on n'a jamais vécus auparavant et dont on n'avait jamais entendu parler.

Un samedi soir, il faisait chaud. La saison des pluies débutait timidement, l'air était lourd. Pas un souffle de vent n'agitait les feuilles du manguier. Quelques jeunes discutaient sous l'arbre, commentant la rencontre de football d'une ligue étrangère, tandis que les jeunes filles bavardaient entre elles.

Soudain une grande déflagration a retenti. Le bruit assourdissant a fait sursauter tout le monde et les jeunes filles se sont dévisagées, le regard empli d'effroi. C'était la même explosion que trois jours auparavant, la même détonation, même si celle-ci semblait plus forte. Alphonse s'était levé précipitamment, en criant :

« Un attentat kamikaze. Encore !

— C'est peut-être un pneu de camion qui a éclaté ! Je... », avait dit Biri pour essayer de les rassurer. Depuis quelque temps, il avait pris l'habitude de venir discuter avec des frères, même s'il n'habitait pas là. Biri n'avait pas eu le temps de terminer sa phrase qu'une deuxième explosion s'était fait entendre.

« Pas de doute, c'est un attentat ! Je vais aller voir ce qui se passe. »

Dans toute la ville, des cris et des exclamations. Srafata et ses amies étaient sorties, inquiètes, pressées de voir revenir Biri mais aussi Bintou, qui était sortie.

Personne ne mesurait alors la gravité de la situation.

Le lendemain, on avait appris qu'une fois de plus un attentat kamikaze avait eu lieu, perpétré par Boko Haram. Deux jeunes filles, dont l'une était à peine âgée de treize ans, s'étaient fait exploser, entraînant la mort de dizaines d'innocents. Un jeune homme du village, dont le seul tort avait été d'aller boire du *bili-bili* – la bière traditionnelle à base du mil fermenté – dans le quartier du Pont-Vert, se trouvait parmi les victimes. Des images horribles avaient circulé et tous avaient vu les corps mutilés, déchiquetés ou carbonisés. Il était impossible d'identifier toutes les victimes.

Bintou n'était revenue que deux jours plus tard, alors que ses amies avaient déjà versé des torrents de larmes, désespérant de la revoir vivante.

C'est ce jour-là que l'ambiance joyeuse à la concession avait pris fin.

Désormais, tout le monde doit présenter une pièce d'identité, sauf que la majorité des gens n'en a pas. Il n'y a plus moyen de regagner le village ni de mettre le nez dehors après le crépuscule. La ville a changé. Ce n'est plus qu'un énorme piège qui s'est refermé sur tous ceux qui ne s'y étaient pas préparés et qui avaient l'habitude de voyager sans papiers d'identité.

Dans la chambre des jeunes filles, les bavardages interminables d'antan ont cédé la place à un silence pesant : chacune des occupantes reste perdue dans ses pensées. Srafata traîne une mauvaise humeur permanente et n'hésite pas à rabrouer ses amies à la moindre contrariété. Bintou n'est pas en forme et Danna, complètement déprimée, s'est fait renvoyer pour une broutille et se retrouve sans emploi. Faydé, quant à elle, est devenue mélancolique.

Les nouvelles ne sont pas bonnes. Elles deviennent même de plus en plus inquiétantes au fil des mois. De nouveaux mots apparaissent, dont tous ignoraient la signification, comme « Boko Haram ». Il y a aussi des mots français qui ne peuvent être traduits dans aucune autre langue, tels que « secte », « attentat », « couvre-feu » ou « kamikaze ». La terreur s'est installée dans les cœurs. À chaque nouvelle information provenant des villages environnants, l'inquiétude submerge Faydé et ses amies. Il n'est plus question que de ça.

« Ils ont attaqué hier Moskota. Il paraît qu'ils sont arrivés à la tombée de la nuit. Ils ont égorgé des hommes et ont incendié plusieurs cases.

— On raconte qu'à Fotokol ils ont envahi une école en plein jour, puis ils ont enlevé et tué des enfants. Là-bas aussi, il y a eu des attentats !

— Maintenant, les villageois des montagnes alentour ont tous fui dans un nouveau camp de réfugiés. À Minawao ! »

Faydé est horrifiée par toutes ces nouvelles mais elle ne peut s'empêcher d'écouter. Son cœur se serre en pensant à sa mère, toute seule avec les enfants. Elle imagine sa peur chaque soir. Elle souhaiterait tellement être avec elle. Srafata partage son angoisse et s'efforce de la rassurer comme elle peut. Elle répète aux autres :

« Ne vous inquiétez pas. Ils n'arriveront pas chez nous. Ça se passe encore loin. Plutôt vers Mora et Kolofata. J'ai entendu Alhadji discuter avec ses amis ce matin. Il paraît que l'armée est à pied d'œuvre. Il a même dit que ce couvre-feu ne durerait pas. »

Mais, un matin, alors qu'elles se préparent à partir travailler, la nouvelle que toutes redoutent arrive. Ibrahima entre dans la concession en s'écriant :

« Où est Alphonse ? Et Benoît ? Il paraît qu'on a attaqué notre village dans la nuit. La situation est grave. Il y a plusieurs morts ! Le prêtre aussi a été assassiné. »

Danna se met à hurler. Mais il l'interrompt sèchement :

« Surtout pas. Je ne veux pas entendre un seul cri. Pas de bruit. Il ne s'est rien passé ici. N'attirez surtout pas le malheur sur cette maison. Qu'on ne nous entende pas ! Plusieurs d'entre vous n'ont pas de cartes d'identité. Il y a des contrôles partout et des rafles. Vous savez bien que le poste de gendarmerie n'est pas loin. Au moindre prétexte, ils vont nous tomber dessus. Ne vous inquiétez pas, je vous en dirai plus ce soir ! J'aurai des nouvelles. Les filles, allez travailler. Ici, au moins, vous êtes en sécurité. »

La boule au ventre, Faydé n'arrive pas à cacher son inquiétude. Elle sent les larmes monter, malgré ses efforts pour les contenir. Elle essaie de faire la vaisselle mais deux plats lui échappent et se fracassent au sol.

Qu'est-il arrivé à sa mère ? Seule avec des enfants, comment a-t-elle pu se défendre ? Ibrahima a dit qu'il y avait des morts. Même le prêtre a été assassiné ! Leur Baaba ! Cet homme affable s'était tellement intégré à leur communauté qu'il en était mort. Faydé donnerait n'importe quoi pour partager le sort de sa famille, quel qu'il soit. Que vaut la vie si sa mère n'est plus là ? Elle désire tant revoir le sourire de sa petite sœur. Cette journée est interminable !

Elle prétexte une migraine et demande à Diddi la permission de rentrer. Sans surprise, elle retrouve

Srafata, Bintou et Alphonse assis à même le sol, en silence.

Quand, à la fin de la journée, Ibrahima fait son entrée dans la concession, tous se lèvent en même temps, le cœur battant, attendant la sentence.

5

Comme chaque soir depuis un certain temps, Kondem fait dîner les enfants plus tôt et, à peine le soleil est-il couché, elle s'enferme avec eux dans la case. Les nouvelles en provenance des villages alentour étreignent son cœur d'angoisse. Que fera-t-elle si, une fois de plus, les terroristes envahissent le village ? Qui va les protéger, elle et ses enfants si petits ? Heureusement, Faydé est loin. En ville, elle est beaucoup plus en sécurité et Kondem se réjouit de l'avoir laissée partir. Les jeunes filles sont la cible préférée de ces hommes. Ils peuvent les bourrer d'explosifs et les transformer en bombes humaines ou les exploiter pour leur propre plaisir sexuel et en disposer à leur guise.

Kondem pousse un profond soupir et se retourne sur sa couche. Sa petite fille, recroquevillée et collée à elle comme à son habitude, se retourne après une quinte de toux. Après avoir chahuté un moment, les garçons se sont endormis, avec l'insouciance de l'enfance. Leur souffle régulier trahit un sommeil profond.

Kondem se retourne une fois de plus, repoussant doucement la fillette endormie. Celle-ci a encore un peu de fièvre mais a l'air d'aller mieux.

Cependant, ce soir, Kondem, sous l'effet d'un mauvais pressentiment, tend l'oreille. Comment pourrait-elle dormir quand une angoisse plus vive que les jours précédents lui enserre la poitrine ? Des bruits familiers lui parviennent – légèrement rassurants. Une radio diffuse de la musique. C'est sûrement le poste du vieux Moussa, qui ne s'en sépare jamais. Un chien aboie, à la poursuite d'un chat qui grimpe sur le tamarinier d'en face et miaule sauvagement. Mais pourquoi a-t-elle si peur ?

Soudain, un coup sec à la porte la fait sursauter. Elle s'assied prestement. Non, elle n'a pas rêvé ! On a bien frappé. Il y a quelqu'un à l'extérieur. Elle ne bouge pas, le cœur battant à tout rompre. Un deuxième coup, aussi discret que le premier. Une voix chuchote :

« Kondem !

— Qui est là ? murmure-t-elle, au comble de l'angoisse.

— Kondem, ouvre la porte ! Vite ! C'est moi.

— Toi ? Qui ça, toi ?

— Doubla ! »

Elle hésite un instant, rallume la mèche de sa lampe à pétrole. Une lumière tamisée éclaire la pièce et chasse la pénombre. Elle n'arrive pas à le croire, il est revenu ! Pourquoi chuchote-t-il alors ? Cela fait presque quatre ans qu'il a disparu. Pourquoi réapparaît-il en pleine nuit ?

« Kondem ! Ouvre la porte ! C'est moi, Doubla ! »

Sans plus réfléchir, elle tire le loquet. L'homme s'engouffre dans la case. Il semble essoufflé comme s'il avait couru longtemps. Il se penche aussitôt sur les garçons endormis et s'empresse de les secouer pour les réveiller.

« Vite ! Kondem ! Mets la petite sur ton dos ! On doit y aller.

— Quoi ? Tu es fou ? Où veux-tu aller en pleine nuit ? Laisse les enfants dormir. D'où sors-tu ? »

Elle veut élever la voix mais soudain elle entend des cris au loin.

« Boko Haram attaque le village. Je suis venu aussi vite que j'ai pu. Viens, il n'y a pas de temps à perdre. Il faut se cacher dans la montagne. Venez les garçons. Ne faites pas de bruit. N'ayez pas peur. C'est moi, Baaba.

— Oh mon Dieu ! Seigneur qu'allons-nous faire ? »

Kondem tremble de tous ses membres et des larmes chaudes inondent son visage. Elle est tellement épouvantée qu'elle n'arrive pas à réagir, debout au milieu de la case, tandis que ses garçons se frottent les yeux et se lèvent aussi vite que possible.

À l'extérieur, les cris se font de plus en plus forts.

« Kondem, regarde-moi ! Mets la petite sur ton dos. Attache-la fermement. Ne t'inquiète pas mais dépêche-toi. Arrête de paniquer ! Je sais où se cacher ! Les garçons, prenez vos chaussures. »

Ils contournent la case, coupent à travers champs et se dirigent vers la montagne. Tout le village est réveillé. Les gens s'interpellent et courent dans tous les sens. Kondem aperçoit au loin les premières cases qui flambent.

« Laisse-moi prévenir Sadjo !

— S'ils t'attrapent, ils te tueront sans hésitation. Ils sont là pour ça ce soir ! Sadjo va sûrement se cacher dans les champs ou dans les montagnes. Ils ne sont pas encore dans son quartier. Mais vite ! Kondem ! Allons-y ! »

Kondem se souviendra toute sa vie de cette fuite vers les montagnes. Au loin, des flammes s'élèvent, des cris de terreur et des pleurs. Doubla tient les garçons par la main, les forçant à avancer le plus rapidement possible. Dans l'obscurité de cette nuit sans lune, la montagne semble abriter des fantômes. Quantité de légendes tournent autour de ce massif qui, la nuit, devient le repaire des génies et des animaux sauvages, des hyènes mangeuses d'hommes, des serpents venimeux et des esprits monstrueux. Mais, en cette nuit de terreur, certains hommes sont plus dangereux. Doubla encourage les enfants, les tire en courant. Kondem le suit tant bien que mal en pleurant. Elle aussi court derrière son mari et ses enfants, sans rien voir du sentier escarpé.

Elle a tellement rêvé de son retour. Elle a tellement prié pour cela. Son homme ! Doubla ! Elle ne voit pas son profil, mais sa silhouette paraît plus mince que dans ses souvenirs. À mesure qu'elle gravit la montagne, le bruit s'estompe peu à peu, même si les cris deviennent plus stridents, les supplications plus fortes. Elle entend encore des pleurs, des gémissements d'agonie, alors qu'elle voit monter du village en contrebas les flammes qui se font de plus en plus hautes.

« On va directement chez Adaw. Dans son antre, vous serez en sécurité. Les cases abandonnées sur la montagne sont devenues le refuge des animaux sauvages. Et puis c'est trop proche ! Il faut aller le plus haut possible. Ils ne penseront jamais à grimper jusqu'ici. Même s'ils sèment la terreur, ils ne sont pas si courageux que ça », marmonne Doubla.

Mille questions taraudent Kondem, essoufflée, sa fille à califourchon sur son dos. Elle a l'impression de faire un cauchemar et envie de mêler ses cris à ceux qu'on entend au loin. Que se passe-t-il au village ? Les arbustes épineux sur le chemin labourent ses bras mais elle continue et suit l'homme qu'elle a aimé, sans savoir si elle peut encore lui faire confiance.

Soudain, apparaît une éclaircie. Kondem sait qu'elle est arrivée chez Adaw. Doubla se laisse tomber sur le sol rocheux, essoufflé. Les garçons, épuisés, s'assoient à côté de lui. Il leur caresse machinalement la tête dans un geste de tendresse inattendu.

Le vieux Adaw est debout, silencieux à contempler les flammes au loin. Il secoue la tête, accablé. Il lève à peine les yeux sur les nouveaux arrivants. Rien ne semble le surprendre. Lorsque la fillette se remet à tousser, il sort de sa torpeur et marmonne :

« Vous pouvez entrer. Mettez les enfants au chaud. Il fait froid en cette saison sur la montagne. »

Il précède ses invités imprévus dans la grotte, où flambe un feu dans le coin qui lui sert de foyer.

« Doubla ! Tu es donc revenu ! Mais pourquoi justement ce soir ? Quel malheur dans ce village, mon Dieu ! Quel malheur ! »

Kondem sursaute en entendant la dernière phrase du vieil homme. Ne l'a-t-il pas déjà prononcée en guise de conclusion quand elle est venue le consulter avec Faydé ?

« Quel malheur dans ce village, grand Dieu ! Quel malheur ! » avait-il dit alors, en scrutant la position du coq qu'il venait de sacrifier. C'était donc cette nuit de folie qu'il avait prédite !

Doubla, assis, épaules voûtées, peut-il avoir sa part de responsabilité dans les cris qu'on entend au loin ? Kondem baisse la tête, détache sa fille, la serre fort contre elle. Elle est soulagée d'être là. Elle ne craint plus ni pour elle ni pour ses enfants. Mais que se passe-t-il au village ? Que sont devenus tous ceux qu'elle aime ? Sa famille, ses amies !

« Quel malheur dans ce village ! Qu'ont fait tes fils, ô Dieu de cette montagne, pour que tu les punisses encore ? Doubla ! Où étais-tu passé pendant tout ce temps ? »

Adaw vient de poser la question qui brûlait les lèvres de Kondem. Instinctivement, elle se redresse et dévisage l'homme assis à ses côtés. La lueur des flammes éclaire son visage, qu'elle étudie attentivement. Sa première impression ne l'a pas trompée. Il a beaucoup maigri. Il flotte dans un boubou de couleur bleue défraîchi. Une longue cicatrice qu'elle ne lui connaissait pas descend de son cuir chevelu jusqu'à son cou, traçant un sillon sur le côté droit. D'autres cicatrices marquent ses mains qui tremblent légèrement quand Adaw pose la question qu'il redoute tant.

« Adaw, tu me connais depuis ma plus tendre enfance. Tu es mon oncle par ma filiation maternelle. Je te rassure. Je ne suis pas leur allié ! Je ne l'ai jamais été.

— Mais pourquoi tout ce temps ? Je me suis fait tellement de souci pour toi ! déclare, d'une petite voix, Kondem.

— Quand ils ont attaqué le village le soir où j'ai été fait prisonnier, ils ne m'ont pas gardé avec les autres. J'étais fort, je pouvais aider à certaines besognes – pas toujours propres. Pour que j'obéisse, ils m'ont drogué, maltraité, frappé, affamé jusqu'à ce que je cède et même que je m'islamise, tout en faisant mine d'être soumis. J'ai cherché à fuir, sans succès. J'obéissais à leurs ordres. Nous étions toujours dans la brousse profonde, de part et d'autre des frontières entre le Nigeria, le Tchad et le Cameroun. Je suis enfin parvenu à m'enfuir au moment où ils ont décidé d'attaquer le village. Je n'avais qu'une seule idée en tête, celle de protéger les miens. Je voulais arriver avant eux pour avertir tout le monde et vous inciter à chercher refuge dans les montagnes, mais je n'ai pas réussi. J'étais à pied et ils sont arrivés plus tôt que prévu. Ils ont sûrement remarqué mon absence. Je suis tellement désolé pour ça. Tellement désolé pour tout le village, tellement désolé… »

Il sanglote à présent, la tête entre les mains. Il sanglote. C'est un homme à bout de ce qu'il peut supporter. Pendant des mois, il a enduré tous les supplices sans se plaindre. On l'a dissuadé d'avoir envie de partir un jour. Lorsqu'un de ses camarades d'infortune a tenté de s'enfuir, on lui a tranché la gorge, en lui promettant de s'occuper aussi de sa famille.

« Ils ont décidé d'attaquer le village cet après-midi. Sans raison particulière. Ils ne sont pas là pour les récoltes ou pour piller. Juste pour semer la terreur et tuer. Alors j'ai tenté le tout pour le tout. Je serais mort si jamais ils avaient réussi à prendre les enfants. Grâce à Dieu, ils sont tous là !

Oh, mon Dieu, Faydé ! Mais où est Faydé ? demande-t-il d'une voix où monte une grande angoisse. Où est Faydé ? Ce n'est pas possible ! Kondem, on a oublié Faydé ! » s'écrie-t-il en se levant d'un bond, effaré, prêt à rebrousser chemin.

Kondem pose une main rassurante sur son bras. Un sourire soulagé éclaire son visage, tandis qu'elle lui annonce d'une voix calme :

« Faydé est à Maroua. »

6

Le petit village au pied de la montagne est presque rayé de la carte.

Au terme de cette nuit de terreur, les survivants sont sortis de leurs cachettes, dans les champs ou la montagne, pour constater les dégâts. Des cases et des greniers, il ne subsistait que des ruines encore fumantes, noircies par les flammes.

L'armée est arrivée au petit matin. Il a fallu conduire les blessés à l'hôpital le plus proche, enterrer les morts et s'occuper des survivants qui avaient tout perdu.

Des morts, beaucoup de morts. Leur mémoire importait peu. Ils n'ont pas eu droit aux longues cérémonies qui durent parfois une semaine et sont censées leur permettre de regagner sans encombre l'autre rive où les attendent leurs ancêtres. Ils n'ont pas reçu les honneurs de la tribu et n'ont pas été accompagnés jusqu'à leur dernière demeure au son des tambours. Ils n'ont pas été revêtus de la peau d'un taureau sacrifié, comme le veut la coutume.

Leurs dépouilles n'ont pas reçu les adieux de la tribu entière. Animistes, chrétiens et musulmans n'ont eu droit pour toute sépulture qu'à une fosse commune, sommairement creusée, dans laquelle les corps enchevêtrés reposent désormais, et à une prière marmonnée du bout des lèvres en leur mémoire.

Il y a également des disparus. Ceux-là, on préférerait les savoir morts, comme ça on s'inquiéterait moins pour eux ! D'eux, on ne sait rien. Ils sont disparus mais où ? Sont-ils toujours cachés dans les champs ? dans les montagnes ? Se sont-ils, dans leur terreur, égarés dans la broussaille environnante ? Ou – mais on ne veut surtout pas l'imaginer bien que ce soit le plus probable – ont-ils été kidnappés ? La seule pensée de ce qui a pu leur arriver fait frissonner les femmes trop lasses pour pleurer.

Les survivants ne sont plus que visages hagards, dans un monde qu'ils ne reconnaissent pas. Ils ont le choix entre être conduits dans le camp de réfugiés non loin de là, où ils pourront espérer trouver du secours, ou décider de se débrouiller seuls et de s'en sortir par eux-mêmes.

Mais il faut faire vite ! Où aller ? Le camp de réfugiés ou le village à côté ? Chacun recense les membres de la famille qui pourraient l'accueillir. Mais on ne se souvient de rien, à cet instant où le monde s'est effondré autour de soi. Comment se rappeler, devant le cadavre de son enfant, qu'on en a d'autres qui attendent protection ? Comment quitter cet endroit qui vous a vu naître et grandir, où sont enterrés vos morts, en sachant que vous ne reviendrez jamais ?

Quelques jours plus tard, Faydé et Srafata ont vu leurs deux mères flanquées des enfants arriver dans la concession, précédées par Ibrahima. Elles les ont enlacées en versant des larmes de soulagement, tandis que le visage des deux femmes demeurait impassible. Elles étaient voûtées, courbées sous le poids de l'épreuve, prématurément vieillies. Certes, elles n'avaient jamais possédé grand-chose dans l'existence, mais jamais elles n'avaient vécu un tel dénuement ni un tel déracinement.

Elles ne pleurent pas ce qu'elles ont perdu. Elles sont juste sous le choc de ce qu'elles ont vécu.

« Le village… Quel village ? murmure douloureusement Kondem. Il n'y a plus qu'Adaw au village. Il a refusé de descendre de la montagne. Il a décidé de rester seul.

— Le plus important, Dada, c'est que vous alliez bien.

— Laabé a disparu. Ils l'ont sûrement prise. Ils l'ont kidnappée. Aucune trace d'elle. Disparue ! » répète Sadjo comme une litanie.

La mère de Srafata est désespérée de n'avoir trouvé aucune trace de sa nièce, qu'elle élève depuis le décès de sa sœur. Celle-ci dormait dans la case avec elle quand les premières alertes ont retenti. Elles ont alors couru se cacher dans la brousse. Mais, au petit matin, Sadjo a eu beau chercher, elle n'a pu retrouver la jeune fille. Dans l'urgence de partir, elle a dû se résigner à suivre Kondem.

Doubla, lui, est resté avec Adaw. Il compte bien les rejoindre à Maroua plus tard, quand les choses se seront calmées. Il ne peut pas se montrer au village après un tel malheur. Qui sait si ses frères ne le tiendraient pas pour responsable ? Et que feraient les gendarmes en apprenant qu'il a vécu chez les assaillants ?

Le village n'existe plus. Tous sont partis. Mais la montagne n'a pas bougé. Les terres sont toujours là. Les animaux domestiques ont peut-être disparu, mais les animaux sauvages restent fidèles à l'espace et la nature reprend ses droits, triomphante après le départ de ceux qui s'efforcent désespérément de la dompter.

Ibrahima marmonne dans sa barbe, avec ce ton rauque qu'il prend quand il veut se donner une certaine contenance.

« Le plus important est d'avoir la vie sauve. On reconstruira le village un jour. On y retournera tous ! »

Cependant, il n'arrive pas à cacher l'émotion qui l'envahit malgré lui à la vue de ces femmes qu'il connaît depuis si longtemps et qui ont commencé leur vie citadine en même temps que lui, à une époque où la vie était simple, légère, où l'on avait des relations éphémères et où l'on économisait chaque sou pour la fête au village.

« Vous pouvez rester dans cette maison quelques jours mais ne faites pas de bruit et, surtout, surveillez les enfants. Il y a un poste de contrôle juste à côté, je ne veux pas d'ennuis. La plupart de nos frères n'ont pas de cartes d'identité. Mais ne vous inquiétez pas. Je vais vous trouver un autre endroit, sûr, rapidement ! » ajoute-t-il, radouci.

Impossible d'oublier, quand il regarde Sadjo, la très belle histoire d'amour qui les a unis vingt ans plus tôt. La jeune fille qu'elle était alors était jolie, joyeuse et coquine. Rien à voir avec cette femme qui semble porter aujourd'hui tout le malheur du monde.

« Sadjo, je sais que c'est difficile mais vous trouverez rapidement un travail. Et le village va se reconstruire un jour. Les gens y reviendront... »

Aucune des deux femmes ne lève les yeux vers lui ni ne répond. Ibrahima se racle la gorge une fois de plus et s'éloigne d'un pas lourd. Dans la lutte quotidienne pour la survie, le désespoir n'a pas sa place. Les larmes sont un luxe. On doit se contenter du peu qu'il reste : respirer et survivre à tout prix. Le sens du devoir l'emporte sur l'envie de se coucher et d'abandonner.

Six jours plus tard, Kondem sort enfin de sa torpeur et décide de se rendre au marché pour dénicher quelques fripes pour les enfants. Srafata l'accompagne. Elle lui propose de passer remercier la famille qui emploie Faydé.

En effet, Diddi, sensible à leur détresse, leur a tout de suite envoyé quelques vêtements.

Faydé s'avance à leur rencontre en souriant.

« Diddi, voici ma mère ! Elle est venue te saluer. »

Depuis qu'elle est entrée dans la concession, Kondem a ressenti une impression de familiarité. Son cœur s'est mis à battre plus vite et sa gorge se serre. La sensation de déjà-vu s'amplifie. Elle reconnaît l'espace de la concession même si, à l'époque, il n'y avait pas toutes ces villas à l'intérieur. Diddi est assise sous le même *hangar* qu'il y a dix-huit ans. La jeune femme svelte d'autrefois a triplé de volume mais garde la même jovialité dans le regard.

Kondem rajuste son foulard et ramène son pagne sur son visage. Elle garde les yeux baissés.

La première épouse ne l'a pas reconnue. Combien de domestiques Diddi a-t-elle vues passer depuis ? Qui se souvient encore de cette vieille histoire, à part Kondem ?

Depuis ce jour, elle ne sort plus de sa chambre exiguë et garde ses enfants auprès d'elle. Quand Ibrahima revient trois jours plus tard, elle lui demande de lui trouver un logement loin d'ici, et même très loin, à Lopèré, le quartier au bas de la montagne de Maroua. Elle ne veut pas redevenir domestique, elle préfère casser des pierres pour les vendre !

« C'est un travail difficile, Kondem, tente de la raisonner Ibrahima. D'ailleurs, là-bas, aucun des nôtres ne fait ça.

— Je préfère quand même tenter ma chance. J'ai des enfants.

— Je vous ai trouvé une chambre justement par ici. Vous trouverez bien du travail.

— Non, Ibrahima. Je ne veux pas vivre ici. Je ne veux pas travailler comme domestique. Ce n'est plus de mon âge.

— Mais Dada ! intervient Faydé. Pourquoi veux-tu absolument aller là-bas ? C'est si difficile de casser des pierres.

— Il y a bien des femmes qui le font. Je le ferai aussi, conclut Kondem, obstinée.

— Mais pourquoi, Dada ? Que t'arrive-t-il ? On vit tous ensemble. Dans ce quartier, tu trouveras du travail. Il est plus facile de travailler dans une concession que de casser des pierres à longueur de journée

— Faydé, ce que tu ignores vaut beaucoup mieux que ce que tu sais. Je ne change pas de ville. Juste de quartier en attendant des jours meilleurs. »

7

Dans la concession, la grand-mère n'aime vraiment pas Faydé, bien que celle-ci fasse tout son possible pour ne pas la contrarier. Elle balaie sa cour lorsqu'elle a un moment de libre, lave sa vaisselle et l'informe toujours quand elle va au marché, au cas où la vieille dame aurait besoin de quelque chose. Mais rien n'y fait. Le pire, c'est que cette dernière n'a rien à lui reprocher. La question n'est pas là. Elle ne l'aime pas. Elle n'hésite pas à la rabrouer, lui donne sèchement des ordres, la considère avec mépris ou plisse le nez quand elle passe à proximité.

Un jour qu'elle a trouvé Faydé assise sur le tapis du père de famille, elle s'est jetée sur elle en criant :

« Tu oublies ta condition ? Sale vermine ! Te voilà prétentieuse, Faydé ! Cette petite *kaado* est irrespectueuse. Elle prend la grosse tête ! On aura tout vu ! »

Une autre fois, alors que Faydé se préparait avec soin un petit *diné*, une salade de mangues vertes acidulée et pimentée, Leïla n'a pas hésité un instant à s'inviter. Toutes deux riaient du piquant du piment en soufflant et en tirant la langue quand deux mains sont arrivées là comme par enchantement et ont versé du sable dans la salade. Avant qu'elles ne comprennent ce qui venait d'arriver, la grand-mère, le visage déformé par la fureur, a flanqué à Leïla une gifle cinglante, en l'apostrophant sévèrement :

« Tu es malade ? On t'a envoûtée ? Comment peux-tu manger dans le même plat qu'une *kaado ?* Une domestique, paysanne et païenne ! »

Leïla s'est enfuie sans rien dire, tandis que Faydé a rapidement débarrassé l'assiette sous les injures de la vieille dame. Stupéfaite, blessée, elle n'a rien dit mais elle était surprise de la hargne avec laquelle la mégère avait versé le sable dans la salade et la brutalité dont elle avait fait preuve en frappant sa petite-fille que d'habitude elle cajolait tant.

Depuis ce jour-là, Faydé a pris conscience de certaines réalités sur son statut de domestique. Elle a remarqué qu'on la sert toujours dans une assiette à part, comme celle de Biri ou comme celle des chats. Même quand toute la famille mange ensemble, on lui donne toujours sa part, seule. Elle connaît les règles : elle n'a pas le droit de manger avec eux, elle n'a pas le droit d'utiliser leurs toilettes. Elle peut rester au salon pour regarder la télévision mais ne s'assied que dans le coin à côté de la porte sur le carrelage, tandis que les membres de la famille se prélassent dans les canapés ou se couchent sur les tapis moelleux. Chacun doit rester à sa place. Et elle a pris conscience désormais que les places ne changent pas, même pour le plaisir d'une petite mangue pimentée…

La grand-mère ne la supporte pas, mais elle ne supporte pas non plus Biri. Quand elle le croise, elle le toise et répond à peine à ses salutations. Quand la vieille dame franchit le seuil de la concession, tout le monde se tait, c'est dire… Elle considère les trois épouses de son fils comme des fainéantes et n'accepte pas qu'elles puissent confier la cuisine à Faydé. Une *kaado* pour préparer le repas de son fils alors qu'il a trois épouses ? Les domestiques sont si sales !

Cependant, même si certains membres de la famille se comportent mal envers les domestiques, les méprisent et les insultent, ils dépendent d'eux car, dans leur paresse, ils ne savent plus accomplir les tâches ingrates et fatigantes qu'ils leur ont confiées. C'est en quelque sorte le revers de la médaille.

Si, par exemple, Faydé s'absente une journée ou deux, la vaisselle incombe à celles qui refusent de se salir les mains – surtout que le détergent rend plus ternes les tatouages au henné ! Elles sont incapables de se courber pour nettoyer leur appartement ou, pire, balayer la cour ! Au bout de trois jours de corvées, elles sont prêtes à tous les compromis pour que la domestique revienne. Elles ont beau maugréer pour une heure de retard, dans le secret de leur cœur, elles sont inquiètes de ne pas la voir arriver. Et pourtant, cela, elles ne l'avoueront jamais !

Peut-être qu'on ne peut pas faire confiance aux domestiques, au fond c'est quand ils sont absents qu'on se rend compte de leur importance ! Biri n'est pas là une semaine ? La poubelle s'accumule, les fleurs se fanent, les dalles prennent la poussière et perdent leur brillant. Et l'humeur du chef de famille en prend un coup. Aussi, à son retour, Biri est-il mieux traité pendant quelque temps : son plat est mieux garni, les marques de mépris s'atténuent et parfois Alhadji lui offre même généreusement deux ou trois mille francs. Comme ça ! Juste un cadeau pour le motiver. Les plus forts deviennent alors les plus faibles, et vice versa. Le chantage change de camp, mais seulement pour un temps. Car un domestique reste un domestique, même s'il fait du bon travail et est apprécié. Même assidu depuis des années, il ne fait jamais partie de la famille.

Depuis quelque temps, Haman, le jeune frère d'Alhadji, qui travaille avec lui et vit dans un petit studio aménagé dans la partie gauche de la concession, s'intéresse à Faydé. Il lui lance de longs regards et lorgne ses formes quand elle se courbe pour balayer devant chez lui. Il essaie parfois de badiner avec elle, mais la jeune fille reste sourde à ses avances. Elle le déteste. Méprisant, il apostrophe Biri sans jamais prononcer son nom, en employant des termes blessants comme « *boy* » ou « *kaado* ». Il donne des ordres d'un ton austère et ne remercie pas, tenant pour acquis les services qu'il lui rend. Après tout, un domestique est un domestique, il n'est là que pour satisfaire ses patrons. Tous les patrons ! Et comme il est le frère du patron, il est aussi le patron. Dernier de la fratrie, il a été gâté par sa mère qui lui a toujours tout cédé et l'aide à dissimuler ses turpitudes. Elle a dû intervenir plusieurs fois en sa faveur, n'hésitant pas à user du chantage affectif quand, pour une raison ou une autre, il rendait fou de colère son frère aîné.

Adepte des soirées animées, des boîtes de nuit et autres plaisirs inavouables, Haman s'ennuie depuis l'instauration du couvre-feu. Il s'est donc intéressé à Faydé et lui lance sans répit des regards appuyés qui ne plaisent pas du tout à la jeune fille. Une fois, alors qu'elle balayait la cour, il lui a pincé les reins en éclatant de rire. Une autre fois, il a touché ses seins.

Maintenant que ses intentions deviennent explicites, Faydé, nerveuse, scrute le moindre de ses gestes. Lorsqu'elle lave la vaisselle, il n'est jamais loin. Quand il la rencontre, il la dévisage et lui fait un clin d'œil. Elle détourne le regard en feignant de ne rien remarquer, mais cette situation l'inquiète de plus en plus. Elle a l'impression qu'il est toujours derrière elle en train de l'épier. Elle en arrive à ne plus prendre sa douche dans la grande maison et attend de rentrer pour le faire.

À bout, elle a fini par s'en ouvrir à ses amies qui essaient de lui donner quelques conseils.

« Quand un membre de la famille commence à faire ça, tu finis par être obligée de partir ! Ça arrive souvent, affirme Srafata.

— Oui, acquiesce Danna. Quand ils commencent à te harceler, c'est terminé ! D'ailleurs, il vaut mieux quitter ce travail avant que quelque chose ne se passe. L'année dernière, ma grande sœur a vécu la même chose. Son patron l'a tellement harcelée qu'il a fini par la violer. Elle l'a si mal vécu qu'elle est rentrée définitivement au village.

— Moi aussi, ça m'est arrivé avec l'un des adolescents de la maison. Mais je l'ai vite remis à sa place, s'exclame Srafata. Ça dépend de ta capacité à te défendre. Ça serait quand même dommage que tu quittes cette maison pour ce salaud ! C'est une bonne maison et tu as su t'adapter.

— En plus, tu y trouves ton compte. Depuis la fermeture des frontières, il n'y a plus de travail. Les commerçants ne font plus d'affaires et plus rien ne va dans la région. Ce n'est pas sûr que tu retrouveras une aussi bonne place. »

Faydé ne trouve rien à redire. C'est effectivement une bonne place et elle ne veut pas partir, mais cette situation commence à lui peser.

« Tu verras comment les choses évoluent. Évite-le et ignore-le tout simplement. Il va se lasser et te laisser tranquille. Sinon, tu prendras une décision » conclut Srafata.

Couchée sur le ventre, Bintou, silencieuse depuis un moment, s'appuie sur les coudes et lance, espiègle :

« Sinon... pourquoi ne pas lui donner ce qu'il veut ? C'est un bel homme, non ? Il pourra t'offrir des cadeaux.

— Bintou ! s'écrit Srafata, indignée. Pourquoi tu lui dis ça ?

— Arrêtez vos niaiseries, fait Bintou en se relevant, agacée. C'est juste une suggestion. Ce n'est pas la fin du monde quand même si un homme lui fait la cour.

— Faydé n'est pas comme ça ! Elle ne veut pas ce genre de conseil et elle n'a pas besoin de cadeau.

— Tant pis pour elle ! Faydé, toutes les jeunes filles dépouillent leurs soupirants. Tiens, regarde autour de toi. Même ta Leïla dont tu nous rebats les oreilles ! Nous toutes ici acceptons les cadeaux des hommes. Est-ce que c'est faux, Srafata ? Toi-même, tu n'as pas couché avec Sanda, le fils de la concession dans ton ancienne maison ?

— Arrête de raconter n'importe quoi ! s'énerve Srafata.

— Elles ne sont pas sincères avec toi, Faydé ! Continue de faire ta sainte nitouche. »

Sans attendre de réponse, Bintou se recouche, se recroquevillant sur elle-même dans cette position qu'elle affectionne tant.

Le silence retombe. Les jeunes filles se couchent, chacune perdue dans ses pensées. Srafata fulmine de rage. Cette aventure avec Sanda ! C'était il y a combien de temps ? N'a-t-elle pas été suffisamment blessée par cette histoire ? N'a-t-elle pas eu du mal à l'oublier ? Pourquoi Bintou, l'une de ses meilleures amies, qui a eu tant de peine à la réconforter, a-t-elle eu besoin de rappeler cette histoire qu'elle avait elle-même fini par oublier ?

Faydé est retournée travailler, la boule au ventre. Les jours suivants, Haman a semblé l'ignorer, ce qui l'a rassurée. Le temps a passé.

Un après-midi, Haman l'appelle pour lui remettre des assiettes, et elle ne se méfie pas. Elle l'a souvent fait.

Elle entre dans le petit studio. C'est alors qu'il laisse tomber le rideau et se place devant la porte pour lui bloquer le passage. Faydé fait semblant de n'avoir rien remarqué, mais son cœur bat à tout rompre. Elle débarrasse rapidement les assiettes, les tient à bout de bras et retourne vers la sortie.

« Faydé, pourquoi tu me fuis ? Je constate que tu m'évites. Il y a un problème ?

— Non, non. Je ne t'évite pas », fait-elle timidement alors qu'elle étudie déjà toutes les possibilités pour s'échapper. Mais la seule issue est celle qui se trouve derrière lui.

« J'ai remarqué que tu ne me salues pas quand tu arrives le matin. Tu ne balaies pas mon studio. Est-ce du mépris ? » questionne-t-il.

Il a un peu élevé la voix et on sent y poindre sa colère.

« C'est juste parce que j'ai beaucoup de travail. On m'envoie partout sans cesse. Et je cuisine. Mais je trouverai le temps de nettoyer ton studio. »

Elle le dit d'une voix mal assurée, pressée de quitter ce lieu où elle se sent prisonnière.

« Je m'excuse. Je ne te méprise pas du tout, bien sûr. Je dois y aller maintenant. Mais je reviendrai tout à l'heure pour nettoyer le studio.

— Je vais être direct avec toi. Je te désire et tu le sais. Allons dans la chambre.

— Non. Je ne peux pas.

— Pourquoi ? Je te payerai, ne t'inquiète pas !

— Non !

— Tu te vantes ? Je te rappelle que tu n'es qu'une domestique dans cette maison. Pour qui te prends-tu pour oser me dire non ?

— Pour rien. Mais je ne veux pas !

— D'ailleurs, tu n'es qu'une *kaado !* Et c'est avec moi que tu joues ta sainte nitouche alors que vous passez votre temps à coucher avec tout le monde ! »

Il attrape son bras, qu'il tord, et les assiettes s'écrasent au sol avec fracas. Il lui souffle méchamment :

« Tu te tiens tranquille si tu ne veux pas que je te casse le bras. Je le ferai sans aucun remords. Je t'ai observée ces derniers jours. Toujours à me provoquer, à montrer tes seins à travers des corsages décolletés. Toujours à tourner tes fesses en balayant. Allez, montre-moi tes seins à présent ! »

Il l'entraîne brutalement dans la chambre, la jette comme un pantin désarticulé sur le lit. La jeune fille n'arrive pas à bouger. La stupeur et la panique la paralysent. Elle veut crier mais ne parvient pas à ouvrir la bouche ni à émettre le moindre son. Elle voudrait s'échapper mais ses membres ne lui obéissent pas. Seuls ses yeux remplis de terreur semblent encore vivants. Constatant qu'elle ne se débat pas, Haman croit qu'elle a cédé. Il baisse la fermeture éclair du corsage, dégrafe le soutien-gorge et des seins pointus en jaillissent. La vue de cette poitrine le rend fou. Il se laisse tomber sur le lit, arrache le pagne qu'elle porte pendant que ses mains avides parcourent le corps à sa merci. Elle ne réagit pas, ne se débat pas. Son esprit s'est détaché de son corps et elle subit la scène horrible comme si elle n'était pas concernée. Sa passivité étonne son bourreau, puis le gonfle d'orgueil. Il pense que c'est l'effet de son charme irrésistible. Ce n'est qu'une domestique, elle ne peut qu'être honorée de l'intérêt qu'il lui porte. De toute façon, c'est une villageoise et les villageoises sont si faciles ! Il relâche son étreinte, entreprend de se déshabiller. Faydé reprend ses esprits à la vue du membre gonflé de désir, prêt à la transpercer. Dans un ultime effort, elle bondit et s'échappe des mains qui tentent de la retenir. Elle sort en courant du studio.

Sur son visage rouge de peur et de honte, les larmes coulent sans discontinuer. Elle n'a plus que sa jupe et son corsage ouvert qui laisse entrevoir sa poitrine. Elle court sans rien voir. Elle croise Biri, qui arrose les plantes et qui la regarde, stupéfait.

« Faydé, que t'arrive-t-il ? »

Elle ne répond pas. Elle doit sortir de cette concession au plus vite, partir d'ici pour ne plus jamais revenir. Désespérée, elle court comme si son bourreau était à ses trousses. Elle revoit encore le sexe dressé, ivre de désir, ce phallus qui la croit acquise à lui et elle court plus vite encore. Elle doit s'échapper d'ici à tout prix. Ses larmes l'aveuglent. Elle croise Leïla.

« Faydé ? Mais que t'arrive-t-il ? Pourquoi cours-tu comme une folle seulement vêtue d'un jupon aussi court ? Mais tu pleures ? »

Elle ne répond pas et continue de courir. Le grand portail est là. Il lui tarde de le franchir. Elle sent encore le souffle chaud de l'homme sur sa nuque quand il l'a jetée sur le lit, son haleine quand il a tenté de l'embrasser. *Tu n'es qu'une kaado ! Une villageoise ! Une non-Peule !* Les mots martèlent son cerveau, comme si c'était la première fois qu'elle les entendait.

Au moment où elle est sur le point de se ruer à l'extérieur, elle heurte Boukar. Leurs regards se croisent une fraction de seconde.

« Faydé ? Que t'arrive-t-il ? Que se passe-t-il ? »

Il est saisi de stupeur. Il comprend que quelque chose de grave vient de se produire.

« Faydé, calme-toi. Dis-moi ce qui t'arrive ! »

Il lui touche l'épaule. Elle tressaille, comme réveillée en sursaut d'un cauchemar. La main de Boukar lui rappelle celles qui, un instant plus tôt, pétrissaient sa chair tendre. Alors elle se remet à courir, franchit le portail entrouvert sans le refermer derrière elle.

8

« Tu ne peux pas continuer à rester couchée, Faydé ! Tu dois prendre une décision ! s'exclame Srafata d'une voix douce et compatissante, qui ne lui est pas habituelle.

— Srafata a raison, Faydé. Jusqu'à quand vas-tu continuer à jouer les malades ? Ça fait déjà une semaine ! »

Les bras serrés autour des genoux, Faydé est assise à même le sol sous le manguier. Elle est pâle, les traits tirés. Depuis qu'elle s'est enfuie de la concession, terrifiée et traumatisée, elle n'y est pas retournée.

« On a toutes plus ou moins vécu ce genre de choses. En plus toi, tu as eu de la chance. Tu as pu t'échapper à temps. Tu vois, Raabi, ma voisine au village ? Elle a été forcée par le fils de la famille. Et je peux t'en citer des dizaines dans son cas. Ce n'est pas la fin du monde. Même au village, ça arrive. Tiens ! Ta cousine ! On ne l'a pas enlevée et mariée de force ? Et ma grande sœur ! C'est mon père lui-même qui l'a fait enlever pour toucher la dot.

— Un homme a séquestré notre amie Fanta et il a appelé ses amis en renfort pour la tenir pendant qu'il la violait. Il l'a retenue captive pendant deux semaines. Après, son père l'a supplié de la garder puisqu'il l'avait déjà prise aux yeux de tous ! »

Toujours silencieuse, Faydé garde les yeux baissés. Elle sait tout ça, au village c'est une histoire banale. Ça fait des jours que les filles lui répètent la même chose. Toutes l'encouragent à reprendre son travail, mais retourner là-bas est au-dessus de ses forces.

Quand elle est arrivée à moitié nue, pleurant toutes les larmes de son corps, Bintou, qui était seule à la maison, est immédiatement allée chercher Srafata. Elles se sont toutes donné le mot : quelque chose de grave était arrivé à Faydé ! Et, abandonnant leur travail, elles ont toutes accouru.

Inconsolable, Faydé a pleuré jusqu'à l'épuisement. Mais, lorsque les filles ont appris qu'elle s'en était sortie avec juste une grosse frayeur, elles sont toutes retournées au travail. Ce sont des choses qui arrivent trop souvent pour qu'on prenne le risque de se faire renvoyer !

En sortant de la chambre, elles se sont heurtées à Biri, qui arrivait en compagnie de Boukar.

Ce dernier, pudique, s'est assis sous le manguier et Biri a obligé Faydé à sortir leur parler. Elle s'est rhabillée, les yeux rougis et gonflés d'avoir tant pleuré. La présence de Boukar, là, dans la concession des domestiques, était surprenante mais sur le moment Faydé ne l'a même pas noté car elle avait la pénible impression de flotter et de ne plus avoir toute sa tête.

Biri lui a posé des questions mais elle n'a pas répondu, elle ne l'écoutait même pas. Il lui a d'abord parlé en fulfuldé, puis dans leur dialecte, mais elle gardait la tête obstinément baissée.

Boukar l'observait en silence.

Alors il a fait un geste à Biri, lui intimant de les laisser un instant.

Et il a murmuré d'une voix douce :

« Regarde-moi, Faydé. Tu sais que je suis ton ami. Que je ne veux que ton bien. Dis-moi ce qui s'est passé. »

Elle continuait à fixer le sol. Sa tête pesait des tonnes et elle avait de la peine à garder les yeux ouverts.

« Quelqu'un t'a touchée ? Tu dois me dire la vérité. Sinon, je ne pourrai pas t'aider.

— Non.

— Pourquoi tu pleures alors ? Pourquoi tu n'avais pas ton pagne ? Arrête de pleurer. Dis-moi tout ! »

Elle ne répondait pas et continuait de frissonner.

Soudain, elle a eu mal au cœur et s'est éloignée pour vomir. Biri, qui s'était rapproché, a pris de l'eau dans une jarre et la lui a apportée. Elle s'est rincé la bouche et a lavé son visage.

« Aucun doute. Tu as aussi du paludisme.

— Ça va aller. Je vais bien.

— Tu as de la fièvre, a ajouté Biri en posant une main sur son épaule. Tu ne peux pas rester comme ça.

— Viens, Faydé, je t'accompagne au dispensaire, a décidé Boukar d'un ton ferme.

— Je n'ai plus d'argent. C'est bientôt la fin du mois.

— Ça ne fait rien. Moi, j'en ai. Je vais payer. Viens !

— Non. Ce n'est pas la peine, prof », a-t-elle tenté d'objecter.

Sans répondre, Biri est allé chercher des babouches dans la chambre, lui a demandé de les mettre et, la tirant par la main, l'a obligée à les suivre. Elle n'offrait plus qu'une faible résistance, sentant monter sa fièvre paludéenne et se disant que finalement elle n'avait pas d'autre choix que de se faire soigner.

Durant une semaine, elle a pris les médicaments qui lui avaient été prescrits et se sent déjà mieux.

« Faydé, tu nous entends ? fait Srafata, agacée. Franchement, tu ne penses pas que tu exagères ? C'est la fin du mois. Tu es obligée d'y retourner au moins pour récupérer ton salaire. Si tu décides d'abandonner ce travail, pas sûr que tu retrouves une maison aussi intéressante ! Ta place ne restera pas vacante longtemps.

— Ah, Faydé ! Si tu veux quitter ton travail, moi, je prendrai ta place. Je préfère ta maison à la mienne, ajoute Danna, en riant.

— Et surtout, peu importe où tu travailleras, si tu n'es pas capable de faire face à ce genre de situation, tu ne t'en sortiras pas. Si tu ne peux plus travailler comme domestique, il ne te reste plus qu'à quitter le quartier et à rejoindre ta mère pour aller casser des pierres. À moins de retourner au village... »

Retourner au village ? Cette idée désarçonne Faydé et lui fait l'effet d'un électrochoc. Retourner au village ? Quel village ? Que fera-t-elle, seule au village, alors même que ceux qui y habitaient en sont tous partis ? Certains ont gagné le camp de réfugiés pendant que les autres se sont dispersés comme ils l'ont pu dans les villes et les villages alentour. Elle revoit le visage triste de sa mère. Elle se souvient de son père, qui a juste eu le temps de la voir avant de filer pour le Sud à la recherche d'une opportunité pour survivre. Elle se rappelle la fierté de ses parents de savoir qu'elle se débrouillait si bien et de la joie de ses petits frères devant les friandises qu'elle pouvait leur offrir.

« D'ailleurs, tes patronnes t'ont réclamée à plusieurs reprises. Elles sont excédées. Biri leur a dit que tu étais malade, mais elles s'impatientent. Aujourd'hui encore, Diddi m'a fait appeler pour me demander de tes nouvelles. Elle a ajouté que, si tu ne reviens pas travailler, je devrai lui trouver quelqu'un d'autre, ajoute Srafata. Tu préfères casser des cailloux ? C'est un travail tellement pénible ! »

Faydé pense à sa mère : sa petite fille à ses côtés, elle passe la journée entière au pied de la montagne de Maroua à casser péniblement des pierres qu'elle revend le soir pour gagner à peine de quoi les nourrir. Faydé refuse absolument de redevenir une charge, alors que toute sa famille compte plus que jamais sur son salaire.

« Je vais y retourner demain. Je vais travailler. Je me sens juste un peu faible…

— C'est le palu. C'est normal. Mais, en travaillant, tu iras mieux. Tu pourras bien manger aussi.

— Oui.

— C'est mieux pour toi, Faydé. Ce genre de choses est déjà arrivé à tout le monde. N'aie pas peur de lui ! Évite-le simplement. Et, s'il revient à la charge, dis-lui que tu vas te plaindre à la famille et le dire à tous les voisins. Ces gens-là n'aiment rien autant que leur dignité. Ils craignent tellement de laisser paraître leurs turpitudes.

— D'accord », répond Faydé en avalant sa salive.

Elle panique à la seule idée de le revoir. Mais a-t-elle vraiment le choix ? Elle doit absolument retourner travailler si elle veut conserver sa place. C'est une bonne maison malgré tout. Elle s'est habituée à la famille, maîtrise le travail et a trouvé un bon rythme. Elle aime rire avec les enfants, discuter avec Leïla et blaguer avec Biri. Elle s'est prise d'affection pour Naïma, la petite sœur de Leïla, et surtout elle n'a pas envie de perdre Boukar. Non pas qu'elle envisage quoi que ce soit avec lui, elle souhaite juste le côtoyer, ou même seulement l'apercevoir de loin.

Elle a été émue qu'il ait pris la peine de la suivre en la voyant en larmes, dans une profonde détresse. Elle a apprécié qu'il l'accompagne au dispensaire et qu'il paie son traitement. Toujours accompagné de Biri, il est venu à plusieurs reprises s'assurer qu'elle allait mieux, et jamais les mains vides. Des bananes, des yaourts, du pain ou même de la viande braisée.

Un soir, alors que Biri s'était provisoirement éloigné pour fumer sa cigarette, il s'était assis sur un tabouret sous le manguier et lui avait demandé à nouveau d'une voix douce :

« Tu ne veux toujours pas me dire ce qui s'est vraiment passé ce jour-là, Faydé ? »

Alors elle s'était confiée à lui. Au fur et à mesure qu'elle lui racontait, le visage de Boukar s'assombrissait et il avait fini par s'écrier :

« Quel salaud, ce type ! J'avais déjà entendu des histoires moches sur lui mais jamais je n'aurais pensé qu'il puisse descendre si bas !

— Pas plus salaud que d'autres, prof ! a répondu Biri, que ni l'un ni l'autre n'avait vu approcher et qui avait tout entendu. Nos jeunes filles subissent tous les jours dans les grandes villes viol et harcèlement. Pour certains, c'est devenu même normal.

— Certains ? De qui tu parles ? De ceux qui harcèlent ces filles ou des filles qui sont harcelées ? Pour qui ça devient normal, dis-moi ? » a réagi Boukar, très en colère.

Ses yeux d'ordinaire si doux lançaient des éclairs et il avait du mal à contrôler sa voix.

« Pour les deux, prof. Les victimes qui trouvent normal d'être victimes et les bourreaux qui ne se considèrent même pas comme tels. Pour toute la société même, je dirais, prof. Regarde autour de toi. Si Haman avait réussi à violer Faydé, que lui serait-il arrivé ? Rien ! avait ajouté Biri, furieux. Ces hommes qui violent les domestiques, combien sont-ils en prison ? Crois-moi, prof, s'ils étaient dénoncés, tu serais surpris de voir combien seraient incarcérés !

— Ce n'est pas normal !

— Mais, dans cette ville, dans ce pays, ça l'est.

— Elles peuvent porter plainte. »

Biri avait ouvert des yeux effarés avant d'éclater de rire au nez de Boukar, qui le regardait surpris. Il avait tellement ri, comme à son habitude, que Faydé, malgré son abattement, avait esquissé un sourire. Boukar, lui, était resté grave, préoccupé par ce qu'il venait d'entendre.

« Je ne vois pas ce qui est drôle.

— C'est si naïf ce que tu viens de dire ! Dis-moi, prof, tu as fait tes études où ? Tu penses sérieusement qu'une domestique peut aller porter plainte dans un commissariat contre son patron ? Qui va l'écouter, la pauvre ? D'ailleurs, si elle porte plainte, on va commencer par la mettre elle-même en prison.

— On ne met pas les victimes en prison !

— Pardon, chef, tu ne peux pas comprendre, ce n'est pas ton monde. Et tu n'as pas à nous conseiller. Tu vas nous causer des problèmes au lieu de les résoudre. C'est bien, tu as été gentil, tu t'es occupé de Faydé et tu l'as soignée. Mais ne reviens plus ici. Cette maison n'est pas un endroit pour toi.

— Mais...

— Allons-y, prof », a conclu Biri, le visage fermé, avant d'ajouter en dialecte à l'adresse de Faydé : « Ton ami, là, va finir par nous créer des problèmes. Tu ferais mieux de te ressaisir et de retourner travailler ! »

Se taire, fermer son cœur et continuer à se battre pour survivre n'est pas seulement une option, c'est la réalité à laquelle il faut se conformer ici.

Faydé n'a pas été violée, et c'est tant mieux pour elle.

Le lendemain, elle est retournée travailler.

Son visage pâle et amaigri ne laisse aucun doute sur son état de santé. Elle a bien eu un accès de fièvre palustre, confie-t-elle à la famille, alors que les trois coépouses prennent le petit déjeuner dans le *hangar*.

« Le paludisme ? Je l'espère pour toi. Si tu es enceinte, tu ferais mieux de le dire tout de suite, crache Ayya d'un ton méprisant.

— Enceinte ?

— Ne joue pas l'innocente ! On sait à quel point vous êtes légères. Dès que vous arrivez en ville, avec deux ou trois mois de salaire, vous pensez être civilisées. Puis, à un moment ou à un autre, vous tombez enceintes !

— Non, je ne suis pas enceinte, murmure Faydé.

— Tu as eu le palu, ça arrive, Faydé, coupe d'une voix forte Diddi. Avec tous ces moustiques en ce moment, ce n'est pas étonnant. Ne force pas, fais ce que tu pourras, la vaisselle et le ménage. Cette semaine, tu ne cuisineras pas. Chacune de nous se débrouillera quand ce sera son tour », conclut-elle en fixant avec insistance la dernière épouse.

Ayya pousse un soupir agacé, veut rétorquer mais y renonce. L'air déterminé de Diddi et la présence de Nenné, toujours prête à prendre le parti de la première épouse, l'en dissuadent. Elle jette un regard sévère à la domestique, comme si celle-ci était la cause de tous ses malheurs.

Plus tard dans la matinée, alors que Faydé range le salon de Diddi, celle-ci, allongée sur le canapé, se rassoit péniblement et l'interpelle.

« Faydé, tu te rappelles ce que je t'ai dit à ton arrivée ici ? C'est moi, la mère de cette concession. C'est moi qui règle tous les problèmes, à moi tu peux tout dire. N'est-ce pas ?

— Oui, Diddi.

— Ne t'ai-je pas bien traitée dès le début de ton travail ici ?

— Si, si, Diddi.

— Raconte-moi exactement ce qui s'est passé. Pourquoi es-tu sortie de cette maison sans pagne, à moitié nue et en larmes ? Oui, je sais tout ! Dis-moi juste la vérité. »

Faydé s'assied sur le tapis et se met à raconter ce qui lui est arrivé. Tout revivre lui est insupportable, mais le regard à la fois indigné et bienveillant de Diddi la rassure.

« Un voyou, ce Haman. Il déconne de plus en plus ! s'écrie cette dernière, révoltée. Il exagère et je pense que, s'il continue, je le dirai à son grand frère. Écoute, ne t'inquiète surtout pas. Je vais l'appeler et lui parler. Il ne le refera plus. Quant à balayer son studio, ce n'est pas ton travail. Il n'a qu'à le demander à Biri. Tu as compris ?

— Oui, Diddi.

— En revanche, ça ne me plaît pas que Boukar aille là où vous logez. Qu'est-ce qu'il y a entre vous pour qu'il s'inquiète autant pour toi ?

— Non, Diddi. Rien du tout. C'est parce que Biri venait et qu'il m'a vue dans cet état qu'il s'est lui aussi inquiété.

— Il n'est pas là pour s'occuper des problèmes des domestiques.

— Non, Diddi. Il a simplement eu pitié de moi. »

Elle est soulagée que quelqu'un parle à Haman et elle se sent déjà mieux. Mais elle espère de tout son cœur que la bienveillance que Boukar lui a témoignée ne se retournera pas contre lui.

Elle sursaute presque en entendant la dernière phrase de Diddi qui articule d'une voix douce et pensive :

« Bientôt Boukar doit épouser Hapssi, ma nièce. Ça me gênerait beaucoup si j'entendais des mauvaises rumeurs à son sujet ! »

III

JUSQU'AU BOUT DU RÊVE

« Le chemin le plus court
pour aller d'un point
à un autre n'est pas la ligne
droite, mais le rêve. »

Proverbe malien

1

Il va se marier !

Pourquoi l'évidence lui fait-elle si mal ? Boukar va bientôt se marier. Avec une fille de sa condition : une belle jeune fille, de bonne famille, musulmane et peule, comme lui. Et alors ? En quoi cela la concerne-t-il, elle, Faydé, et surtout pourquoi cette nouvelle l'empêche-t-elle de dormir ? Tout son être frémit. Son cœur se serre et une envie de pleurer la submerge.

Boukar va épouser Hapssi, la nièce de Diddi, la fille du grand Alhadji Bakary. Faydé l'aperçoit souvent, mais Hapssi ne lui adresse jamais la parole. Il arrive qu'elle rende visite à sa tante ou à Leïla. Elle est claire de peau, très fine, gracieuse, avec des yeux en amande et une bouche très ourlée. Elle est toujours bien habillée, bien maquillée, réservée, et les personnes comme Faydé sont trop insignifiantes pour qu'elle se donne la peine de leur parler.

Désormais, Faydé évite Boukar. C'est à peine si elle le salue furtivement quand elle le croise. Son regard à lui est insistant lorsqu'elle passe à côté de lui et il brille dans ses yeux une étrange lueur qu'elle n'arrive pas à définir. Est-ce de la colère ? de la tristesse ? Elle l'ignore. De toute façon, il n'est pas de son monde et ne sera jamais son ami. Mais le cœur désobéit et n'en fait qu'à sa tête. Le sien est de plus en plus têtu ! Elle voudrait arracher de son esprit celui qui l'occupe tout entier, elle n'y parvient pas, en dépit de toute sa volonté et de sa lucidité.

Il va se marier bientôt !

Le mariage qui se prépare pour le moment est celui de Leïla. À cause des derniers événements ayant eu lieu en ville, des attentats, des incursions de plus en plus audacieuses et tragiques de Boko Haram, il n'est pas possible d'organiser de grandes cérémonies. Les manifestations de plus de cinquante personnes sont interdites dans toute la région. Le couvre-feu débute à 22 heures. Dans une ville où les veillées qui durent jusque tard dans la nuit font partie des habitudes culturelles, c'est un véritable changement. Leïla est folle de rage. Elle a tant rêvé de ce mariage grandiose ! Et voilà que, pour une histoire de terrorisme qui, selon elle, ne la concerne pas, on l'en prive !

« Si je ne peux pas inviter toutes les filles du collège à mon mariage, alors ce n'est pas la peine de me marier ! » maugrée-t-elle une fois de plus, pendant que sa mère et ses marâtres sont assises sous le hangar.

Ayya, comme à son habitude, orne la plante de ses pieds avec de la pâte de henné dont l'odeur aigre-douce embaume l'air ambiant, pendant que Nenné défait ses tresses. Diddi, qui vient de prendre un peu de henné pour s'en recouvrir les doigts, se fige, stupéfaite.

« Annuler le mariage ? Tu es devenue folle, Leïla ? Quel scandale veux-tu créer là ?

— Mon mariage sera naze et je ne peux pas le supporter, poursuit Leïla en boudant.

— Ce mariage sera bien quand même, ma chérie, avance Ayya. Tu vas être jolie, tu auras de beaux cadeaux et, même s'il n'y a pas beaucoup de monde, les gens regarderont les CD des cérémonies pendant longtemps. Et puis tu partiras vivre à Douala ! Tu voulais tellement quitter Maroua. Tu en as de la chance !

— On doit annuler ou reporter ce mariage. Ou alors on fera ce qu'on voudra : je me fiche des interdictions. De toute façon, c'est à la maison. Les gendarmes n'entreront pas dans notre concession !

— Leïla, j'en ai vraiment assez de ton égoïsme et de ton comportement de fille gâtée et immature ! finit par exploser Nenné.

Il est tellement rare qu'elle élève la voix ! Nenné est la plus douce et la plus effacée des épouses. Mais, cette fois, elle est hors d'elle. Ses yeux étincellent de colère et elle pointe un doigt menaçant sur sa fille.

« Tout le monde fait des efforts pour que ton mariage soit malgré tout une réussite ! Ton père a déjà fixé la date et tu te marieras à cette date, que tu le veuilles ou non ! Je suis fatiguée de tes caprices. Est-ce que tu te rends compte que des gens ont perdu la vie dans ces attentats ? Et que nous aussi nous pourrions en être victimes ? Il suffirait qu'un enfant chargé d'explosif s'approche de la cérémonie.

— Ça va, Nenné, coupe Diddi. Elle est juste stressée. N'en fais pas un problème non plus. Et, toi, Leïla, va-t'en maintenant ! Ça suffit comme ça. »

Les préparatifs du mariage ont bel et bien débuté, même si ce qui était initialement prévu a dû être réajusté à la dernière minute. L'esthéticienne tchadienne qui devait bichonner la future épouse pendant un mois, en lui appliquant de multiples soins – épilations à la cire orientale, sauna traditionnel sec au bois d'acacia, masques d'argile, de spiruline et de dilké destinés à la rendre encore plus jolie –, n'a pas pu effectuer le déplacement, la frontière entre le Tchad et le Cameroun étant fermée. Il a donc fallu faire appel à une autre esthéticienne qui tient un salon de beauté à Yaoundé. Celle-ci a accepté de fermer son établissement le temps de venir s'occuper de Leïla. Il aurait fallu également acheter à Kano, au Nigeria, les ustensiles de cuisine qui doivent s'ajouter au trousseau de la mariée, mais aussi être offerts à sa belle-famille. Là encore, il a fallu changer ces plans et s'en procurer à Douala, les frontières nigérianes étant elles aussi fermées.

Les pâtisseries ont été livrées, le trousseau est prêt, et Leïla a passé des heures à choisir des meubles sur les photos qu'un de ses cousins lui a envoyées à la demande de son père. Ceux-ci seront achetés à Douala et livrés directement dans son nouvel appartement. On ne les exposera pas devant les convives à Maroua, selon la coutume, ce qui suscite encore un soupir d'énervement de Leïla. Elle devra se contenter d'envoyer à ses amies des photos de tout ce qu'elle aura choisi. Sans doute n'hésitera-t-elle pas à tout changer à la dernière minute en fonction des commentaires des uns ou des autres.

Contre mauvaise fortune bon cœur ! Finalement, même si ce ne sera pas la cérémonie de ses rêves, Leïla semble tout de même contente. Elle est parvenue à convaincre Mohamadou de l'emmener à la plage à Kribi pour sa lune de miel puis de lui offrir un voyage à Dubaï. « À condition que je sois fier et content ! » a-t-il ajouté. On se comprend ! *Quand un Peul parle, c'est pour qu'un autre Peul puisse entendre*, dit le dicton. Évidemment, Leïla a saisi ce à quoi il faisait allusion. Qu'est-ce qui pourrait le rendre plus fier et plus content que de se voir confirmer que sa fiancée est vierge, qu'elle n'a jamais été touchée par un homme et qu'il sera lui, l'époux, le premier et l'unique à posséder ce privilège ?

Un soir, Leïla, que le sujet inquiète mais qui ne peut en parler avec aucun membre de la famille, demande conseil à Faydé, alors que celle-ci prend une pause en compagnie de Biri qui arrose les fleurs.

« Faydé, tu l'as déjà fait ? chuchote-t-elle en s'asseyant sur le petit talus qui sépare les roses des autres fleurs.

— Fait quoi, Leïla ?

— La chose.

— Je ne comprends pas.

— Tu as déjà fait l'amour avec quelqu'un ?

— Toi, tu l'as fait ?

— Bien sûr que non, je ne l'ai pas fait ! Comment peux-tu imaginer un seul instant que je puisse l'avoir fait avant le mariage ! s'exclame-t-elle, choquée.

— Mais puisque tu me demandes si moi je l'ai fait ! lui fait remarquer Faydé en riant.

— Chut ! Il ne faut pas qu'on nous entende. Je te pose la question parce que, chez vous, ce n'est pas comme chez nous, ajoute Leïla. Tout le monde dit que, chez vous, coucher avec un homme sans être mariée n'est pas un problème. »

On se fait tellement d'idées sur les autres. Toutes les domestiques sont des filles légères. Les villageois ne pensent qu'au sexe. Dieu sait qu'ils ont pourtant des soucis autrement plus importants que des histoires de sexe ! Seuls les insouciants fantasment sur cette liberté, surtout ceux qui aimeraient la vivre à condition de ne jamais l'avouer !

« Mohamadou ne parle que de ça. Il me répète chaque jour que la virginité est très importante pour lui. Ça me stresse énormément, même si je suis vierge. On ne sait jamais ! J'ai entendu tellement d'histoires de filles qui l'étaient mais qui n'ont pas saigné la première fois pour le prouver. »

Hapssi, qui vient d'entrer dans la concession accompagnée de sa petite sœur, interrompt les confidences de Leïla. Elle salue cette dernière avec un sourire et ignore la jeune domestique, comme à son habitude. Leïla la rejoint et toutes deux se dirigent vers l'appartement de Diddi, en devisant gaiement sans un regard pour Faydé.

La jeune fille retourne à la cuisine et s'efforce de maintenir le feu allumé, alors que deux grosses marmites sont en train de mijoter. Le bois qui a été livré n'est pas sec, il a dû être coupé il y a peu. La fumée a envahi la cuisine. Elle lui pique les yeux, la fait larmoyer et dégage une odeur qui imprègne les vêtements. Diddi se tient sur le seuil et demande :

« Y a-t-il du thé prêt, Faydé ? Sers-le rapidement dans mon salon. J'ai des invités. Et mets de jolies tasses ! »

Faydé fait rapidement le thé et le verse dans une thermos dorée dont les motifs se détachent joliment sur le dessus. Elle sort d'un carton des tasses neuves, à l'usage exclusif des invités de marque. Elle essuie le plateau avant de disposer l'ensemble et d'apporter le tout chez Diddi.

La voix d'un homme discutant avec Leïla lui parvient. Sans un regard pour les invités, Faydé, pressée, dépose le plateau sur la table quand Diddi lui dit :

« Apporte les petits guéridons, Faydé, et aussi les pâtisseries. Et vous, les jeunes filles, Leïla et Hapssi, servez les hommes !

— Merci, Faydé ! »

C'est Boukar, qui la remercie d'un ton doux. Faydé lève les yeux, étonnée : elle n'avait pas remarqué que c'était lui, l'invité. Bien sûr ! Il est là avec Hapssi, et l'homme qui discute avec Leïla est le frère de Mohamadou.

Faydé se sent alors la plus misérable sur terre. Elle s'empresse de sortir de ce salon luxueux où elle n'a pas sa place. Avec son vieux pagne défraîchi, elle porte un vieux tee-shirt. Couverte de sueur, elle empeste la fumée. Hapssi, elle, sert le thé avec grâce, les yeux baissés, un sourire aux lèvres, et propose des pâtisseries à son fiancé sous le regard attendri de sa tante.

Faydé se précipite à la cuisine. Elle s'empresse de rallumer le feu en soufflant désespérément sur la braise. Les larmes qui s'échappent de ses yeux ne sont pas causées uniquement par la fumée piquante et suffocante. Ayya, dont c'est le tour de cuisiner, constate qu'aucun plat n'est prêt et se met à la gronder sévèrement.

« Petite idiote ! Tu veux me créer des problèmes avec Alhadji ou quoi ? Tu imagines ce qui va m'arriver si, à l'heure du dîner, le repas n'est pas prêt ? Je peux être répudiée pour moins que ça. C'est un coup monté par certaines, j'en suis sûre !

— Ayya, le bois n'est pas sec. Il fume et le feu s'éteint rapidement. Je n'y peux rien ! Ce n'est pas ma faute ! invoque Faydé en essuyant ses yeux rougis et larmoyants.

— Et la cuisinière à gaz ?

— Occupée. J'ai mis les poulets à cuire. C'est presque prêt.

— Et le foyer à charbon ?

— Il n'y a presque plus de charbon, mais j'ai quand même allumé le peu qui restait et ai posé la bouilloire de thé. »

Du salon lui parviennent la voix de Leïla et celle, plus discrète, de Boukar. C'est une voix qu'elle pourrait reconnaître entre mille. Quand celui-ci prend congé, elle s'engouffre dans la cuisine enfumée pour se dérober à son regard.

Une fois ses corvées terminées, Faydé rentre tristement sans prendre le temps de regarder la télévision ni de s'attarder auprès des enfants. Elle n'a qu'une hâte : se coucher, dans la pénombre et la chaleur de sa chambre.

Elle vient de prendre sa douche lorsque Srafata, apprêtée, entre. Elle remarque tout de suite les yeux rougis de son amie.

« Tu as pleuré ? s'exclame-t-elle, alarmée.

— Non, je n'ai pas pleuré. Le bois livré dans ma maison n'est pas sec et fume énormément. J'ai eu beaucoup de peine à cuisiner aujourd'hui. Cette fumée pique les yeux. Je suis fatiguée. Il faut que je dorme.

— Faydé, je sais que tu as pleuré. Dis-moi ce qui ne va pas.

— Je suis seulement un peu triste, Srafata, avoue Faydé. Quand j'entends ces filles parler de mariage, quand j'entends Leïla s'énerver à cause du couvre-feu qui l'empêche de faire un somptueux mariage ! Elle veut juste se montrer et ne se rend pas compte de tout ce qui se passe avec Boko Haram. En plus, Ayya a passé son temps à me gronder ! Je suis fatiguée d'être la boniche de toute la maison.

— Faydé, tu prends les choses trop à cœur. Mais, moi aussi, je suis triste et lasse. Ma mère se plaint à longueur de journée et je n'ai toujours aucune nouvelle de ma cousine. Allez ! C'est samedi. On a besoin de changer d'air et il est tôt. Habille-toi bien. Il est temps que tu voies ce qui se passe le soir à Domayo ! » lance Srafata d'un air enjoué pour détendre l'atmosphère.

— Je ne suis pas d'humeur à m'amuser, Srafata.

— N'empêche ! Tu viens quand même avec moi. »

Srafata a raison. Faydé a besoin de penser à autre chose. Son amie la persuade de s'habiller coquettement et de se maquiller un peu. Elles s'attablent dans un snack. La ville, malgré le couvre-feu, est animée, bien que la moitié des hommes soient en tenues militaires. Pendant qu'elles sirotent une boisson gazeuse, un homme aborde Srafata et ils se mettent à parler. Faydé se sent délaissée.

« Srafata, je suis fatiguée. Je crois que je vais rentrer. Si tu veux rester, ce n'est pas grave. Je vais prendre une mototaxi, ajoute-t-elle en se levant.

— Tu es sûre de vouloir rentrer ? s'étonne Srafata en l'accompagnant au bord de la route. En fait, cet homme, je l'aime bien. Il me fait la cour. Il vient d'un autre village, je te raconterai après.

— C'est ton amoureux ?

— Peut-être qu'il va le devenir. Je l'aime bien mais je ne le connais pas vraiment. Tu as de l'argent pour rentrer ?

— Mais, oui, ne t'inquiète pas. Ça m'a fait du bien de sortir un peu ! »

Alors qu'elle hèle une moto au bord de la route, une petite voiture s'arrête à son niveau et, à sa grande surprise, une voix l'interpelle, une voix qu'elle ne connaît que trop bien.

« Faydé, tu fais quoi ici à cette heure de la nuit ?

— Je suis libre d'aller où je veux !

— Monte, fait Boukar en ouvrant la portière côté passager. Je te dépose.

— Je vais prendre une moto.

— Je vais dans le quartier.

— Moi, je n'y vais pas.

— Ah bon ! Et tu comptes aller où ? Dans moins de deux heures, le couvre-feu va débuter. »

Elle se mord les lèvres et reste obstinément plantée là. Il finit par descendre de la voiture et la rejoint sur le trottoir.

« Ne sois pas ridicule, Faydé. Je ne sais même pas pourquoi tu m'en veux depuis un certain temps. Allez, monte ! »

Elle finit par céder, même si se retrouver à côté de lui dans l'espace réduit du véhicule la trouble beaucoup. Il démarre, ferme les vitres et active la climatisation. Il conduit lentement, sans dire un mot, puis s'arrête devant une boutique.

« J'arrive ! J'ai soif. Je vais prendre une bouteille d'eau. »

Elle le regarde discuter gaiement avec un jeune homme. Il a quitté le boubou traditionnel brillant et amidonné qu'il portait l'après-midi même et l'a troqué contre un tee-shirt blanc et un jean. Il tend une bouteille de jus d'orange à Faydé et dit en démarrant :

« Bon, maintenant, explique-moi pourquoi tu m'en veux.

— Je ne t'en veux pas.

— Pourquoi alors tu ne me parles plus ? fait-il en croquant un biscuit et en tendant le paquet à la jeune fille.

— Je te parle. Après, il y a des moments aussi où je n'ai rien à te dire, prof.

— Avant on était amis, non ? On discutait bien. Mais depuis un certain temps, tu m'évites. Alors, qu'est-ce que je t'ai fait ? »

Son cœur se serre. Oui, elle doit l'éviter. Il n'est pas pour elle. Il n'est pas de son monde. Il ne peut être ni son ami ni son amoureux – et encore moins son fiancé. Il ne peut apprécier ou épouser que les filles comme Leïla ou Hapssi.

« Je ne t'en veux pas. Ce n'est pas du tout ça. Mais je ne veux pas créer de problèmes. Diddi m'a dit que tu vas épouser sa nièce, Hapssi, que tu n'avais rien à faire dans le domicile des domestiques et rien à leur dire. Elle a raison », ajoute-t-elle tristement.

Ils sont arrivés là où elle habite. Elle s'apprête à remercier Boukar et à sortir de la voiture, quand il accélère à nouveau et annonce d'une toute petite voix :

« Oui, je vais épouser Hapssi. Mais le mariage n'empêche pas d'avoir des amis.

— Les personnes comme toi ne peuvent pas être amies avec des gens comme moi. Nous ne sommes pas du même monde pour devenir amis.

— De quoi tu parles, Faydé ? Ne sommes-nous pas tous des êtres humains ?

— Tu es professeur et tu vas épouser Hapssi. Je suis la domestique de la famille. Et peut-être que je serai même celle de Hapssi un jour ! On s'éloigne du quartier. Tu devrais faire demi-tour, prof. »

Perdu dans ses pensées, comme assommé par la dernière réplique de Faydé, Boukar continue de rouler. Le silence n'est interrompu que par la musique de l'autoradio. Aucune tension. Juste une vérité difficile à entendre.

Il continue de s'éloigner de la maison de Faydé quand, soudain, il lui prend la main. D'un geste naturel, sans un mot.

Elle ne la retire pas.

2

Kondem s'est habituée à sa nouvelle vie de casseuse de pierres à Maroua. Ses journées sont rythmées par la même routine immuable : gravir la montagne par le versant rocheux et, avec ses outils, un marteau et une simple barre à mine, frapper et casser la roche. Les garçons descendent les pierres au pied de la colline pour l'aider. Puis, avec un simple marteau, elle réduit les pierres en gravier destiné aux travaux. Elle forme ensuite un tas suffisant qu'elle expose à la vente.

Le travail est pénible. Le soir venu, elle est éreintée, avec des douleurs lancinantes dans le dos. Les premiers jours, ses mains étaient couvertes d'ampoules et elle avait tellement inhalé de poussière qu'elle avait du mal à respirer. Mais elle a continué à travailler courageusement avec plusieurs autres femmes qui, au fil du temps, sont devenues ses amies. Ces dernières l'ont aidée à se soigner et lui ont donné des conseils pour protéger ses mains.

Des accidents surviennent parfois. Deux d'entre elles ont perdu la vie récemment dans un éboulement.

Pourtant, quand il s'agit de survivre, on n'a pas d'autre choix que d'avancer et on oublie très vite les drames. Il n'existe aucune rivalité entre ces femmes issues de milieux et d'ethnies différents. Chacune a son passé douloureux, son courage, sa ténacité, sa capacité à se surpasser, dans un élan de survie qui lui permet d'élever ses enfants.

Kondem a pu louer une chambre non loin de la montagne. Avec l'aide de Faydé, elle a également pu acheter deux matelas, une natte. Et la vie s'est organisée autour de son nouveau quotidien. Elle rêve, bien sûr, de regagner le village et de retrouver sa vie de paysanne, au rythme des saisons et des travaux champêtres. Qui aurait pu prédire que cette vie simple et ancestrale, celle des campagnes, deviendrait un jour un luxe ? Mais le village n'existe plus. Et elle doit se faire une raison.

C'est dimanche. Kondem s'est levée tôt. Sa semaine a été plutôt bonne, car elle a pu collecter suffisamment de gravier et a trouvé un bon client, un vieux maçon qui n'a pas négocié le prix qu'elle lui avait fixé, quand il l'a vue travailler avec ses enfants. Elle prépare un mets typique de chez elle, en attendant Faydé. Peu importent ses occupations, sa fille trouve toujours le temps de passer la voir même si, dernièrement, Kondem a remarqué qu'elle avait changé. Elle paraît plus grande, plus épanouie qu'autrefois. Mais une lueur de tristesse brille en permanence dans son regard. Kondem évite de lui poser des questions. Elle sait que sa fille ne parlera que lorsqu'elle sera prête à le faire.

Bien habillée, Faydé vient de descendre de la mototaxi et ses frères accourent pour l'enlacer. Elle semble heureuse et distribue comme à son habitude des biscuits et des bonbons.

« Dada, je t'ai apporté des pâtisseries. Dans la maison où je travaille, c'est l'effervescence. Les cérémonies du mariage de Leïla ont débuté cette semaine. J'ai dû insister pour te voir. Ils voulaient que je travaille ce dimanche, mais je t'avais promis de revenir même si c'est juste pour un petit moment », fait-elle en déballant le sac qu'elle porte.

Elle en sort un paquet de viande frite, quelques morceaux de poulet, plusieurs litres d'huile et d'autres provisions.

« Je suis contente que tu aies quand même pu te libérer, Faydé. Comment ça se fait que tu nous ramènes tout ça ? Ce n'est pas la fin du mois pourtant !

— C'est le mariage. Dans la maison, il y a de tout en abondance. Un vrai gaspillage. Tu en as besoin pour les enfants.

— Tu es tellement prévenante, Faydé. Comment va Srafata ? Et sa mère ? Tu as des nouvelles ? Elle a trouvé du travail ?

— Je ne pense pas. Au fait, ils veulent que j'accompagne Leïla à Douala, que je travaille pour elle. »

Le cœur de Kondem se met à battre plus vite. Elle attend la suite... que Faydé va s'en aller, encore plus loin cette fois.

Mais celle-ci reprend rapidement :

« Je vais refuser. Je ne veux pas y aller. Je n'ai aucune envie de travailler pour Leïla. Et je dois continuer mes études. Bientôt, c'est la rentrée.

Je vais proposer à Danna d'y aller à ma place. Elle n'a pas de travail en ce moment.

— Tu as raison, Faydé », répond Kondem, soulagée.

Ce que Faydé n'avoue pas, c'est qu'elle n'a surtout aucune envie de quitter Boukar et leur nouvelle idylle secrète. Non qu'elle espère quoi que ce soit, puisqu'il est censé se marier bientôt. Elle a juste envie de vivre l'instant présent, sans penser à l'avenir, de continuer à le voir et de discuter avec lui dans la voiture qui est devenue le lieu de leurs rendez-vous secrets. Leurs promenades ponctuelles constituent ses seuls moments de bonheur et elle est prête à tout pour faire durer ce plaisir.

Depuis le soir où il lui a pris la main, ils n'ont pas vraiment parlé de leurs sentiments. Ils se contentent de vivre ces instants magiques sans rien évoquer de ce qui pourrait venir les interrompre. Ils ne se posent pas de questions insolubles et ne pensent pas aux conséquences. Ils passent du temps ensemble en discutant de la vie et, parfois, en se tenant la main. Oser une petite caresse. Même ça, ça leur est interdit ! La seule prudence dont a fait preuve Boukar a été de fumer toutes les vitres de la voiture. Ainsi, personne de l'extérieur ne peut deviner qui est à l'intérieur.

« Comment fait-on justement pour l'école, Faydé ? Les petits doivent être inscrits. Maintenant plus que jamais, ils doivent continuer à y aller, remarque Kondem, tandis que Faydé est perdue dans ses pensées.

« Je m'en occuperai la semaine prochaine, Dada. Il y a des écoles dans ce quartier.

— J'ai des nouvelles de ton père. Doubla a pu m'envoyer un peu d'argent. Il vient de s'installer à Banyo. Il essaie de se débrouiller. On verra bien !

— Il me manque tellement. J'espère que je le reverrai bientôt. Il faut que je parte. Je reviendrai le plus tôt possible. »

Chaque soir, Faydé prend le temps de se faire belle avant de s'éclipser. Aucune de ses camarades ne lui pose de questions, chacune étant bien trop occupée par ses propres histoires. Bintou continue de voir Sali et de lui mentir. Srafata a entamé une liaison avec cet homme qu'elle a présenté à Faydé et qui la courtise au vu et su de tout le monde. Danna, à qui Faydé a proposé la place auprès de Leïla, est folle d'excitation à l'idée de découvrir Douala.

Même si elles ne l'avoueront jamais, Faydé a remarqué un certain soulagement sur le visage des coépouses quand elle a refusé d'accompagner Leïla, en assurant à cette dernière que Danna conviendrait mieux qu'elle pour ce travail. Danna a déjà travaillé chez des fonctionnaires sudistes et sait cuisiner de bons plats. Leïla en est rassurée, même si elle boude un peu.

Boukar l'attend toujours dans la ruelle déserte, non loin du quartier. Faydé s'engouffre dans la voiture aux vitres fumées et il démarre.

Leïla a finalement eu son mariage de rêve, même si le nombre réduit des invités et le couvre-feu ont un peu assombri la fête. Il n'empêche que les cadeaux ont été nombreux et les tenues somptueuses. La mariée était jolie et les deux familles, heureuses et satisfaites. Faydé a travaillé deux fois plus et, pour tenir, elle a demandé à Danna et à la mère de Srafata de l'assister. Diddi, pour la remercier de ses efforts, lui a offert après le mariage un pagne neuf et plusieurs vêtements de Leïla puisque celle-ci n'emporte rien d'ancien dans sa nouvelle vie.

Maintenant que Leïla est mariée, la maison semble calme et sans vie. Hamza travaille désormais dans la boutique de son père et en paraît satisfait. Haman a déménagé et doit se marier bientôt, au grand soulagement de Faydé. Boukar revient donner des cours, maintenant que les vacances sont terminées, et Faydé s'est inscrite cette année encore au cours du soir. Évidemment, quand tous deux se rencontrent à la maison, ils se contentent de se saluer, cachant leur relation, qui ne serait pas bien vue.

Un soir, alors qu'elle vient de terminer ses cours, il l'attend sur le chemin. Elle est surprise : ils ne se voient généralement pas les jours de semaine, car Faydé a classe. Boukar a l'air soucieux. D'emblée, elle ressent une appréhension mais essaie de détendre l'atmosphère en racontant quelques anecdotes. Conduisant comme à son habitude très lentement, il traverse leur quartier, s'engage à Doursoungo et continue vers Kongola. Mais il semble toujours perdu dans ses pensées.

« Prof, quelque chose ne va pas ?

— Ça va. Je suis juste un peu fatigué, Faydé. Pourquoi ?

— Tu ne peux pas comprendre.

— Explique-moi quand même. »

Il ne dit rien, change de CD dans l'autoradio puis fait brusquement demi-tour pour prendre une direction de la ville que Faydé ne connaît pas. Au bout d'un moment, il s'arrête devant une concession apparemment récente, dans le nouveau quartier résidentiel qui porte fièrement le nom de Dubaï.

« On est où, prof ? Quel beau quartier !

— C'est ma maison, Faydé. Celle qu'on vient de construire. Mon père m'a remis les clés hier et j'ai dû emménager...

— ... pour le mariage avec Hapssi », continue-t-elle, d'une voix presque inaudible.

Elle savait que ce moment allait arriver. Boukar ne répond pas tout de suite. Un silence pesant s'installe dans l'habitacle.

« La maison est vide. Il n'y a personne pour le moment. J'aimerais que tu la visites.

— Pourquoi ?

— Parce que j'aimerais partager ça avec toi. Juste un moment. Je ne voulais pas y venir sans toi ce premier soir. Tu regardes et on s'en va quand tu veux. Mais si ça te dérange, je comprends. Je peux te ramener ! » ajoute-t-il.

Elle acquiesce d'un hochement de tête. Sa gorge serrée l'empêche de prononcer un mot, tandis qu'elle retient ses larmes.

Il sort un trousseau de clés, déverrouille le portail neuf et fait entrer la voiture dans la cour avant de le refermer soigneusement. Deux appartements neufs se font face. Il ouvre le plus grand, qu'une odeur de peinture et de vernis imprègne encore. Le salon est moyen, meublé sobrement avec un canapé d'angle en velours bleu, un meuble sur lequel trône un grand téléviseur, une petite salle à manger et une étagère pleine de livres.

Faydé s'avance vers la bibliothèque et, pour se donner une contenance, se met à feuilleter un volume pris au hasard. Elle sursaute quand, s'approchant d'elle, il dit :

« Hapssi n'aime pas lire. D'ailleurs, elle déteste tout ce qui se rapporte à l'école. Elle n'a pas l'intention de continuer ses études après le mariage. Nos parents sont amis de longue date. Et mon oncle, le père de Leïla, est marié à sa tante Diddi, comme tu le sais déjà. Alors mon père me l'a proposée.

— Ah !

— Ou plutôt il a demandé à son père et celui-ci a accepté avant de me le proposer. Mais je la connais depuis toujours. C'est une gentille fille, même si elle est très timide.

— Bien sûr, acquiesce Faydé tout en remettant le livre en place. Je suis contente pour toi. C'est une belle maison. Je suis sûre qu'elle a aimé quand elle a visité.

— Elle n'a pas visité. Elle ne le fera pas avant le mariage. Tu es la première femme qui entre ici.

— C'est une belle maison, prof, et vous y serez très heureux. »

Elle le dit d'une voix étranglée. Les larmes se mettent à couler sans qu'elle puisse les retenir. Pour les cacher, elle fait mine de regarder par la fenêtre et écarte le voilage blanc immaculé.

« Faydé !

— Il fait un peu froid ce soir. C'est peut-être mieux que je parte. Mais je peux prendre une moto.

Ce n'est pas la peine de me déposer, maintenant que tu es rentré.

— Je t'aime. »

Elle sursaute à ces mots qu'elle a tant espéré entendre et se retourne brusquement. Il se tient juste derrière elle et elle sent son cœur fondre. À le voir si ému, elle en oublie sa propre détresse.

« Si tu veux rentrer maintenant, je te ramène.

— Prof...

— Et si tu veux rester ce soir, j'en serai heureux. »

C'était la première fois qu'elle faisait l'amour, et elle a souhaité de toutes ses forces que ce soit avec Boukar. Elle n'a pas été déçue. Quand il s'endort enfin auprès d'elle, elle reste longtemps éveillée à l'observer, comme pour graver à jamais son image dans son esprit, ne jamais oublier ses mains douces qui ont parcouru chaque centimètre de sa peau, ses lèvres qui l'ont couverte de baisers, ses bras qui l'ont serrée fort et le souffle de sa voix quand il a chuchoté au creux de son oreille : « Je t'aime ! »

3

Quand vous nagez dans le bonheur, veillez à rester là où vous avez pied !

Faydé nage dans le bonheur et refuse de réfléchir. Elle évite de penser à l'avenir. Elle oublie tout pour simplement devenir la femme qu'elle a envie d'être dans les bras de Boukar, s'enivrer de ses baisers et dormir dans son lit quand cela est possible. Ils discutent, révisent ensemble les cours dans l'intimité de son appartement, mangent en se regardant dans les yeux, suivent un documentaire à la télévision, blottis l'un contre l'autre sur le canapé. Elle ment à ses amies ou s'éclipse sans donner d'explications.

La routine de la maison à laquelle elle est habituée commence à changer. Diddi gère le quotidien, au grand dam d'Ayya, de plus en plus hargneuse, qui cherche la moindre occasion de se disputer avec l'une ou l'autre des coépouses. La première comme la deuxième épouse l'ignorent, en faisant semblant de ne pas saisir ses allusions. Ayya est devenue enragée depuis qu'elle a compris que son mari s'apprêtait à prendre une quatrième épouse. Personne n'avait évoqué le sujet et le principal concerné ne s'en était ouvert qu'à Diddi, qui s'était contentée de lui souhaiter bonne chance. Elle a néanmoins demandé à Faydé de chercher une autre domestique car il y aura bientôt beaucoup plus de travail. Celle-ci a spontanément proposé la mère de Srafata, qui commencera dans la foulée, allégeant ainsi les corvées de Faydé.

Alhadji s'est lancé dans la construction d'un nouvel appartement et celui-ci, contrairement à ceux des trois coépouses, jouxte le sien et semble plus vaste. Cela rend Ayya encore plus folle de rage. Elle reconnaît là la position de favorite que prend déjà celle sur le point d'arriver. Presque amusée, Diddi voit Ayya perdre l'appétit et maigrir : elle dépérit et devient de plus en plus furieuse contre tout le monde. Elle n'hésite pas à rabrouer les enfants, qui l'évitent. Et Faydé est devenue son souffre-douleur – mais, tout à son bonheur, ne remarque même pas les insultes dont Ayya l'abreuve à longueur de journée.

Nenné, quant à elle, gagne en sérénité. Elle sourit davantage et la jalousie que manifeste sa coépouse l'amuse aussi. Elle est plutôt heureuse de la décision de leur époux commun car elle y voit enfin la chance qu'Ayya redescende de son piédestal de favorite. Elle savoure à l'avance la rivalité qui opposera la troisième et la dernière épouse et espère bien que la nouvelle venue pourra rendre à Ayya toutes les frustrations que cette dernière lui a fait subir pendant des années. Elle compte désormais avoir la paix et observer avec Diddi la guerre qui s'annonce, sans toutefois y prendre part.

La nouvelle arrivante va porter le surnom donné aux femmes qui « verrouillent la porte de la maison », allusion au fait qu'un homme ne peut pas avoir plus de quatre épouses à la fois. Elle est beaucoup plus jeune que les trois autres, elle a à peine l'âge de Leïla. Et c'est la fille du chef du village voisin. C'est une *maïramjo*, une princesse, et cela aussi fait enrager Ayya. Une princesse reste une princesse, même si c'est la princesse d'un petit village et que son titre, qui souligne l'orgueil d'être de sang royal, ne lui sert à rien ! La princesse se positionne déjà comme la favorite du harem et tout le monde le constate, ne serait-ce qu'en voyant l'emplacement de son appartement.

Faydé discute avec Biri tout en l'aidant à préparer l'espace pour le dîner. Il vient d'étendre le grand tapis, que Faydé a balayé, et elle dispose les plats et les couverts pour le service. Boukar s'est attardé sur place car il prépare ses cousins à une évaluation qui comptera pour les résultats du premier trimestre. Ce n'est pas inhabituel : il lui arrive de rester dîner avec son oncle, qui serait offusqué s'il ne le faisait pas de temps à autre.

Alors que Faydé dépose les plats et les verres, Ayya déboule dans la cour, folle de rage.

« Faydé, imbécile ! Tu as laissé brûler la sauce. L'odeur est horrible.

— Mais non... », commence Faydé en se redressant quand Ayya lui assène une gifle des plus brutales.

La jeune fille vacille sous le coup, perd l'équilibre et tombe sur les verres, qui se brisent sur les dalles. Un éclat lui entaille profondément la main. La vue du sang laisse de marbre l'épouse, qui tourne les talons.

Biri et Boukar accourent aussitôt. Boukar, le visage sombre et les yeux brillants de colère, examine rapidement la blessure. Biri essaie de stopper le saignement mais Boukar ordonne :

« Il faut se rendre au dispensaire. Elle a besoin de points de suture. Je l'accompagne avec Hamza. Nettoie rapidement ces débris avant que les enfants ne se blessent aussi. Cette Ayya a un vrai problème ! »

Faydé comprime la blessure avec des mouchoirs qui rougissent rapidement. Alhadji, qui vient de pénétrer dans la concession, sort rapidement de sa luxueuse voiture.

« Que se passe-t-il, Boukar ?

— Elle est blessée, mon oncle. C'est assez grave. On l'emmène tout de suite au dispensaire. »

Durant toute l'opération, Faydé reste stoïque, se mordant juste les lèvres, alors que des larmes de douleur ruissellent sur ses joues. L'un de ses yeux est rouge et enflé sous la violence de la gifle qu'elle a reçue. L'infirmier pose les points de suture sans anesthésie, panse la plaie, lui injecte une dose de sérum antitétanique et lui donne des médicaments.

Pendant qu'Hamza règle la facture, Boukar murmure à Faydé :

« Tu as été courageuse, mon cœur. Je vais régler son compte à cette sorcière. Je dirai tout à mon oncle. En attendant, rentre chez toi. Va te changer !

Tu es couverte de sang. Je viendrai te chercher plus tard. »

Faydé est heureuse, même si sa main lui fait mal.

Quand elle aperçoit la voiture qui l'attend dans l'obscurité, elle s'empresse de s'y engouffrer. Une fois à la maison de Boukar, elle mange en silence le poisson braisé qu'il a acheté pour elle à Domayo. Elle se sent bien avec lui. Elle ferme les yeux en s'enfonçant dans le canapé. Malgré les antidouleurs qu'elle vient d'avaler, sa main la fait souffrir. Boukar la prend dans ses bras.

« Tu verras, ça ira mieux tout à l'heure. J'ai tout raconté à mon oncle. Et je peux t'assurer qu'il est en colère. Il déteste les scandales et Ayya va le regretter, lui assure Boukar en caressant doucement sa joue rougie et enflée. Ton dîner était délicieux, comme d'habitude, même si j'étais trop énervé pour en profiter. Je t'aime. Viens, on va se coucher. Tu as besoin de dormir. Et j'ai besoin d'être sûr que tu vas bien et que tu te reposes. »

Faydé nage dans le bonheur. Elle oublie la réalité et les contraintes qui s'y rattachent. Elle est heureuse, ça se voit. Elle se fait coquette, rit plus souvent. Efficace, elle travaille vite. Puis elle se rend à ses cours du soir et révise consciencieusement. Mais surtout, elle attend impatiemment les moments où elle peut voir Boukar, se blottir dans ses bras et se donner à lui, sans se poser de questions.

« Je dois aller à Ngaoundéré. Mon père m'envoie décompter les bœufs comme chaque année au début de la saison sèche. Faydé, j'ai une idée.

Promets d'abord que tu ne vas pas refuser, lui annonce-t-il en souriant malicieusement, une semaine après l'incident.

— Dis toujours, fait-elle en riant.

— Non, promets d'abord. Tu as trop l'esprit de contradiction. Dès que je demande quelque chose, tu commences par dire non. »

Elle éclate de rire et promet.

« Accompagne-moi !

— Mais on nous verra ensemble. Et je ne peux pas laisser mon travail.

— Tu diras que tu es malade ou que tu as un deuil. Trouve une excuse. Tu as mérité des vacances. Tu n'as jamais été plus loin que cette ville, pas vrai ?

— Oui, mais… et qu'est-ce que je dirai à ma mère ? Et à mes copines ? Et mes cours ?

— Les évaluations sont terminées, ce n'est donc pas grave si tu rates quelques jours. Et tu trouveras bien un prétexte à dire aux autres. J'ai tellement envie de faire ce voyage avec toi, tu ne peux pas refuser », conclut-il en l'empêchant de protester d'un baiser.

Faydé est heureuse. Depuis l'aube, Boukar conduit calmement le pick-up qu'il a emprunté à son père pour ce long voyage et qui avale sans effort les kilomètres. Le paysage défile, à la grande surprise de Faydé. La steppe familière, couverte de buissons, s'éloigne, laissant place à la savane arborée, aux herbes abondantes et aux petits arbres qui, en ce début de saison sèche, commencent déjà à se parer d'or. Bientôt apparaît la terre rouge d'où se détachent au loin les hauts plateaux de l'Adamaoua.

Ils font des pauses régulières dans les petits villages où ils achètent de quoi grignoter. Ils discutent, écoutent de la musique ou se taisent en se tenant la main. Parfois, Faydé, qui n'est pas habituée à ces longs trajets, s'endort. Boukar l'observe avec tendresse jusqu'à ce qu'elle rouvre les yeux et lui sourie.

Ils arrivent le soir à Ngaoundéré, où Boukar réserve une chambre dans un hôtel. Faydé prend une longue douche et se parfume avant de se blottir dans ses bras.

« J'irai le matin en brousse rencontrer les bergers et faire le décompte avec eux. Pendant ce temps, tu pourras te reposer, te promener et visiter la ville. Mais, attention, ne te laisse pas séduire par les hommes de Ngaoundéré ! Ce sont tous des dragueurs et de beaux parleurs, fait-il en riant. Ils vont te proposer de t'épouser !

— Tu es jaloux ? réplique-t-elle en éclatant de rire.

— Bien sûr ! Je ne supporterais pas de te perdre.

— Je ne le supporterais pas non plus, dit-elle doucement. J'ai une question. J'espère qu'elle ne t'agacera pas.

— Faydé, on peut tout se dire, tu le sais.

— D'accord… Tu as fait l'amour avec Hapssi ?

— Non. On ne le fera pas avant le mariage. Je parle à peine à Hapssi. Je ne lui ai jamais tenu la main. Je ne l'ai jamais embrassée. Il n'y a pas de complicité entre nous. C'est comme cela que nos parents nous ont éduqués. Ce sont les usages.

— Mais tu l'aimes ? » demande-t-elle d'une petite voix.

Elle est adossée à un oreiller, vêtue de ses dessous en dentelle. À sa taille, plusieurs rangs de perles fluorescentes luisent dans la pénombre. Il se penche vers elle d'un air grave et la regarde droit dans les yeux.

« Je ne déteste pas Hapssi. Mais c'est toi, mon amour. Faydé, c'est toi que j'aime. Je suis juste le fiancé de Hapssi. Celui qui va l'épouser, et c'est tout. C'est d'ailleurs suffisant.

— Mais le mariage n'est-il pas censé se fonder sur l'amour, la complicité, l'intimité ? Du moins, c'est ainsi dans les romans, ajoute-t-elle.

— Pas chez nous, Faydé, ni chez vous d'ailleurs. Chez nous, le mariage est surtout une question de relations, de dignité, de valeurs familiales et de préservation de ces valeurs. C'est l'entente et l'union de deux familles. L'amour, le sexe et l'intimité viendront après le mariage ou ne viendront jamais. Ce n'est pas le plus important. »

Il se tait un instant, considère la jeune femme étendue à ses côtés.

Hapssi n'a pas cette peau dorée, lisse et sans défaut. Elle n'a pas ces formes pleines qui affolent les sens ni ce sourire qui annonce un rire joyeux. Hapssi ne s'intéresse pas aux livres comme Faydé. Elle n'écoute pas les actualités et ne s'informe pas. D'ailleurs, Boukar ne sait jamais à quoi elle pense, même quand ils se rencontrent, toujours en présence d'un chaperon, comme l'exigent les convenances. Hapssi sourit toujours timidement et est incapable d'aligner deux phrases, même quand Boukar insiste. Elle n'a pas de passions et ne s'intéresse à rien. Mais elle est presque de sa famille. Elle est de la même appartenance ethnique, partage les mêmes traditions, la même religion. On ne peut en demander plus à une épouse.

Boukar caresse doucement la joue de Faydé, se penche vers elle et souffle :

« C'est bizarre ce que je vais te dire : Hapssi te ressemble beaucoup, et c'en est presque troublant.

— Une fois, tu m'as appelé Hapssi. Tu t'en souviens ? Le jour de la fête. J'étais agacée comme tu ne peux pas savoir. Donc je ressemble un peu à Hapssi ? C'est pour ça que tu es avec moi ? »

Il se lève soudain et boit une gorgée d'eau à même la bouteille posée sur la table de chevet. Il allume la lampe. Faydé s'assied en tailleur sur le lit aux draps immaculés. Il caresse sa main dont la cicatrice est encore rouge.

« Faydé, tu ressembles physiquement à Hapssi. Étonnamment ! Par quel miracle, on ne sait ! Ça arrive. Hapssi est beaucoup plus claire de peau, elle a le teint presque blafard qu'ont certains Peuls. Vous avez les mêmes yeux en amande, la même bouche pulpeuse, les mêmes pommettes hautes, les mêmes cheveux frisés. Mais la ressemblance s'arrête là. Le regard de Hapssi, toujours baissé, n'arrivera jamais à refléter la lumière du soleil autant que le tien quand tu lèves les yeux. Son corps alangui ne sera jamais aussi épanoui que le tien. Tu es un exemple de dynamisme, de courage et d'abnégation. Tu es la générosité incarnée jusqu'au sacrifice. Hapssi ne saura jamais donner. Elle est de celles qui reçoivent. Tu es intelligente, curieuse et capable de réussir ce que tu entreprends. Hapssi n'aura jamais d'autre ambition que celle d'être une épouse oisive et inutile. Faydé, c'est tout ce que j'ai énuméré qui fait la différence entre elle et toi et qui justifie mon amour pour toi. »

Faydé baisse la tête sans rien dire. Boukar conclut, en soulevant son menton du bout du doigt :

« Hapssi est ma fiancée. Celle que je dois épouser pour bien des raisons, ce qui me contrarie de plus en plus. Mais je dois accomplir mon devoir de fils aîné. Pourtant je suis ici avec toi parce que tu es celle que j'aime. Rien ne pourra changer ça et je ne te permets pas d'en douter », finit-il par dire, avant de lui donner un long baiser.

Faydé est heureuse, même si son cœur refuse d'écouter sa raison qui lui répète en boucle cette petite phrase : *Quand on nage dans le bonheur, on doit veiller à rester là où l'on a pied.*

4

Bien qu'elle ne soit pas très en forme, Bintou s'acquitte de ses tâches sans se plaindre, mais sa maîtresse a remarqué sa nonchalance et l'a réprimandée à plusieurs reprises. Elle a même menacé de la renvoyer, si elle ne se concentrait pas davantage sur son travail.

Aujourd'hui, Bintou était tellement distraite qu'elle a laissé brûler la marmite de viande.

« Tu es de plus en plus inattentive et négligente. Bintou, je commence à en avoir marre de toi.

— Je m'excuse. Je ferai attention, Tantine, répond-elle, les yeux dans le vague.

— Va balayer en vitesse la véranda et change la nappe. Mon époux m'a informée qu'il rentrera plus tôt avec un ami. Je préfère m'occuper moi-même de la cuisine. Et fais brûler de l'encens ! »

Bintou s'acquitte machinalement de toutes les tâches qu'on lui demande. Elle se sent fébrile et fatiguée – un état qui ne la quitte plus. C'est à peine si elle entend le père de famille rentrer en bavardant gaiement. Elle s'empresse d'étendre la nappe, ramasse un bout de papier froissé qui traîne par terre, alors que les deux hommes pénètrent au salon.

« Bintou, apporte des jus de fruits et prépare-nous un thé rapidement. »

Elle s'apprête à quitter la pièce quand une voix familière l'interpelle :

« Bintou ? Que fais-tu là ? Tiens, Bello, elle est de ta famille ? »

Sali pose la question en souriant. Bintou, sans un mot, sort précipitamment. Ses craintes les plus obscures viennent de se réaliser : elle a l'impression de vivre un terrible cauchemar.

Voilà des mois qu'elle se torture les méninges pour trouver comment avouer la vérité à son amoureux. Et il vient de la découvrir de la plus cruelle des façons. Elle s'adosse à un coin de la véranda qui jouxte le salon, le cœur battant la chamade. À cet instant, elle a conscience que son sort se joue. Comment va-t-il le prendre ?

« Tu connais cette fille, Sali ? Dis-moi la vérité.

— Rien de méchant, Bello. Tu es mon ami, je n'ai rien à te cacher. Je veux l'épouser. Elle est de ta famille ? Ça facilite les choses. C'est d'elle justement que je voulais te parler. Je ne pensais pas la trouver ici.

— C'est de cette fille que tu voulais me parler ? Sali, tu es mon ami. Je sais bien que tu aimes t'amuser. C'est d'ailleurs normal pour nous, les hommes, puisqu'on ne peut rien faire avec nos fiancées officielles, mais je n'aurais jamais cru que tu descendrais si bas. J'ignorais que tu prenais goût à te frotter aux ordures. Je ne pensais pas que tu affectionnais autant la saleté et la vermine. »

La saleté, la vermine, l'ordure. Les mots se gravent dans le cœur de Bintou et s'accrochent à son âme.

La voix de Bello, plus forte, indignée. Il hurle :

« Cette fille est notre domestique. Elle vient de la montagne. Une *kaado* qui ne s'est même pas islamisée. C'est *ça* que tu veux épouser ? C'est *ça*, la future mère de tes enfants ?

— Bello, elle m'a dit que ses parents étaient de Garoua et qu'elle habitait chez son oncle. Je la connais depuis plus deux ans. Je pensais qu'elle était peule !

— Elle travaille ici depuis plus de trois ans, déclare Bello, agacé. Ces domestiques sont très effrontées. Elle s'est moquée de toi pendant des mois ! Tu ferais mieux de l'oublier sur-le-champ. Il est temps que tu te cherches une véritable épouse. Déjà, quand tu me parlais de cette relation, qu'est-ce que je t'ai dit ? On n'épouse pas sa maîtresse. Une fille de bonne famille ne couche pas avant le mariage. Tu me déçois vraiment. Mon ami qui veut se marier avec ma domestique...

— N'exagère pas, Bello. Je ne savais pas que c'était une domestique, qui plus est originaire de la montagne. Moi avec une *kaado ?* »

Sans chercher à entendre la suite, Bintou file. Sans prendre la peine de dire au revoir à sa maîtresse. Celle-ci apprendra la vérité bien assez tôt.

Quand ses amies rentrent à la concession à la fin de la journée, elles la trouvent dans leur chambre en train de ranger ses affaires.

« Je vais partir, murmure-t-elle, en larmes.

— Bintou ! Que t'arrive-t-il ? la questionne Srafata, très inquiète. Bintou, nous sommes tes sœurs. Ça fait des mois qu'on ne te reconnaît plus ! Tu as changé. Et maintenant, où veux-tu aller ? Chez qui ? Ta mère est décédée. Ton père ne vit plus au village. Dis-nous enfin ce qui te tracasse. »

Alors elle raconte sa rencontre avec Sali, deux ans plus tôt. Au début, elle voulait juste s'amuser, prendre du bon temps, mais aussi se faire de l'argent. Et puis la relation est devenue sérieuse. Une complicité est née entre ce garçon musulman et elle. Une histoire d'amour.

Mais elle s'est enlisée dans ses mensonges. Et elle a cru à la vie qu'elle s'était inventée et qui lui permettait de s'évader d'un quotidien morose. Elle le voyait tous les samedis soir en prétextant que, ce jour-là, son oncle était en voyage. Elle pouvait donc passer la nuit avec lui. Amoureux, Sali l'amenait dans la chambre qu'il occupait à l'extrémité de la concession familiale, en veillant à ce que ses parents ne puissent pas apercevoir la jeune fille. L'amour l'a rendue audacieuse et, pour tenir le rôle de fille de bonne famille qu'elle s'est forgé, elle dérobait à chaque rendez-vous dans la valise de sa patronne un joli pagne qu'elle remettait soigneusement en place dès le lundi. Elle n'hésitait pas non plus à emprunter ses sacs à main, ses chaussures ou ses voiles. Elle observait attentivement les soins de beauté que cette femme coquette, originaire de Kousseri, se prodiguait et les reproduisait en utilisant ses produits cosmétiques.

Jamais Sali n'aurait pu deviner que sa copine qui sentait si bon, était si coquette et qui, à l'aube après une nuit des plus romantiques, s'emmitouflait dans un grand *hijab* pour prier derrière lui, venait des montagnes, qu'elle était chrétienne et, de surcroît, domestique. Il lui avait promis le mariage au début pour la flatter, mais il s'était tellement attaché à elle qu'il avait eu envie de partager vraiment sa vie. Sa demande était donc devenue insistante, sincère.

Dès lors, comment avouer qu'elle ne lui avait raconté que des mensonges ? Il la croyait musulmane, comme lui, elle était prête à le devenir par amour. Mais que faire puisqu'il voulait rencontrer sa famille ? Le mariage est bien l'union de deux familles et elle n'en avait aucune à lui présenter. Elle s'était ainsi retrouvée dans un dilemme qui la taraudait depuis des mois.

« Une saleté, une vermine, une ordure, une *kaado* ont-ils dit ! s'exclame-t-elle en reniflant, les yeux rouges d'avoir pleuré.

— Vous avez été ensemble. Il t'aimait, non ? Qu'est-ce que ça change ? Tu n'aurais pas dû lui mentir autant. À présent, tu devrais le voir au lieu d'essayer de t'enfuir. D'ailleurs, partir pour aller où, Bintou ? » demande, fataliste, Srafata.

Finalement, Bintou est restée car elle n'a effectivement nulle part où aller. Mais elle n'a pas cherché à revoir celui qu'elle aime. Ce dernier non plus ne l'a pas appelée. Il n'a eu aucune peine à l'effacer de sa vie. Elle est incapable de faire de même car, perdue dans ses tourments, elle s'est rendu compte trop tard qu'elle était enceinte. Ce sont ses amies qui le lui ont fait remarquer.

« Tu devrais le lui dire. Tu sais où il habite. Ou alors, appelle-le !

— À quoi bon ? soupire Bintou. Comment faire après ce qui s'est passé ?

— Bintou, un enfant grandit en toi. C'est ton enfant, mais aussi le sien. S'il ne te soutient pas, tu feras comment, dis-moi ? Je t'accompagne si tu veux », la rassure Srafata.

Pour ne pas surprendre Sali, Bintou lui a téléphoné. Il a accepté de recevoir les deux jeunes femmes.

Bintou prend place sur l'une des chaises de la chambre où elle a vécu tant de moments délicieux. Cet homme en face d'elle, qui l'observe d'un air si hostile, est-il le même qui lui susurrait des mots doux à l'oreille ? Celui qui lui a promis tant de choses ? Une larme échappe à son contrôle, roule sur sa joue.

« Bintou, la domestique ! Que veux-tu ? Tu viens chercher du travail ? Tes parents sont à Garoua. Ton oncle est si sévère. Tu ne peux pas sortir. J'espère que ça t'a bien amusée de te moquer de moi !

— Qu'est-ce que ça change si tu m'as vraiment aimée, Sali ? C'est toujours moi. Mes parents ne sont pas à Garoua. Mon père est un homme de la montagne. Je ne suis pas musulmane mais je peux le devenir demain. J'ai menti, c'est vrai. Je ne savais pas que ça deviendrait sérieux entre nous. Je voulais seulement te séduire. Si je t'avais dit la vérité, est-ce que ça aurait été pareil ?

— Évidemment que non ! rétorque-t-il avec un rictus mauvais. Moi, m'amouracher d'une domestique ?

— Alors, le menteur, c'est toi ! C'est toi qui m'as dit que tu m'aimais. C'est toi qui voulais m'épouser. C'est toi qui insistais pour voir mes parents.

— Tes parents qui ne sont pas censés être *haabé* Dis-moi, pour les voir, il faut escalader la montagne ? Ils accueilleront les miens en leur offrant du *bilbil* ? »

Il a lancé cette dernière phrase avec fureur. Bintou se redresse de sa chaise, tout aussi furieuse. Oui, ses parents sont peut-être originaires des montagnes et pauvres, mais ce sont des gens honnêtes. Sa mère a été si douce, si dévouée envers sa famille. Son père a été dévasté de perdre son épouse, qui était son pilier. De quel droit cet homme qu'elle a aimé et dont elle porte le fruit de ce qu'ils ont partagé se permet-il de les insulter ?

« Mon père et ma mère sont pauvres. Ce sont des gens simples, de la montagne et *haabé* comme tu dis, mais ils ont été sincères l'un envers l'autre. Ils ont été unis par l'amour, ce que tes parents musulmans et peuls ne connaîtront jamais. Ton père est trop occupé à épouser toutes les femmes musulmanes et oisives qui passent sous ses yeux, et ta mère... »

Fou de colère, il la gifle. Elle porte une main tremblante à sa joue brûlante, tandis que des larmes de rage l'aveuglent. Ils se dévisagent un moment. Il tremble de fureur devant cette vérité acerbe qu'elle vient de lui infliger. Combien de fois lui a-t-il raconté, dans la douceur du lit, ici même, la frustration de sa mère face aux infidélités de cet époux trop respecté pour être mis en cause ?

« Srafata, allons-y, dit Bintou.

— Bintou..., hésite cette dernière. Tu devrais...

— Rien ! coupe la jeune femme. Je n'ai rien à ajouter. On part !

— J'espère surtout ne jamais te revoir, Bintou. D'ailleurs, je déménage bientôt. Je vais me marier. Avec une fille de ma condition sociale.

— Tu as raison. Qui se ressemble s'assemble ! »

Elle sort de la chambre, la tête haute, déterminée. Tout le long du trajet, elle ne dit pas un mot à Srafata, qui finit par briser le silence lorsqu'elles pénètrent dans leur chambre.

« On était allées pour lui dire...

— Ce n'est plus la peine.

— Le problème est toujours là.

— Il ne le sera pas longtemps.

— Bintou, dit Faydé, qui les attendait. Je sais à quoi tu penses. Ne tente pas de te faire avorter. Tu sais très bien que ça peut être dangereux.

— Mais qui te dit que je veux me faire avorter ?

— Bintou, je vais retourner le voir demain et je vais le lui dire, déclare Srafata. Ce soir, vous étiez trop énervés tous les deux.

— Promets-moi de ne pas le faire, quoi qu'il arrive. Et ne vous inquiétez pas pour moi ! Vraiment je vais bien. Je suis même soulagée d'avoir parlé avec lui.

— Vraiment ? hésite Srafata, sceptique.

— Tu verras. Je n'ai qu'un seul problème : je dois me trouver rapidement une nouvelle place. Aidez-moi. Il me faut une bonne maison », ajoute-t-elle avec un sourire, au grand soulagement de ses compagnes.

Pendant plusieurs jours, Bintou joue le jeu. Elle affiche une mine apaisée, arbore une bonne humeur qu'on ne lui a pas vue depuis des mois. Elle fait sa lessive et reprend chez la femme d'Ibrahima le grand carton dans lequel elle garde tout le trousseau qu'elle se constitue depuis des années. Ce carton est trop encombrant dans leur petite chambre, se plaint Srafata. Mais Bintou éclate de rire et lui promet que ce n'est que pour quelques jours.

« Il y a beaucoup de choses dedans, ajoute-t-elle. Je constituais ce trousseau pour mon mariage avec Sali. Je n'en ai plus besoin maintenant.

— Tu rencontreras quelqu'un d'autre que tu aimeras plus que lui.

— Mais ce trousseau, je veux que vous vous le partagiez. Je ne veux rien garder. Au fait, Srafata, tu vas au marché aujourd'hui ?

— Oui, sûrement. Vers 10 heures.

— Moi aussi, j'irai, s'exclame Faydé. Nenné m'a dit qu'elle voulait m'y envoyer. On ira donc ensemble, Srafata.

— Passez donc me chercher avant de partir », conclut Bintou.

Lorsque, trois heures plus tard, Srafata et Faydé reviennent comme convenu, elles trouvent Bintou dans sa chambre, de l'écume sur les lèvres et un sachet entre ses doigts crispés. Des larmes coulent de ses yeux et elle se tord de douleur.

« Bintou ! hurle Srafata. Que t'arrive-t-il ? Tu as cherché à te faire avorter ? Avoue ! Faydé, vite appelle Ibrahima. Je l'ai aperçu, il est en train de vendre ses fruits au carrefour. Vite ! On doit la conduire à l'hôpital.

— Ce n'est pas la peine. Non, je n'ai pas cherché à me faire avorter. Pourquoi tuer cet enfant que j'aurais aimé tenir dans mes bras ? J'ai tant rêvé de l'avoir… J'ai pris du poison… celui qui sert à tuer les souris. Je n'ai simplement plus envie de vivre. »

Folle de chagrin, Srafata pleure et berce son amie dans ses bras, en attendant Faydé qui ne revient toujours pas.

« Comment as-tu pu faire ça, Bintou ? Pour un homme ? Comment peux-tu me faire ça à moi ?

— Je n'ai plus envie d'être une domestique, murmure-t-elle, d'une voix à peine audible. Ni une *kaado* une vermine… Son mépris… Mourir comme une saleté, une souris… »

5

Bintou est morte.

Non, elle n'est pas simplement morte. Elle s'est suicidée, et ce n'est pas la même chose. Par amour, Bintou a insulté la vie et fait le sacrifice ultime. Elle a osé commettre le pire des blasphèmes, celui qui la bannit de sa propre tribu, au-delà de la mort même ! Bintou ne sera pas célébrée dignement – et même son souvenir sera effacé. Selon les traditions, on évitera de prononcer son nom à jamais. Les ancêtres eux-mêmes ne la reconnaîtront pas et son âme errera pour l'éternité.

Bintou a failli. On lui aurait pardonné d'être amoureuse d'un étranger. On ne lui aurait pas reproché sa grossesse, même si celle-ci n'était pas légitime. On aurait accepté qu'elle abandonne les traditions et embrasse une autre religion. On lui aurait tout pardonné, sauf ce qu'elle a fait !

Ni Faydé ni Srafata ne parvient à cacher la tristesse qui les accable. Comment peuvent-elles oublier Bintou, si pleine de vie, toujours à rire et tellement jolie ? Elles n'arrivent pas à croire qu'elle s'est suicidée, elle qui était la première à mettre en garde Faydé contre le mépris des autres. Bintou s'est suicidée par amour et par désespoir, mais qu'importent les raisons ! Elle a mal agi, laissant ses compagnes dans un chagrin sans précédent.

Faydé n'arrive plus à travailler. Elle se fait souvent réprimander par ses patronnes qui ne supportent pas son apathie. Même Biri lui a fait une remarque ! Il faut qu'elle se ressaisisse et qu'elle se remette au travail, c'est tout ! Ou alors qu'elle abandonne et qu'elle se marie ! a-t-il ajouté.

Se marier !

Faydé le voudrait bien, mais l'homme qu'elle aime prépare son mariage avec une autre. Désormais, elle a l'impression de revivre ce qu'a vécu Bintou, frustration, chagrin, désespoir. Plus que jamais, elle comprend à quel point son amie a dû souffrir.

Depuis cette tragique disparition, elle n'a pas revu Boukar. Il s'est contenté de lui envoyer un long message sur le téléphone qu'il lui a offert lors de leur escapade à Ngaoundéré.

Faydé travaille machinalement et s'accroche désespérément à ses cours. Elle sait que seules ses études pourront la sauver. Sa mère le lui a maintes fois répété, et elle en prend maintenant cruellement conscience. Elle doit continuer envers et contre tout, malgré la difficulté d'obtenir le sésame qui lui permettra peut-être de changer de vie.

Le mois de décembre tire à sa fin. L'harmattan, ce vent qui souffle habituellement pendant le *dabbounde*, la saison froide, tarde à s'installer. Il fait donc plus chaud qu'il ne le devrait. Et c'est la pire des choses pour la culture du mil, qui pourrit sur pied à cause de ces températures trop élevées. Cette année encore, la saison des pluies a été mauvaise, catastrophique même, et on prédit déjà une crise alimentaire. Le prix de toutes les denrées grimpe en flèche, alors que la région s'enfonce de plus en plus dans l'insécurité, le chômage et la pauvreté. Les riches commerçants ne le sont plus vraiment, depuis que les frontières du Tchad et du Nigeria sont fermées. Le marché central est désespérément vide. Il ne s'y traite plus d'affaires et bon nombre des commerçants font banqueroute. Les camions, qui habituellement entrent et sortent de la ville, chargés de marchandises pour traverser les frontières des trois pays de la région, le Tchad, le Nigeria et la Centrafrique, sont immobilisés.

Les domestiques perdent leur emploi car les patrons ne peuvent plus payer. Les filles, désœuvrées, se rendent rapidement compte qu'à défaut de vendre leurs services, elles peuvent vendre leurs corps. La prostitution est peut-être le seul secteur qui fonctionne encore, et le nombre de celles qui s'y adonnent augmente de jour en jour. Cela abaisse le prix de la passe jusqu'à des niveaux dérisoires, et il faut les multiplier pour pouvoir survivre. Les femmes doivent endurer les assauts brutaux des hommes, les coups, les insultes, et même accepter sans se plaindre que le partenaire retire le préservatif sans leur demander leur avis. Elles doivent parfois se résigner à ne pas être payées parce que celui qui a déjà consommé est toujours le plus fort.

Bon nombre des clients sont des militaires démobilisés dans une unité spéciale qui a pour mission de lutter contre le terrorisme ; ils prennent du bon temps dans les bras de prostituées de plus en plus jeunes : douze ou treize ans pour certaines, et elles ont déjà appris le plus vieux métier du monde. À ces filles venues des villages des montagnes, se sont ajoutées des étudiantes de la nouvelle université locale. Ces dernières, instruites, se monnayent plus cher.

Décembre sonne les congés de Noël mais, cette année, Faydé sait qu'il n'y aura ni fêtes ni réjouissances. Que peuvent-elles célébrer quand la plus jolie et la plus rieuse d'entre elles repose désormais dans le cimetière chrétien, derrière l'église, seule dans un trou sommaire sans cercueil ? Aucune d'elles ne peut se réjouir quand le village n'existe plus et que Boko Haram continue à semer la désolation. Les écoles, dans les villages environnants, ont fermé elles aussi, ce qui accroît le nombre de jeunes désœuvrés. On en vient désormais à dire que faire partie de la secte terroriste est un métier comme un autre et de plus en plus de jeunes s'enrôlent. Ce n'est pas par conviction mais seulement parce qu'ils ont besoin d'un travail. Et Boko Haram paie bien !

Faydé est première de sa classe et a été sélectionnée parmi les meilleurs pour présenter le certificat de probation cette année. C'est un examen très difficile, nécessaire pour passer en terminale. Mais cette bonne nouvelle la laisse de marbre.

La voiture de Boukar est garée devant l'école et elle s'y engouffre rapidement. Celui-ci démarre en trombe pour s'engager vers Domayo. Tout en conduisant, Boukar lui prend la main.

« Je suis désolé pour ton amie, Faydé. Mais il faut que tu avances. On vous a remis les bulletins ? Tes résultats sont bons ?

— Oui, ça va. »

Un silence pesant tombe. Pour la première fois, ils n'arrivent pas à se parler. Ils sont tous les deux conscients que l'histoire de Bintou, qu'ils le veuillent ou non, les concerne. Ne vivent-ils pas la même situation ? À cette nuance près qu'il n'y a pas de mensonges entre eux : Boukar sait que Faydé est une fille des montagnes, domestique et chrétienne. Et celle-ci sait qu'il est fiancé à Hapssi et qu'il l'épousera, même s'il lui dit qu'il l'aime, même s'ils se désirent et se donnent l'un à l'autre, presque désespérément, dans cette nouvelle maison où, bientôt, vivra Hapssi.

Boukar s'est arrêté devant ce qui ressemble à un établissement scolaire et Faydé, qui n'a prêté aucune attention à leur itinéraire, lui demande, surprise :

« Je ne connais pas cet endroit. C'est une école ?

— Oui, c'est le campus de l'université de Maroua. Celui qui abrite la faculté des arts, des lettres et des sciences humaines. »

Il descend et l'invite à le suivre. L'endroit est plutôt calme. Quelques jeunes y traînent, certains sont assis sous les grands manguiers et discutent. Il lui prend la main en marchant, sans se soucier des regards.

« C'est un endroit cher pour moi. Quand j'étais plus jeune, ça s'appelait le "collège de l'espoir" et c'est là que la plupart des enfants de bonne famille passaient leur scolarité. J'y ai fait tout mon secondaire. Tu vois le bâtiment à droite ? C'était celui du premier cycle. Celui de gauche, celui du second cycle. Là, sous ces arbres, il y avait la cantine. Des vendeurs y présentaient leurs marchandises et on s'empressait d'y faire un tour pendant les récréations. Il y avait une vieille dame qui m'aimait beaucoup et m'offrait toujours un tas d'arachides en plus du reste. Je me demande ce qu'elle est devenue...

— De bons moments...

— Les meilleurs. Quelle insouciance ! Malheureusement, on ne s'en rend compte qu'une fois que c'est passé ! Au fond, là, ces bâtiments abandonnés abritaient l'internat des garçons. Quand j'étais en premier cycle, le directeur, qui était aussi le maire de la ville, pourchassait les garçons qui passaient trop de temps à discuter avec les filles. On a tous reçu au moins une fois un coup de bâton, dit-il en éclatant de rire. Tu vois plus loin à l'arrière ? Il y a un tombeau.

— Un tombeau ? La tombe de qui ?

— On ne sait pas. Mais on s'asseyait toujours dessus pour discuter. Si la personne qui est enterrée là pouvait nous entendre, elle ne devait pas s'ennuyer... Ici, c'était le terrain de sport. On jouait au football et les filles, le vendredi soir, nous préparaient les *diné* de mangues acides bien pimentées, à condition évidemment que nous ayons grimpé aux arbres pour les cueillir. Et là, c'était le petit *mayo* où on draguait nos copines à l'abri des regards », ajoute-t-il avec un sourire.

Faydé éclate de rire, mais Boukar redevient sérieux et prend ses mains dans les siennes en chuchotant :

« Mon mariage est fixé... dans deux semaines. »

Elle retire aussitôt ses mains.

Elle savait que ça arriverait mais elle ne pleure pas. Bintou a déjà tellement pleuré. Non, elle, elle saura dépasser son chagrin !

« Faydé, tu ne dis rien ? demande-t-il doucement.

— Je n'ai rien à dire.

— Faydé, c'est toi que j'aime, et tu le sais. Mais la tradition ne me permet pas d'annuler ce mariage. Ce serait humilier mon père. C'est une histoire de famille, d'amitié de longue date.

— Je n'ai pas besoin de tes explications, Boukar. »

Elle vient pour la première fois de l'appeler par son prénom et elle ne baisse pas les yeux. Elle aussi a une famille, des traditions. Et, même si ce sont celles des *haabé*, comme on aime à les appeler, son ethnie a un nom, une fierté et des valeurs aussi pures et importantes que celles des Peuls. Surtout, elle aussi a un cœur !

« Faydé, je t'aime et je trouverai un moyen d'être avec toi. Peut-être en te prenant comme deuxième épouse plus tard. On continuera à se voir et à s'aimer. Je ne sais pas. Je vais y réfléchir. »

Elle a déjà tourné les talons. Il la rattrape par la main, l'oblige à s'arrêter :

« Que veux-tu que je fasse, Faydé ?

— Et moi, que veux-tu que je fasse, Boukar ? Dans tous les cas, je ne me suiciderai pas comme Bintou.

— Je ne suis pas un salaud comme Sali ! » s'exclame-t-il, en colère.

Elle le considère un instant avant d'éclater douloureusement de rire.

« Bien sûr ! Tu es tellement différent de lui ! Ce n'est pas la même histoire, n'est-ce pas ?

— Ce n'est pas la même chose !

— Vous êtes exactement pareils. Tous ! lance-t-elle, avec mépris. Va épouser Hapssi. Elle est de la même communauté et de la même religion que toi. C'est elle qui te convient. Moi, je ne suis qu'une *kaado* et la domestique de votre famille.

— Tu es injuste, Faydé !

— Et toi, tu es juste, Boukar ! »

Il baisse la tête sans répondre, pendant que Faydé s'éloigne. Le décès de Bintou est la goutte d'eau qui a fait déborder le vase. Elle a désormais pris conscience de sa condition sociale et n'en a plus honte, contrairement à son amie. Elle ne pleurera pas, même si son cœur est brisé. Elle ne criera pas, même si elle meurt d'envie de hurler de rage.

« Je t'aime, Faydé, même si tu ne me crois pas.

— Ton amour ne va pas au-delà de tes considérations égoïstes et tribalistes. Tu n'es même pas capable d'être sincère envers toi-même.

— Moi, égoïste ? Et tribaliste ? Si je l'étais, je ne serais pas avec toi.

— Sommes-nous ensemble, Boukar ?

— On s'est aimés. Tu ne peux pas balayer ça !

— Je n'en reste pas moins à tes yeux une *kaado* chrétienne et domestique », dit-elle en arrêtant une mototaxi.

Sans plus un regard pour lui, elle l'enfourche avant de disparaître dans un nuage de poussière.

Dans la chambre qu'elle partage à présent seulement avec Srafata, elle se confie d'un air tranquille, sous le regard étonné de son amie, assise sur le matelas et occupée à défaire ses tresses.

« J'ai une liaison avec Boukar, mais il se marie bientôt avec Hapssi. Ne t'inquiète pas, je ne suis pas Bintou, je ne me suiciderai pas pour ça ! Je ne me laisserai pas détruire par l'amour et le désespoir. Je suis triste, bien sûr, pas besoin de te mentir. Mais je ne regrette pas de l'avoir aimé et d'avoir partagé cet amour avec lui. Pourtant, j'ai rompu, ce soir. Et je ne veux plus en parler ! »

Tout d'abord, Srafata ne dit rien et continue de se coiffer, puis elle se met à parler à son tour.

« Mon nouveau copain m'a quittée. Ça n'a pas marché du tout entre nous, même si je l'aimais bien. Il est brutal, jaloux. Donc ça vaut mieux ainsi. Mais ça fait trois mois que je n'ai pas reçu mon salaire. C'est difficile dans la maison où je travaille. Les affaires ne marchent plus. Je n'arrive plus à soutenir ma mère, qui déprime de plus en plus. Elle n'arrive pas à faire le deuil de ma cousine. Je suis fatiguée, lasse, et je me prostitue. »

Les deux jeunes filles se dévisagent, soulagées de s'être confiées l'une à l'autre. Chacune est parvenue à évoquer ses secrets face à une amie qui ne les jugera pas. Le décès de Bintou leur a appris qu'en partageant leurs peines et leurs doutes, elles se libèrent d'un poids insupportable. Si Bintou avait parlé, peut-être serait-elle encore là. Mais le temps des regrets est passé. Il leur faut avancer et survivre, envers et contre tout.

6

« Je dois te parler. Tout de suite !

— Je n'ai rien à te dire.

— Moi, si ! Tu n'as qu'à te contenter d'écouter ! », s'exclame Boukar en la prenant par la main.

Il est encore tôt. Faydé se préparait à aller travailler lorsque Boukar a fait irruption dans la petite maison des domestiques. Il a les traits tirés, porte les mêmes vêtements que la veille, quand elle l'a abandonné en plein milieu du campus. Il a passé la soirée à tenter de la joindre et elle a fini par éteindre son téléphone, excédée.

Srafata, qui vient également de sortir de la chambre, fait remarquer à Faydé :

« Si tu veux que toutes les conversations du quartier tournent autour de toi, eh bien, continue à rester là !

— Je dois aller travailler. On se verra ce soir ! déclare Faydé.

— Non, je dois te parler tout de suite. Je ne peux pas attendre ce soir, rétorque Boukar.

— Vas-y, Faydé, intervient Srafata. Je passerai à ton travail et trouverai une excuse jusqu'à ce que tu reviennes. »

À contrecœur, Faydé suit Boukar.

Ce dernier a un visage fermé qu'elle ne lui connaissait pas. Elle n'a aucune envie d'engager une nouvelle discussion avec lui car elle sait pertinemment qu'il n'y a pas d'issue. Que peut-il lui dire qui puisse changer les choses ? Il a garé le véhicule en face de la maison, ce qu'il ne fait jamais.

Le quartier s'anime déjà. Boukar ne semble pas décidé à se dérober aux yeux de ceux qui pourraient l'apercevoir avec une domestique. Il ouvre la portière, la fait monter et démarre en trombe.

Il roule vite et finit par s'arrêter devant chez lui. Il klaxonne nerveusement. Un gardien s'empresse de venir ouvrir le portail.

En pénétrant dans la pièce où elle a passé de merveilleux moments, Faydé refoule aussitôt ses larmes : bientôt, ce sera la maison de Hapssi. Mais elle ne pleurera pas, elle se l'est promis – à elle-même et à Bintou. Elle s'assied calmement sur le canapé, décidée à ne pas se laisser faire.

« Je n'ai pas fermé l'œil de la nuit. Je t'ai appelée et tu n'as pas répondu, commence Boukar, furieux. À quoi tu joues, Faydé ? Je t'ai laissé des messages en vain.

— Je n'ai rien à te dire de plus. Depuis hier, la conversation est close.

— Je t'aime et tu le sais, dit-il en se laissant tomber sur une chaise. Je peux comprendre que tu sois triste, mais tu savais bien que je devais épouser Hapssi.

— T'ai-je empêché de l'épouser ?

— Pourquoi alors cette scène hier ? Mon mariage ne changera rien à notre relation » ajoute-t-il, radouci.

Faydé esquisse un sourire amer. Elle s'attendait à tout, sauf à cette proposition qu'il est en train de lui faire et qui la met encore plus en rage.

« Boukar, tu es en train de me dire que tu vas te marier, mais que tu espères que je serai ta maîtresse ? C'est comme ça que tu conçois le mariage ?

— Non. Je vais me marier, mais c'est toi que j'aime, et je trouverai le moyen d'être avec toi puis, plus tard, de t'épouser aussi. Tu connais les raisons de mon mariage avec Hapssi.

— Je n'ai aucune envie de t'épouser après elle ni de te partager.

— Je n'ai pas fermé l'œil de la nuit depuis que tu m'as comparé à Sali. Tu m'as accusé d'avoir honte de toi. Ce n'est pas vrai et je ne le supporte pas », poursuit-il, ignorant sa dernière remarque.

Il se relève et lui tourne à présent le dos. En voyant les légers soubresauts qui agitent ses épaules, elle comprend qu'il pleure. Elle ne bouge pas et se mord les lèvres pour les empêcher de trembler. Plusieurs minutes s'écoulent avant qu'elle ne reprenne tristement :

« Je n'ai pas besoin de tes excuses. Et ta proposition ne m'intéresse pas. Si tu épouses Hapssi, tu devras m'oublier.

— Si tu m'aimais sincèrement, tu ne dirais pas ça. Je cherche des solutions. Que veux-tu que je fasse, Faydé ?

— Je veux juste que tu me laisses tranquille. Je ne suis pas assez bien pour toi. Je ne suis pas Hapssi !

— Je n'ai pas honte de toi, Faydé. C'est toi-même qui te sens inférieure et qui as honte de ce que tu es, rectifie-t-il, ajoutant un instant plus tard d'un ton doux : Je ne sais pas quoi faire, mon cœur, crois-moi, mais je t'aime et je ne te permets pas d'en douter. »

Il s'assied à ses côtés. Un silence pesant envahit le salon. Tous deux sont perdus dans leurs pensées. Boukar, sans un mot, se rapproche et passe ses bras autour d'elle. Sans un mot, Faydé niche sa tête dans le creux de son épaule dans un geste familier.

Le gardien frappe à la porte pour servir le petit déjeuner.

À la fin de la matinée, Boukar reçoit un coup de fil. À son ton calme et respectueux, Faydé comprend qu'il parle à son père. Il conclut en disant qu'il arrive, caresse au passage la joue de la jeune fille et se lève.

Il prend une douche, s'habille d'un boubou blanc, couvre sa tête d'une chéchia de la même couleur. Son parfum frais envahit la pièce, sans que la jeune fille esquisse le moindre geste. Il retourne s'asseoir près d'elle.

« Mon père veut me parler de toute urgence, je sais que ça doit être grave. Il semble préoccupé. Je dois y aller. Il m'attend à son bureau. Tu veux bien rester ici jusqu'à mon retour ?

— Non, je dois y aller aussi.

— On se voit ce soir ?

— Non. »

Il ouvre la bouche comme pour ajouter quelque chose, mais renonce devant le visage fermé de Faydé. Il se contente alors de lui proposer de la déposer chez elle.

« Je vais chez ma mère, répond Faydé. Ce n'est pas loin. Je prendrai une moto.

— Comme tu veux. On en reparlera quand tu seras plus calme. On trouvera ensemble la meilleure solution. Je te le promets. »

Elle a soudain un énorme besoin de voir sa mère et de se confier à elle, de déverser ce trop-plein d'émotion et de chagrin qui lui enserre le cœur. Elle regarde la voiture s'éloigner.

Quand elle arrive sur la petite colline où sa mère concasse les pierres, Faydé reste longtemps à l'observer. Quel modèle de courage et d'abnégation ! Un marteau à la main, assise dans son vieux pagne, Kondem frappe les pierres, les réduit en gravier qu'elle rassemble en petits tas. Plusieurs autres femmes font la même chose en devisant gaiement. À les voir discuter avec autant d'animation, on n'imagine pas leur fatigue. On ne devine pas à quel point leurs mains sont abîmées. Des enfants jouent autour d'elles dans une cacophonie joyeuse et se courent après dans la poussière, pieds nus, sans avoir peur de se blesser sur les cailloux tranchants. Avec son pagne propre, ses cheveux bien tressés, ses sandales, Faydé détonne dans cet environnement poussiéreux.

Quand sa mère l'aperçoit, elle interrompt son geste et dépose le marteau à côté d'elle.

« Faydé ? Tout va bien ?

— Mais oui, Dada, tout va bien. Je suis juste venue te voir ! dit-elle d'une voix douce.

— Regardez, c'est ma fille Faydé, dont je vous parle souvent. On va aller un moment à la maison. Vous, les garçons, restez là et surveillez bien votre petite sœur. Je reviens », ajoute Kondem en s'adressant fermement aux enfants qui voudraient les suivre.

La petite s'approche de Faydé et tire sur son pagne. Quand celle-ci se penche vers elle, elle lui demande timidement :

« Tu ne m'as pas rapporté des bonbons aujourd'hui, Faydé ?

— Tiens, regarde, dit la grande, en sortant des pièces de son porte-monnaie. Tu peux aller en acheter avec ton frère. »

Dans la chambre où sa mère la précède en lui racontant son quotidien, Faydé s'assied sur la natte et baisse la tête, tout en faisant mine de suivre les joncs tressés du bout des doigts. Kondem, qui n'a cessé d'observer sa fille depuis son arrivée, sait qu'elle a un souci. Inquiète, elle demande :

« Faydé, dis-moi ce qui se passe. J'ai bien remarqué que tu avais changé. Tu as perdu ton emploi ?

— Non. Je travaille toujours à la même place.

— Tu as des soucis ?

— Si je te le dis, tu seras déçue et même fâchée contre moi – peut-être.

— Tu devrais me le dire quand même », avoue Kondem, le cœur battant.

Elle-même ne s'est-elle pas réfugiée auprès de sa mère pour lui avouer son secret, il y a longtemps ?

« Tu es enceinte ! s'exclame-t-elle, alors que le silence s'éternise.

— Je ne suis pas enceinte ! » affirme Faydé en relevant la tête.

Un soupir de soulagement s'échappe de la poitrine serrée de Kondem, mais Faydé continue :

« Je ne suis pas enceinte, mais j'aime quelqu'un. Un type de la ville. Un musulman. Un Peul. Je l'aime, tout simplement.

— Et lui, il t'aime ?

— Il dit qu'il m'aime.

— Dans ce cas...

— Mais il va épouser une autre fille. Une fille que son père lui a choisie. Avec des liens de famille compliqués. Une fille de même condition sociale que la sienne.

— Je comprends ta peine, Faydé. Mais à quoi pouvais-tu t'attendre ? »

Faydé n'a pas avoué à sa mère que cet amour avait été consommé et celle-ci ne lui a pas posé la question. Elle a pleuré longtemps. Kondem s'est contentée de lui dire que ça passerait. C'est son premier chagrin d'amour et ce ne sera très probablement pas le dernier !

7

Faydé est retournée travailler le cœur lourd. Elle s'est vite rendu compte que des regards appuyés la suivaient depuis un moment. On chuchote à son passage, on la dévisage. Toute à son chagrin, elle ne s'est pas posé plus de questions. Elle se contente d'accomplir ses tâches en silence et retourne à sa chambre, sitôt qu'elle a terminé.

Dans la concession, l'ambiance est assez morose.

Nenné s'est rendue pour quelques jours à son village, comme elle a l'habitude de le faire. Ayya n'a toujours pas décoléré à l'idée de l'arrivée prochaine de la nouvelle coépouse, dont l'appartement est prêt désormais. Dans la perspective de ce nouveau mariage, des membres de la famille sont arrivés et la plupart des femmes se sont installées dans l'appartement de Nenné.

Diddi, quant à elle, a l'air soucieuse et Faydé comprend que c'est le mariage imminent de Hapssi, et non celui de son époux, qui la préoccupe. D'ailleurs, la jeune fille est venue voir sa tante et s'est enfermée avec elle dans sa chambre. Quand elle en est ressortie, Faydé a remarqué ses yeux rougis et enflés. Hapssi a pleuré. Faydé se sent presque coupable.

Comme à son habitude, après avoir fait la cuisine, elle s'assied sur le talus dans la cour. Biri, qui ne sourit plus guère ces derniers temps, lui chuchote, tout en arrosant les plantes :

« Alors c'est vrai ce qui se raconte ?

— Quoi donc ?

— Tu as une liaison avec le professeur ? »

Alors qu'elle ouvre la bouche pour répondre, stupéfaite, celui-ci ajoute :

« Ses parents sont au courant. Toute la ville en parle. Dans cette maison, on sait juste qu'il a une liaison avec une domestique mais sans savoir que c'est toi. Mais, moi, je ne suis pas bête. Je vous observe depuis un bon moment. J'ai tout de suite compris que c'était toi. Tu es folle ou quoi, Faydé ?

— Je sais. Mais ce n'est pas ce que tu crois.

— Tu sais que Diddi est la tante de cette fille ? Tu sais que Boukar est le fils de cette famille ?

— Oui, fait-elle en chuchotant elle aussi. Je comprends à présent pourquoi elle a pleuré tout à l'heure dans la chambre de sa tante. Oh, mon Dieu, Biri ! Que dois-je faire ?

— Il fallait y penser avant. Tu ferais mieux d'arrêter ce travail et de disparaître.

— Le mois s'achève dans quelques jours. Il me faut mon salaire avant de décider. Comment je ferai sans ça ?

— Il fallait y réfléchir avant de te mettre dans cette situation ! la coupe sèchement Biri. Je t'avais pourtant avertie. »

Faydé n'a pas revu Boukar depuis plusieurs jours et s'est dit simplement qu'il préparait son mariage. Elle comprend à présent qu'Alhadji Bakary a appris la relation de Boukar avec une domestique et qu'il est prêt à annuler le mariage de sa fille avec lui. C'est probablement la raison du coup de fil du père de Boukar, le matin où ils étaient ensemble, et du ton grave que ce dernier avait pris juste après.

« Mais comment l'ont-ils appris ? » s'interroge-t-elle à mi-voix, avant que Biri ne lui réponde, furieux :

« Mais tu es bête ou quoi, Faydé ! Tout se sait dans cette ville. Surtout une relation pareille. Tu es montée dans sa voiture. Il est allé te chercher plusieurs fois à ton école et, pire que tout, tu es allée dans sa maison. La maison où il doit se marier, Faydé ! Ceux qui ont besoin de savoir savent toujours. Et ce genre d'informations, pour tous les courtisans qui fréquentent la cour d'Alhadji Bakary, est un moyen de grappiller quelques billets. À cause de toi, nous voilà tous dans le collimateur de ce riche ! Et si, à cause de toi, ce mariage est annulé, ne pense pas que tu vas t'en tirer à bon compte. Ces gens ne supportent rien moins que le mépris. Tu savais très bien que ce Boukar était fiancé à la nièce de Diddi. Tu es dans cette maison et tu n'as même pas pris la peine de te cacher. Diddi connaît l'histoire mais n'a pas encore fait le rapprochement avec toi. Évidemment, ça ne lui est pas venu à l'esprit. Cette femme est bonne avec nous et tu l'as trahie !

— Je n'ai trahi personne. Je l'aime. Ce n'est pas juste pour m'amuser.

— Tu l'aimes, hein ! fait Biri en éclatant d'un rire narquois. Eh bien, tu seras seule à payer le prix de cet amour-là.

— On ne parle que de ça, Faydé ! ajoute Srafata, qui vient d'arriver et qu'ils n'ont pas vue s'approcher. Ibrahima t'attend tout de suite à la maison. Il est fou de rage. Je vais aller chercher nos mères. Au cas où… Elles vont le calmer.

— Voilà : quand je disais que tu vas payer ! » crache amèrement Biri.

Lorsque Faydé pénètre accompagnée de Biri dans la concession où elle vit depuis trois ans, elle trouve Ibrahima qui trépigne de colère.

« Comment as-tu pu faire ça, Faydé ? Tu sais à qui appartient cette maison ? Tu as trahi tout le monde. Si je ne me retenais pas… Alhadji Bakary veut te voir. Tout de suite !

— Pourquoi ? répond Faydé d'une voix effrayée. Cette histoire avec Boukar est terminée. Il n'y a plus rien, il va épouser Hapssi !

— Évidemment qu'il épousera Hapssi ! Mais, à cause de toi, on va tous se retrouver à la rue. Tu imagines les conséquences pour moi si on se rend compte que je t'ai hébergée et que toute cette histoire est arrivée ici, dans cette maison ? On va aller les voir et tu diras qu'il n'y a plus rien entre vous. Invente ce que tu veux comme excuse. Et tu vas leur demander pardon ! C'est tout ! Immédiatement,

Faydé ! Ensuite, tu quitteras cette maison, en espérant que cette affaire s'arrête là !

— Je l'accompagne, décide Kondem.

— Et pourquoi ça ? demande Ibrahima, les yeux brillants de colère. Il veut voir Faydé. Pas ses parents !

— C'est ma fille. Je vais m'excuser pour elle. Je vais calmer les choses. Bien sûr qu'ensuite Faydé quittera la maison et son emploi ! ajoute-t-elle calmement.

— Vous autres, commencez à préparer vos affaires, ordonne Ibrahima en se tournant vers Srafata. Je connais Alhadji Bakary. Hautain, orgueilleux et surtout rancunier. Il faudrait une chance extraordinaire pour qu'il nous laisse encore vivre dans cette maison. »

Le cœur de Faydé bat la chamade, même si la présence de sa mère la réconforte un peu. Elles attendent debout devant la véranda, pendant qu'Ibrahima est entré dans le grand duplex d'Alhadji Bakary. Des éclats de voix leur parviennent. Faydé serre plus fort la main de sa mère, qui garde étonnamment son calme et ne semble pas perturbée.

Ibrahima, le visage encore plus sombre, les fait entrer quelques instants plus tard. Deux hommes d'un certain âge sont assis sur les grands canapés en cuir. Boukar est là aussi, dans un coin, le visage fermé, la tête basse. À sa vue, le cœur de Faydé fond. Les hommes les considèrent d'un air méprisant, tandis qu'Ibrahima, donnant le ton, s'assied sur les carreaux et s'excuse déjà de tout ce malentendu.

À la grande surprise de Faydé, Diddi entre aussi par la porte arrière, derrière les gros rideaux, suivie par Hapssi. Elles marquent un arrêt, stupéfaites de voir Faydé, puis s'installent sur les chaises, plus loin, sans un regard pour elle. Hapssi a le visage fermé et ses yeux brillent de colère.

« C'est donc elle, la jeune domestique avec qui il paraît que tu fricotes, Boukar ? Je t'ai donné ma fille car, entre ton père et moi, existe une relation de confiance et d'amitié de longue date, qui remonte à bien avant votre naissance. Une relation familiale également, puisque ton oncle est marié à ma sœur Diddi. Si tu ne voulais pas de Hapssi, tu pouvais simplement nous le dire. Hapssi n'est pas une laissée-pour-compte. Elle a beaucoup d'autres prétendants. »

Boukar se tait, la tête toujours penchée, mais, à la manière dont il serre les poings, on devine une violente colère qu'il a bien de la peine à contrôler. Et pourtant il a appris la maîtrise de soi, règle fondamentale de son éducation. Quel que soit le jugement de ce tribunal improvisé, il ne faillira pas et ne manquera pas de respect envers ses aînés. Il encaissera tous les reproches, admettra ses torts. La fureur de son père qui, il y a quelques jours, lui a reproché de l'avoir humilié est déjà pour lui la pire des punitions. Son père l'a élevé avec dignité et respect et lui a donné tout ce dont il avait eu besoin pour s'épanouir. Il ne supporte pas l'idée de l'avoir blessé.

« Bakary, je suis confus pour cette histoire, même si ce n'est pas en réalité un problème, déclare le père de Boukar. Cette fille n'est qu'une domestique, une *kaado*. Ce n'est certainement pas une relation sérieuse. Peu importe ce qui s'est passé, ça ne se reproduira pas. Maintenons le mariage à la date fixée. Tout bonnement. Discuter d'un sujet aussi honteux ne nous honore pas.

— Père, Boukar m'a méprisée, je ne veux plus l'épouser, intervient Hapssi. Il a eu une relation avec une domestique. Celle de ma tante, en plus ! J'ai tellement honte.

— Personne ne t'a demandé ton avis, Hapssi ! la coupe sévèrement Diddi.

— Le mariage est maintenu à la date prévue ! » décrète d'un air hautain et autoritaire Alhadji Bakary.

Sans y être invité, Ibrahima prend la parole d'un ton mielleux.

« Elle s'excuse, Alhadji. C'est juste un malentendu. Cette fille est de notre village. Sa mère, qui est là, lui a déjà reproché sa légèreté. C'est une histoire banale. Ce sont les gens qui ont dramatisé et raconté n'importe quoi. D'ailleurs, elle va quitter la maison et rentrer au village... »

La maison est bien la seule chose qui intéresse Ibrahima et, pour pouvoir la conserver, il est prêt à toutes les concessions, à tous les compromis. Il est surtout prêt à se débarrasser de Faydé afin que les autres puissent rester. Il pense à eux, certes, mais il pense surtout au pécule que ces derniers lui versent et à cette position de confiance qu'il refuse de perdre pour une simple histoire de coucheries. Une histoire qui n'aurait jamais dû s'ébruiter ni le mettre, lui, dans une position aussi inconfortable. Il a travaillé pendant des années pour mériter cette situation de fils adoptif, d'homme de main de confiance.

« Il m'a quand même méprisée, père. Avant le mariage ! Que fera-t-il après ? lance Hapssi, qui est enfin parvenue à vaincre sa timidité pour parler à son père.

— Boukar s'est déjà excusé et il ne s'est rien passé de grave, souligne le père de Boukar. Hapssi, ma fille, ne t'attache pas à ce qui s'est passé ! Oublie ça vite ! Pour moi !

— On ne discute pas avec les domestiques et on n'est pas en concurrence avec ceux qui ne nous arrivent pas à la cheville, Hapssi ! tranche sévèrement Alhadji Bakary. Une *kaado-meere !* Cette fille ne représente pas une menace pour toi. Elle ne le sera jamais. Et je suis déçu que tu aies l'impudeur de la considérer comme une possible rivale. »

Faydé baisse la tête et les larmes qu'elle retient avec peine se mettent à couler. Elle sait qu'elle ne peut pas être une rivale aux yeux d'une fille comme Hapssi, une fille de bonne famille qui a ses parents pour s'occuper d'elle, une fille née avec une cuillère en argent dans la bouche et à qui la vie offre tout ce qu'elle désire.

Devant les larmes de sa fille, Kondem enrage. Elle n'y tient plus.

Elle se lève et, furieuse, lance d'une voix forte :

« Cette *kaado*, cette moins-que-rien qui n'est pas une personne, a un nom : Faydé ! Cette fille qui n'arrive pas à la cheville de Hapssi, cette *kaado-meere* qui n'est pas suffisamment femme pour que ta fille se sente menacée… eh bien ! Regarde-la bien,

Alhadji Bakary. Parce qu'elle est aussi ta fille ! Et tu sais très bien quand et comment elle est venue au monde. Et tes épouses le savent aussi, et ta sœur ici présente le sait également. Maintenant, Boukar, tu vas épouser Hapssi, et tu auras comme belle-sœur une *kaado* meere ! Faydé, lève-toi. On s'en va d'ici. »

Kondem vient enfin de se libérer du fardeau qu'elle porte depuis près de vingt ans. Avec fierté et sous les regards stupéfaits et éberlués de l'assemblée, elle entraîne sa fille d'un geste ferme.

Alhadji Bakary n'a qu'à faire ce qu'il voudra ! pense-t-elle.

Que pourrait-il faire de pire que ce que la vie leur a déjà infligé ?

8

Alhadji Bakary peut faire bien pire que ce que Kondem pourrait imaginer, même dans ses plus vilains cauchemars. Cet homme orgueilleux n'a jamais laissé passer une insulte ou une humiliation sans réagir. Il ne peut accepter qu'on salisse, même de loin, sa réputation. Il est prêt à toutes les dépenses, toutes les corruptions, et à user de toute son influence pour infliger à ceux qui le défient le plus mauvais traitement. Il fera toujours payer l'opprobre qu'on osera jeter sur sa personne.

Nombreux sont ceux qui en ont fait l'expérience. D'anciens employés accusés d'avoir détourné ses biens, avec ou sans preuve, des clients mauvais payeurs ou même son chauffeur, négligent avec sa voiture neuve, croupissent en prison depuis des années, dans l'attente d'un jugement qui ne viendra jamais. Alhadji Bakary s'assure à coups de billets de banque que les dossiers de ceux qui ont osé le contrarier ne se retrouvent jamais sur la table du procureur. Il n'y aura ni jugement ni libération.

Kondem a créé un scandale et révélé devant témoins les turpitudes de cet homme qui refuse de reconnaître ses torts. Elle a osé jeter à la face d'Alhadji Bakary que lui, l'un des hommes d'affaires les plus respectés de la ville, Peul sans reproche, qui fait chaque année le pèlerinage à La Mecque, marié aux plus belles femmes de Maroua, a violé sa domestique et l'a mise enceinte. Elle a aussi déclaré que la jeune domestique aujourd'hui sur le banc des accusés pour avoir aimé le fiancé de la fille d'Alhadji Bakary est également sa fille ! Elle a dévoilé devant sa famille l'inacceptable. Et Alhadji Bakary ne la laissera jamais s'en tirer la tête haute : il lui fera payer son insolence. C'est ce qu'Ibrahima, qui suit Kondem en compagnie de son amie Sadjo, lui fait comprendre :

« Alors c'est vrai ? Faydé est sa fille ?

— Bien sûr que c'est vrai, Ibrahima ! le coupe Sadjo. Nous le savons tous. Tu étais là, non ? Quand Kondem est revenue au village enceinte.

— Je ne m'en souviens pas. Mais ce n'est pas le plus important. Tu n'aurais jamais dû le lui dire en face, comme cela, devant son ami, sa fille et son futur gendre. Qu'est-ce que tu espères ? Qu'il accueille ta fille ? Ce type est dangereux !

— Que peut-il bien me faire de plus ? Il a déjà gâché ma vie. Mais je ne pouvais pas supporter son mépris envers ma fille. Qu'il prétende que Faydé n'est pas une femme dont sa fille Hapssi puisse être jalouse ! J'ai perdu mon calme », reconnaît Kondem posément.

Ibrahima la considère tristement.

« Tu as été stupide, Kondem. Au bout du compte, ta fille tient de toi. Alhadji Bakary peut décider de t'éliminer ou de faire disparaître Faydé. L'année dernière, une de ses filles était amoureuse d'un jeune Tchadien, alors qu'il avait décidé de la donner en mariage à un autre. L'amoureux a passé cinq jours en cellule où il a été torturé, avant d'être refoulé dans son pays, et la fille s'est retrouvée mariée la semaine suivante. Il a accusé un de ses employés de détournement d'argent et, quand ce dernier a refusé d'avouer, Alhadji Bakary a envoyé des bandits agresser son épouse chez elle, détruire toutes ses affaires, lui raser la tête et violer ses filles. Il peut commettre les pires atrocités et n'a aucune pitié. Et là, ce sont juste des exemples que je te donne ! Je pourrais t'en citer des milliers ! Rien ne peut lui arriver dans ce pays !

— Dis donc, Ibrahima, le parrain que tu respectes tant n'est qu'un voyou, malgré toute sa fortune, dit Sadjo. Tu es pourtant chez lui depuis des années. Tu t'es même converti pour lui.

— Ce n'était pas pour lui ! C'était pour moi. Et même si c'est quelqu'un de foncièrement méchant, on peut quand même profiter de certaines choses. Combien de personnes ont résidé dans la maison qu'il m'a laissée ? Faydé et Srafata ne vivent-elles pas ici depuis des années ? Vous étiez toutes bien contentes d'avoir ce refuge, et aujourd'hui vous osez me le reprocher ? Voilà à quoi ça rime de venir en aide aux autres !

— On est reconnaissantes bien sûr, Ibrahima.

— Je vais retourner le voir et m'excuser pour toi, Kondem. Mais le connaissant, il ne va certainement pas s'arrêter là. Tu ferais mieux de quitter la ville au plus vite avec ta fille. Mais je ferai ce que je pourrai », ajoute-t-il.

Kondem a écouté sans sourciller la mise en garde d'Ibrahima. Elle réalise à quel point elle a été impulsive, mais elle est prête à l'assumer. À certains moments, une inquiétude sourde la submerge, et en même temps elle se sent légère comme elle ne l'a pas été depuis des années. Elle s'est enfin libérée du lourd secret qui l'oppressait.

Après le départ d'Ibrahima et de Sadjo, Faydé, chez sa mère, s'est jetée sur le matelas et a pleuré toutes les larmes de son corps, sous le regard étonné de ses frères. Une fois qu'elle s'est calmée, sa mère lui a simplement tendu un verre d'eau et a poussé devant elle une petite assiette de riz.

« Tu devrais manger un peu, Faydé. Demain est un autre jour.

— Comment as-tu pu me le cacher ?

— Que voulais-tu que je te dise ?

— Tout !

— Tu n'avais pas l'âge de comprendre et, quand tu en as eu l'âge, on avait d'autres préoccupations », répond Kondem.

Puis elle se tait un instant avant d'ajouter d'un air songeur :

« Je n'avais pas besoin de te le dire, Faydé. Sincèrement, à quoi bon ? J'ai travaillé trois ans dans sa maison. Il n'était pas aussi riche qu'aujourd'hui, mais il était déjà hautain et méprisant. Ce jour-là, j'étais en train de nettoyer son appartement. Son épouse était absente, il avait décidé de me prendre et il m'a prise. Je suis tombée enceinte et je n'ai pas avorté, contrairement à d'autres. Ta grand-mère a décidé que tu t'appellerais “Trouvaille”, *Fayderé*. Elle t'aimait plus que tout.

— Je m'en souviens, dit Faydé avec un sourire triste. Mais toi, tu as dû souffrir à cause de moi. Tu as dû me détester tant je te rappelais...

— Jamais de la vie. Pas un seul instant je n'ai fait le lien entre ce sale type et toi. Tu es ma fille et je t'aime plus que tout au monde. Pour moi, Doubla est ton père. C'est lui qui t'a acceptée. Il t'aime autant que ses propres enfants. Et nous formons une famille heureuse. Un père n'est pas forcément un géniteur. C'est surtout celui qui aime et protège.

— Oui, c'est vrai.

— Je n'ai pas révélé ce secret dans l'espoir de quelque chose, et tu ne dois pas en attendre quoi que ce soit, Faydé. Ils ne t'accepteront jamais et tu n'as pas besoin qu'ils t'acceptent. Oublie ce Boukar ! Laisse-les dans leur monde, où nous n'avons pas notre place et où nous n'aurions de toute façon rien à faire.

— Je l'aime, Dada !

— Même s'il t'aime aussi, sa raison l'emportera sur son amour. Tu verras, tu l'oublieras rapidement. Tu rencontreras un autre homme qui te considérera et te respectera. »

Mais, même si elle garde son calme et s'efforce de rassurer sa fille tant bien que mal, Kondem sait que cette histoire ne passera pas sans souci.

À la nuit tombée, Boukar, accompagné de Biri, est venu, à la grande surprise de Faydé qui ne s'attendait pas à le voir.

Il salue poliment Kondem et va s'asseoir sans façon sur la natte.

« Tu n'as rien à faire ici, Boukar. Ta présence va nous valoir encore plus de soucis, lui dit aussitôt Kondem.

— Mère, nous n'avons rien fait de mal. J'aime sincèrement Faydé.

— L'amour seul ne suffit pas, et tu le sais. Tes parents te l'ont bien fait comprendre tout à l'heure. Raccompagne-le, Faydé, et ne t'attarde pas », ajoute-t-elle fermement.

Biri attend auprès d'une moto.

« Pourquoi es-tu venu, Boukar ? Veux-tu absolument nous créer encore plus d'ennuis ?

— Qu'allons-nous faire, Faydé ? » demande-t-il, en baissant la tête.

Elle l'observe un moment puis, sans répondre, tourne les talons et s'en va.

Il ne bronche pas et la regarde s'éloigner.

Le lendemain, alors que Kondem concasse les pierres, absorbée par sa tâche, elle ne voit pas la voiture de la gendarmerie qui se gare au pied de la montagne. C'est seulement lorsqu'un homme en tenue prononce son nom d'une voix forte qu'elle comprend que ses ennuis ne font que commencer.

Les ressortissants du village sont inquiets et se mobilisent. Ils ont tous donné les petites économies qu'ils avaient. Kondem a été arrêtée. On l'a menottée et conduite à la gendarmerie. Alhadji Bakary a porté plainte pour diffamation et grassement payé pour qu'elle ne puisse pas retrouver la liberté.

Deux jours se sont écoulés sans que la pauvre femme puisse sortir de la minuscule cellule où elle a été enfermée. Il reste une journée avant qu'elle soit transférée en prison, et alors qui sait quand on la reverra ?

Dès qu'il a appris la nouvelle, Doubla est revenu. Il n'a fait aucun reproche à Faydé, quand celle-ci lui a raconté toute l'histoire. Il faut sortir sa mère de là et, pour l'instant, aucune des tentatives auprès des enquêteurs n'a abouti.

Alors, Faydé décide d'appeler Boukar. Depuis ce fameux jour, elle a éteint son téléphone, sachant qu'il chercherait à la joindre. Mais, pour sa mère, elle est prête à toutes les concessions, tous les sacrifices. Il est le seul qui puisse les aider. Ravalant ses larmes, elle compose fébrilement le numéro de Boukar. Il décroche à la première sonnerie :

« Faydé !

— Il a fait arrêter ma mère ! »

Elle n'ajoute rien.

Au bout d'un long silence, il soupire et lâche, avant de raccrocher :

« Je m'en occupe ! »

Boukar ne perd pas de temps. Il se rend immédiatement chez son père et le trouve au salon, en compagnie de son oncle. Son père a cette mine grave qui ne le quitte pas depuis quelques jours.

Il était tellement fier de Boukar, ce dernier ne l'avait jamais déçu. Il a placé en lui tous ses espoirs et les événements des derniers jours l'ont profondément perturbé. Boukar le salue poliment puis salue son oncle et s'assied sur le tapis.

« Diddi m'a mise au courant, commence l'oncle d'un air grave. J'avoue être étonné et déçu, Boukar. De tous nos enfants, tu es le plus réfléchi. Comment as-tu pu te mettre dans cette situation ?

— Mais que me reprochez-vous au juste ? D'avoir eu des sentiments pour une fille ?

— Cette fille est notre domestique. À quel point ces sentiments peuvent-ils être convenables ? Nous pouvons évidemment comprendre que tu aies eu envie de t'amuser. Tu es un homme, et ça ne prête pas à conséquence. Tu aurais dû rester discret. Mais tu as osé l'amener chez toi ! Dans ta maison !

— Ce n'était pas pour m'amuser. Je l'aime.

— Tu ne pensais quand même pas que nous te laisserions épouser une *kaado ?* s'indigne son oncle. Un proverbe peul dit : *Qui veut une bonne descendance s'efforce de bien choisir son épouse*. Maintenir la pureté de notre ethnie ! Tu veux que tes enfants soient frustrés d'avoir une mère *kaado ?* Quelle éducation religieuse comptes-tu leur donner en épousant une chrétienne ? Comment veux-tu te faire respecter dans notre région ?

— Mon oncle, ce que vous me racontez là est complètement absurde. Ces considérations tribalistes et racistes sont dépassées. Aucune ethnie n'est au-dessus d'une autre. Et personne à Maroua aujourd'hui ne peut s'enorgueillir d'avoir du sang peul absolument pur !

— Veux-tu insinuer, Boukar, qu'il existe un métissage indigne chez nous ? Dans notre famille ?

— Je n'insinue pas. Je vous le confirme. J'ai étudié l'histoire à l'université. Mais je me conforme aux traditions. C'est pour cela que j'ai accepté d'épouser Hapssi, Vous l'avez choisie. Peu importent mes sentiments, ils passent en dernier car je vous respecte et vous le savez. J'ai tout de même un service à vous demander, et cela compte beaucoup pour moi.

— Tu sais bien que nous ferons tout pour toi, Boukar.

— Alhadji Bakary a fait arrêter la mère de la fille. Toute vérité n'est certes pas bonne à dire, et je comprends qu'il ait été en colère, mais ce sont des gens pauvres. Père, je suis venu te demander d'intervenir pour qu'il la fasse relâcher. C'est injuste de l'enfermer. Le mariage avec Hapssi aura lieu puisque vous le voulez. Mais sans plus de scandale. Laissez-les tranquilles à présent. »

Alhadji Bakary a retiré sa plainte et Kondem a été relâchée, non sans avoir été longtemps sermonnée par les gendarmes. L'un d'eux, qui est originaire du village, l'accompagne à l'extérieur, où Doubla l'attend.

Il s'adresse à eux dans leur dialecte.

« Qu'est-ce qui t'a pris, ma sœur, d'affronter et d'insulter ce type redoutable, dont la méchanceté est connue de tous dans cette ville ? Qui es-tu pour vouloir lui causer des problèmes ? Tu n'as pas de jugeote. Sais-tu que, une fois jeté en prison, on n'en sort jamais ? On voulait te déférer depuis hier. J'ai dû insister pour que mes collègues attendent un peu.

— C'est une longue histoire, commente Doubla, en baissant la tête.

— On a suffisamment de problèmes comme ça au village.

— Nous allons quitter la ville dans quelques jours », conclut Doubla en prenant congé.

Le mariage de Boukar et Hapssi se déroule en grande pompe. Pour la grandiose fête d'au revoir, où sont invitées toutes les jeunes filles de Maroua, Alhadji Bakary a loué le complexe Woyla, le plus bel endroit de la ville. C'est l'effervescence. Défilé de belles voitures, coups de klaxons... L'hôtel Maroua Palace, qui fait face à la chambre où Faydé et sa famille font leurs bagages, est illuminé et décoré de fleurs et de guirlandes pour la soirée du mariage. Une grande banderole portant la photo de Boukar et Hapssi a été suspendue sur la façade.

Le choix du lieu n'est pas un hasard, pour qui connaît Alhadji Bakary. Il souhaite humilier Kondem et sa fille Faydé. Il faut à tout prix qu'elles vivent ce mariage et comprennent une bonne fois pour toutes qu'il y a un monde entre Hapssi et Faydé, au cas où elles ne l'auraient pas encore admis !

Srafata et Sadjo viennent d'arriver.

Pendant que les mères bavardent en chuchotant, Faydé sort en compagnie de Srafata. Elles s'assoient sur un petit banc devant la maison. D'en face leur parviennent la musique, les sons des tambourins et les chants des griots. La fête bat son plein.

« Vous partez où finalement ?

— À Banyo. C'est assez loin. Mon père y a trouvé du travail. Il dit qu'on y sera bien. Et toi, Srafata, que vas-tu faire ?

— Diddi m'a fait appeler ce matin pour me proposer de prendre ta place. J'ai accepté. Eux, ils paient ! Je travaillerai avec ma mère et nous avons trouvé une petite chambre à louer. Ça ne sera pas évident, ajoute-t-elle en riant. Elle va gérer ma vie et m'empêchera de sortir. Mais, au moins, je ne serai plus obligée de... tu sais.

— Je sais.

— Nous avons discuté avec ma mère. Elle a une cousine à Ngaounderé, qui lui propose de la rejoindre. Il paraît que la restauration marche bien là-bas. Nous allons travailler ici six mois, le temps d'économiser de l'argent, puis nous partirons. Nous aussi, nous avons besoin d'un nouveau départ.

— Ça te fera du bien de t'éloigner d'ici, Srafata.

— La vie peut être à la fois si drôle et tellement triste. Le village a disparu, Danna est à Douala, Bintou s'est suicidée, Fanta a été mariée de force et, maintenant, toi et moi... »

Un silence tombe entre les deux jeunes filles, perdues dans leurs pensées. Faydé se lève soudain, fait quelques pas avant de s'adosser à l'arbre. Elle regarde, songeuse, le grand hôtel illuminé, où la musique redouble d'intensité. Des hommes et des femmes bien habillés entrent et sortent. Quand des youyous stridents se font entendre, les jeunes filles devinent que les mariés viennent d'arriver. Alhadji Bakary a mis les bouchées doubles pour ce mariage grandiose. Il lui faut laver l'affront et balayer les vestiges de tout ce qui a failli gâcher ce mariage et sa propre réputation. Il a même réussi, avec l'aval des autorités de la ville, à faire lever le couvre-feu pour les circonstances.

« Nous ne sommes pas du même monde qu'eux, Faydé. Ça ne sert à rien d'avoir de la peine, dit Srafata, qui s'est approchée de son amie et a posé une main réconfortante sur ses épaules.

— Je sais », répond Faydé d'une voix étranglée.

Les griots chantent à tue-tête et parfois les noms de Boukar et Hapssi se détachent clairement. Faydé n'a pas besoin d'être de la fête pour savoir ce qui s'y passe. Hapssi doit être belle ce soir, elle doit être maquillée outrageusement, apprêtée avec soin et couverte de bijoux en or. Elle l'imagine dans les bras de celui qui la possédera tout entière cette nuit, dans cette chambre où elle-même, Faydé, a passé les plus beaux moments de son existence.

« Ça te fera du bien de quitter finalement cette ville. Tu vas l'oublier rapidement. Nous ne sommes pas du même monde, Bintou ne l'avait pas compris.

— Je sais. »

Les larmes qu'elle retient depuis des jours se mettent à couler. Elle sanglote dans les bras de son amie qui répète :

« Nous ne sommes pas du même monde, Faydé ! »

9

Ici, il y a un tombeau. Faydé s'avance sous l'arbre que Boukar lui avait indiqué. En effet, on dirait une tombe, ou une ancienne station de pompage de la compagnie d'adduction d'eau. C'est un petit ouvrage en béton qui s'élève de terre, scellé par une dalle massive. Il gardera encore longtemps son secret, du moins pour tous les adolescents rêveurs du « collège de l'espoir » devenu le campus universitaire. Aujourd'hui plus que jamais, ce lieu représente l'espoir pour ces jeunes en quête de connaissance.

Ici, on draguait nos copines. Combien d'adolescents ont connu là leurs premiers émois ? Combien de jeunes filles ont roucoulé sous des promesses qui ne seraient pas toujours tenues ? Combien de couples ont commencé ici une véritable histoire d'amour ? Combien d'enfants sont nés de ces idylles romantiques ?

Mon mariage est fixé. Dans deux semaines.

Faydé refoule son passé et se dirige d'un pas ferme vers la sortie. Elle n'est plus une adolescente rêveuse. Et ces souvenirs, s'ils sont moins douloureux à présent, restent aussi vivaces que si ça s'était passé hier.

Cela fait cinq ans qu'elle a quitté Maroua. Elle s'assied sur le petit talus, perdue dans ses pensées. Elle s'est spontanément arrêtée ici alors qu'elle faisait un tour dans le quartier où elle vient tout juste d'emménager.

Toute sa vie, elle se souviendra de ce départ précipité, désolant mais tellement porteur d'espoir.

Avec sa famille, elle avait pris le premier bus à l'aube. Personne n'avait fermé l'œil car la musique et le son des tambourins avaient rythmé la cadence toute la nuit pour fêter dignement le mariage de Hapssi, la plus aimée des filles d'Alhadji Bakary.

Le voyage avait duré deux jours. En quittant Maroua par le sud, ils avaient traversé la steppe épineuse, le regard perdu sur les grands espaces qui s'étendaient à perte de vue, puis sur la savane arborée. L'ambiance dans le bus était animée, chaque passager y allait de son commentaire. Les enfants étaient excités et les arrêts dans les petits villages au bord de la route nombreux. Faydé, assise à la fenêtre, n'avait pas dit un mot de tout le trajet et, en arrivant à Ngaoundéré, première étape du voyage, elle avait dû refouler un malaise. Les souvenirs l'avaient submergée.

Hapssi ne saura jamais donner. Elle est de celles qui reçoivent avait dit Boukar. Eh oui ! Toute sa vie, Hapssi avait reçu ce qu'elle, Faydé, ne pourrait jamais espérer recevoir un jour, et elle ne donnerait jamais autant que celle qui, n'ayant jamais rien reçu, peut offrir. La générosité est dans le cœur, et peu importent les moyens !

À Ngaoundéré, ils avaient embarqué dans un nouveau bus qui bifurquait vers l'ouest avant de s'enfoncer sur les hauts plateaux, terre de savane jalonnée de vastes plaines, propice à l'élevage autant qu'à l'agriculture. C'était la frontière entre le Sud, le Nord et le grand Ouest, une terre de métissages, une terre de tolérance.

Doubla, qui s'était assis près d'elle pour cette dernière étape du voyage, lui avait soufflé :

« Ici, les gens ne te jugeront pas par rapport à ton ethnie ou à ta religion. Ni d'ailleurs à tes origines. Banyo est beaucoup plus cosmopolite et, par conséquent, plus ouvert que Maroua.

— Je l'ai aimé, papa. Juste aimé. Je n'ai rien fait de mal. »

Il lui avait pris la main et l'avait serrée fort.

« L'amour nous permet d'avancer et de devenir meilleur. Tu n'as rien à regretter. Tu es jeune, et ta vie est devant toi. »

À Banyo, Faydé avait poursuivi ses études le jour tout en vendant du poisson braisé le soir. Kondem s'était lancée dans le commerce des beignets, qui y étaient particulièrement appréciés, et Doubla avait fait du gardiennage dans une coopérative financière. Ici, ils n'étaient ni mieux ni moins que les autres. Ils avaient cultivé un lopin de terre, pu acquérir quelques poules et chèvres, et leur quotidien s'était amélioré.

Quand Faydé avait eu son baccalauréat, deux ans plus tard, elle avait décidé d'entamer des études d'infirmière et avait réussi le concours d'intégration. L'école se trouvait à Garoua, une agglomération située à moins de deux cents kilomètres de Maroua, mais jamais elle n'avait osé revenir dans cette ville chargée de souvenirs où elle avait enterré ses rêves !

Et voici que, pour son premier poste, elle a été affectée à l'hôpital régional de Maroua ! Après avoir pris son service, elle se lance corps et âme dans son travail. Elle se rend compte à quel point le fait de s'être éloignée de la région l'a également éloignée de ses réalités. La ville a régressé, les routes sont complètement dégradées. De nombreux migrants, victimes de Boko Haram, peuplent la ville. À longueur de journée, elle entend des histoires qui l'horrifient. De jeunes filles enlevées, violées, qui ont beaucoup de peine à se reconstruire, de femmes qui ont perdu leurs enfants et ont été abandonnées. Chaque jour, elle voit aussi beaucoup d'enfants qui meurent du paludisme, de malnutrition, du choléra ou encore de fièvre typhoïde et de méningite.

Du matin au soir, Faydé apporte du réconfort, travaille sans relâche. Les médecins, surmenés, louent son dévouement, son dynamisme et sa disponibilité.

Cette semaine, elle travaille de nuit. Alors qu'elle prend son service, elle consulte la liste des malades qui viennent d'être amenés. Pressée de rentrer chez elle, sa collègue, Doudou, lui fait un rapide compte rendu.

« Le vieux monsieur qui avait une infection est décédé dans la journée. Nous avons plusieurs cas de paludisme aigu. Le docteur Nasser est en voyage. En cas d'urgence, seul le docteur Mballa est disponible et, je te préviens, il est débordé, fatigué et de mauvaise humeur.

— Comme d'habitude alors, Doudou ! répond Faydé en souriant.

— Une gentille famille dans la chambre 5. Très généreuse. Une diabétique. Fais donc attention quand tu places la perfusion. Bon courage, ma chère ! Il faut que je file. »

La blouse blanche soigneusement repassée, un écusson sur la poitrine sur lequel on peut lire : FAYDÉ MARI, Faydé entre dans la chambre 5, un stéthoscope autour du cou. Elle tient un plateau contenant seringue, perfusant et autres produits divers.

« Bonsoir, Hadja. Je viens placer votre perfusion. Je sais que vous êtes diabétique. La famille doit sortir pour les soins. »

Elle referme la porte, prépare son matériel et s'apprête à poser la perfusion quand elle a un temps d'arrêt : sa patiente n'est autre que Diddi !

Celle-ci a beaucoup maigri. Très fatiguée, les yeux fermés, elle ne l'a pas reconnue. Les souvenirs submergent Faydé. Diddi a toujours été correcte avec elle et l'a soutenue contre Ayya, la plus hargneuse des coépouses. Faydé ne l'a pas revue depuis le jour où Kondem a révélé devant tous sa filiation. Elle refoule ses souvenirs : elle n'est plus la jeune fille naïve et pleine d'espoir qui travaillait comme domestique dans la grande maison où Diddi était première épouse. Mais elle n'a rien à cacher non plus.

« Diddi ? C'est moi, Faydé. »

Diddi rouvre les yeux et sourit.

« Faydé ! Oh, mon Dieu, ma fille ! Tu es devenue infirmière ? C'est vrai, Boukar m'avait raconté que tu allais à l'école.

— Oui. J'ai continué mes études tout en travaillant.

— Et tu n'as pas pensé à venir saluer ta vieille tante, depuis que tu es en ville ? Ce n'est pas gentil. »

Faydé se met à pleurer. Par ces mots simples, Diddi vient de l'accepter comme sa nièce et ne la repousse pas.

Les jours suivants, toute la famille vient rendre visite à Diddi. Naïma, qui a bien grandi, est au collège. Elle accueille Faydé en l'enlaçant comme si rien n'avait changé. Hamza, jeune homme désormais méconnaissable avec sa nouvelle barbe, lui présente fièrement son épouse, une jeune fille menue au visage débonnaire. Haman, toujours aussi arrogant, accompagne son grand frère, plus fatigué, qui s'appuie sur une canne.

Un soir, Hapssi se rend, elle aussi, à l'hôpital pour voir Diddi. Elle descend d'une belle voiture, tout en portant un bébé dans ses bras. En l'apercevant, Faydé tourne aussitôt les talons et se réfugie dans son bureau. Elle est presque soulagée lorsque, le lendemain, le médecin signe la sortie de Diddi. Mais celle-ci lui fait promettre de passer la voir à la maison.

Contrairement à l'affluence des derniers jours, l'hôpital est calme ce soir. L'épidémie de paludisme recule un peu avec l'arrivée de l'harmattan. Faydé espère une nuit plus reposante. Mais, quand on frappe à la porte de son bureau, elle pousse un soupir. Un patient, sûrement.

« Vous pouvez entrer.

— Faydé ! »

Il a prononcé son nom avec la même intensité qu'autrefois, un petit sourire aux lèvres. Elle aurait reconnu sa voix entre mille et, tout à coup, sa crainte des derniers jours revient. Combien de fois a-t-elle rêvé de ce moment, depuis qu'elle a revu Hapssi ? Et combien de fois l'a-t-elle aussi redouté ?

Mais elle n'est plus la jeune fille vulnérable d'il y a cinq ans. Elle se ressaisit et se lève promptement.

« Boukar ! Eh bien, je suis contente de te revoir.

— Je suis fier de ce que tu es devenue, Faydé. Quand Diddi m'a dit que tu étais infirmière, je dois avouer que je n'en ai pas été étonné.

— Tu es malade ? Qu'est-ce que je peux faire pour toi ?

— Je suis juste venu te voir, Faydé. Tu es encore plus belle que dans mes souvenirs », ajoute-t-il doucement.

Rien ne passe. Cinq ans n'ont pas suffi pour oublier et tout effacer. Les larmes, les peines, les souffrances n'ont pas pu éteindre les sentiments qu'ils ont partagés. Un regard suffirait pour que tout reprenne là où ils l'ont laissé. Mais, quand on grandit, qu'on mûrit après avoir été blessé au plus profond de son âme, la raison prend le dessus. Le temps a passé, emportant rêves et naïveté.

« Eh bien, prof, c'est gentil de passer me voir. J'ai aperçu Hapssi avec le bébé, même si je ne lui ai pas parlé. Félicitations. Je suis contente pour toi. Vous avez combien d'enfants ? »

Il fronce les sourcils, la considère d'un air songeur. « Hapssi est remariée à quelqu'un d'autre, Faydé. On n'a pas eu d'enfant. Notre mariage n'a pas tenu plus de huit mois. »

Toute cette histoire qu'Alhadji Bakary a faite ! Le scandale, le mariage, la fête, tout ça pour huit mois ! Seulement huit mois, alors que pendant cinq ans, chaque soir, Faydé a imaginé Hapssi dans les bras de Boukar ! Chaque jour, elle a balayé ses souvenirs et refoulé ses sentiments au plus profond d'elle-même. Elle a même, pendant ses études d'infirmière, tenté quelques aventures mais, au bout de deux ou trois rendez-vous, elle a laissé tomber, par honnêteté envers elle-même et envers l'homme qui attendait d'elle plus qu'elle ne pouvait lui donner.

« Huit mois ! s'exclame Faydé.

— Comment va ta mère, Faydé ? demande Boukar pour changer de conversation.

— Elle va bien. Elle est heureuse à Banyo et elle s'est fait beaucoup d'amies. Elle a évidemment bien des soucis avec les garçons qui ne tiennent pas en place, mais elle continue à les mener à la baguette », ajoute-t-elle en éclatant de rire.

Boukar s'esclaffe, avant de demander :

« Et ton amie, Srafata ? Qu'est-elle devenue ?

— Elle est mariée à présent et elle vient d'accoucher de jumeaux. Elle a un restaurant à Ngaoundéré. Tiens, tu devrais y aller si tu retournes à Ngaoundéré ! » fait-elle en se mordant la lèvre.

Un silence gêné s'installe entre eux à l'évocation de cette ville où ils ont passé des moments inoubliables.

Ils se font face.

Soudain, le temps s'arrête. Et resurgissent les souvenirs douloureux qu'ils auraient voulu oublier.

Faydé finit par lui proposer de s'asseoir.

Un soir, elle est en train d'aménager le local de l'association qu'elle vient de créer pour venir en aide aux femmes. Elle a conscience que, dans son malheur, elle a eu de la chance. Combien de filles se retrouvent dans la même situation que celle qu'elle a endurée il y a quelques années et ne s'en sortent pas aussi bien qu'elle ! Il fallait qu'elle contribue à sa manière à faire changer les choses.

Boukar a pris l'habitude de la rejoindre de plus en plus régulièrement mais, cette fois, il lui avoue d'emblée :

« Je n'ai pas pu t'oublier ! »

Après un court silence, Faydé lui répond :

« La vie est compliquée, Boukar. C'est vrai que je n'ai pas pu t'oublier non plus mais tu as fait ton choix. Tu as décidé d'épouser Hapssi. »

Il pousse un soupir, ne cherche pas à se justifier.

« Me pardonneras-tu un jour, Faydé ?

— Je ne t'en veux pas. Après tout, si j'en suis là, c'est aussi parce que tu m'as encouragée.

— Alors marions-nous ! Tu ne le regretteras pas.

— Qu'est-ce qui a changé, Boukar ? C'est toujours moi, la *kaado* chrétienne. Je n'ai aucune intention de m'islamiser ou de me renier.

— Moi, j'ai changé. Je ne te demande pas de te renier. Juste d'être comme tu es. Et de m'aimer comme tu m'aimais autrefois.

— Nous ne sommes pas du même monde, Boukar.

— Nous sommes exactement du même monde, Faydé. Tu te mets des barrières toute seule. On a changé. On a grandi et on assume. Si tu continues à conserver toutes ces entraves, tu seras la seule à en souffrir.

— À cause de ça, Bintou est morte.

— Des années ont passé. Et ce sont seulement des gens comme nous qui pourront changer les choses. Tu as d'ailleurs créé cette association pour Bintou. Il est peut-être temps pour toi de décider de vivre ce qu'elle n'a pas vécu ! »

Faydé réfléchit.

Boukar a raison.

Elle ne doit plus laisser le passé entraver sa vie. Peut-être est-ce à présent le temps d'aimer. Juste aimer !

Remerciements

Afin de collecter les matériaux préalables à la gestation de cette histoire, j'ai dû mener de longues recherches qui m'ont amenée à rencontrer des femmes et des hommes dont les témoignages ont enrichi la trame du roman. Je leur exprime toute ma reconnaissance et ma gratitude : Alphonse, Sylvie, Marcel, Bintou, Dada Hamadou, Housseini, Dada Bachirou et tous ceux dont je ne peux citer le nom tant ils sont nombreux. Merci.

Mes pensées vont aux regrettées Doubla Sadjo et Dada Srafata qui, pendant de longues années, m'ont initiée aux réalités socio-culturelles de mon environnement.

Ce roman vient couronner ma nouvelle collaboration, après *Les Impatientes*, avec Emmanuelle Collas. Je lui adresse toute ma gratitude et ma reconnaissance pour sa confiance et pour nos fructueux échanges tout au long du processus éditorial. Je la remercie, ainsi que Justine Collas, pour le soin apporté à la publication de cet ouvrage. Mes remerciements vont également à Sophie Bagur et à France Collas pour leurs questions et leurs remarques ainsi que pour leur relecture attentive.

Enfin, je remercie mon époux, Hamadou Baba, pour sa précieuse disponibilité et son soutien constant.

13831

Composition
NORD COMPO

Achevé d'imprimer à Barcelone
par CPI Black Print
le 7 mai 2023

Dépôt légal mai 2023
EAN 9782290376973
OTP L21EPLN003331-540689

ÉDITIONS J'AI LU
82, rue Saint-Lazare, 75009 Paris

Diffusion France et étranger : Flammarion